내겐
사랑스러운
고대리

지은이 | 판피린 제이
펴낸이 | 권순남
펴낸곳 | 마롱

1판1쇄 인쇄일 | 2020년 11월 2일
1판1쇄 발행일 | 2020년 11월 9일

등록일자 | 2008년 1월 7일
등록번호 | 제310-2008-00001호

주소 | 서울시 노원구 상계 1동 1049-25 신영산업 BD 602호
대표전화 | 02-2091-0291
팩스 | 02-2091-0290
이메일 | marubooks@mayabooks.co.kr

979-11-368-0824-0(04810)
979-11-368-0823-3(set)

값 9,000원

* 저자와 협의하여 인지를 붙이지 않습니다.
* 잘못된 책은 교환하여 드립니다.

「이 도서의 국립중앙도서관 출판시도서목록(CIP)은 서지정보유통지원시스템 홈페이지(http://seoji.nl.go.kr)와 국가자료공동목록시스템(http://www.nl.go.kr/kolisnet)에서 이용하실 수 있습니다.」
(CIP제어번호:CIP2020044953)

1

내겐 사랑스러운 고대리

판피린 제이 지음

MARONGROMANCESTORY

목 차

1장. 그때는 몰랐던 일 ...007

2장. 일방적인 추억엔 힘이 없다 ...052

3장. 비.밀.번.호. ...091

4장. 토요일, 정오, 고백 ...134

5장. 기다릴게요. 나올 때까지 ...175

6장. 마음도 하나, 사랑도 하나라서 ...214

7장. 네가 없는 시간 속에서 ...262

8장. 계속, 쭉 설레는 중 ...317

9장. 반품, 환불 그런 거 안 되는 사람; 사랑 ...353

10장. 아무에게도 해 본 적 없는 이야기 ...393

내겐
사랑스러운
고대리

1장: 그때는 몰랐던 일

"고 대리! 오늘 새로운 팀장님 오시는 거 알지? 팀장님 자리는 준비 다 됐나?"

"넵, 이 과장님."

은비가 새로 올 팀장 책상 앞으로 걸어가는 이 과장을 잦은걸음으로 쫓으며 대답했다.

"하… 여기여기 먼지가 다 안 닦였잖아. 뭐 해, 얼른 안 닦고. 팀장님이 보통 깔끔하신 분이 아니시라고!"

목적지에 도착한 이 과장이 책상 모서리 홈 파인 곳에 간신히 손가락을 집어넣었다가 빼면서 인상을 썼다.

"앗, 제가 거기를 놓쳤네요! 면봉 이용해서 아주 깔끔하게 해 놓겠습니다."

은비가 면봉을 찾으러 부스터가 발사되듯 튕겨 나갔다.

후… 저 억지스러운 성격 때문에 배겨 나는 사람이 없지.

"푸흐-"

입김을 불어 앞머리를 날리며 걸었다.

대리 직급이 되도록 은비는 매일 말단이었다. 신입으로 들어오는 사람들은 죄다 이 과장한테 못 배기고 줄줄이 사직서를 내밀었다.

말단의 역할은 업무 외 잡무가 더 많은 것이 사실이었다.

특히, 인원 공백이 많아 더했다.

이런 상황에 좋은 기획안은 늘 자기가 한 것인 양 가로채가는 이 과장의 진상 한 바가지는 암울한 상황에 정점을 찍곤 했다.

은비는 매일 밤 이 과장 욕으로 시작해 이 과장 욕으로 끝내는 일기를 종이가 파일 만큼 꾹꾹 눌러 썼다.

그렇게 마음 수양이라도 하지 않으면 버틸 재간이 없었다.

하루라도 빨리 승진을 해서 이 상황을 타개해 보고 싶지만, 아니 일이라도 마음껏 제대로 해 보면 한이 없겠는데, 이 현실은 어떤 희망도 주지 않았다.

"하… 이런… 고 대리! 고 대리 여기 좀 보라고! 여기 필기도구가 각이 안 맞잖아? 새로 오시는 팀장님이 얼마나 깐깐하신지 내가 다시 얘기해야 하나? 우리 팀장님이 말야… 응? 우리 팀장님이……!"

"이게 언제 이렇게 비뚤어졌지? 애네가 다리가 달렸나 봅니다. 제가 바로 시정하겠습니닷."

오늘도 일기장이 아주 빼곡해지겠어!

아직 낯짝도 못 봤지만 벌써부터 징글징글한 팀장님 이야기를 귀에 못이 박히도록 듣고 있었다.

이 과장이 평소보다 억지를 열 배쯤 더해 아침부터 사람을 못 살게 구는 것이 그 때문이었다.

에드워드 강

그가 오늘부로 라임그룹 기획팀에 발령받은 팀장이었다.

뉴욕 지사에서 날아다니며 라임 채널을 글로벌 홈쇼핑 채널로 바짝 끌어올리는 데 일등 공신 역을 했다는 그는 귀국 전부터 이미 회사 내에서 스타였다.

단기간에 괄목할 만한 성장을 이룬 에드워드 강을 본 업체 관계자들은 하나같이 그를 모델로 기용하고 싶다는 의견을 피력했을 정도로 매력적인 외모의 소유자라 알려졌다.

아직 이십 대 후반이니 젊고 곱상하고 매력적인 외모에 비해 불도저처럼 들이미는 업무 추진력 때문에 그와 함께 일하는 사람들은 정신을 바짝 차리지 않으면 안 된다고.

이 모든 게 객관적 데이터에 주관적 풍문이 더해진 이야기였다.

왜냐하면 그는 자신의 존재를 언론에 노출하는 것을 극도로 꺼려하는 성격이라 얼굴을 아는 사람이 없었다.

라임그룹 본사에서 그를 본 사람은 뉴욕 지사를 다녀왔던 몇몇뿐.

때문에 사내 직원들이 기대 반, 호기심 반으로 그의 출연을 기다렸다.

그러나 은비는 달랐다.

왜냐하면 결정적으로 에드워드 강은 라임그룹 회장 강삼구의 외아들이었다.

금으로 줄을 만들어 하늘을 훨훨 날아올라도 뭐라고 할 사람 하나 없는 대단한 낙하산님.

완전 딱 질색.

강 회장과 다이렉트로 연결된 그를 직속상관으로 모셔야 할 고충을 누가 알겠느냐고.

게다가 이 과장이 하는 짓을 보니 앞으로 진상 짓을 더 하면 더 했지 나아질 건 없어 보이니 말이다.

"크흐… 이거 뭔가 아쉬운데… 뭐가 아쉬운지를 모르겠단 말이야……. 왜 아직도 팀장님 맞을 준비가 2퍼센트 부족한지, 응? 고 대리 좀 알아내 보라고……!"

이게 말이야, 방구야!

"과장님, 그 2퍼센트는 에드워드 강 팀장님이 자리에 딱 앉는 순간 채워지려고 비워져 있는 것 같습니다."

"흐음… 그런가…….'

이 과장이 [축 환영 에드워드 강 팀장님]이라 쓰인 플래카드를 보며 고개를 좌우로 흔들다가 자리로 돌아갔다.

무슨 금의환향을 했나, 플래카드까지 걸게!

그는 대놓고 낙하산인 팀장에게 잘 보이기 위해 여간 신경을 쓰는 것이 아니었다.

물론 그 신경을 받드는 건 은비의 몫이었다.

며칠 전부터 이것 때문에 밤잠을 몇 번이나 설쳤을 정도.

이 과장 등쌀에도 후 불면 꺼질 촛불처럼 간신히 버티고 있는데, 더 깔끔 떨고 까칠한 성격의 팀장님이 온다는 소식이 못내 끔찍했다.

하늘도 무심하시지……!

"고 대리, 상반기 우리 팀 성과를 이렇게 작성해 오면 어떡하나. 새로 오실 팀장님이 뉴욕 지사에서 얼마나 업무 성과가 좋은지 얘기 못 들었어?"

귀에 딱지가 생길 정도로 들었습니다만…….

그럼 그렇게 돈을 쳐 들여서 유학까지 가고, MBA까지 다 끝냈으면 나 같아도 그 능력의 배에 배는 더 하겠다!

"아, 이거 과장님 결재 난 건데요? 후… 정말이지 참 대단하신 분이 오시나 봅니다. 그래도 이 과장님만 하시겠습니까. 암튼 다시 올리겠습니다. 그럼 전 이만……."

그 보고서 때문에 어제도 거의 밤을 새다시피 했었다고!

머리에서 스팀이 나와 뚜껑이 열리려는 것을 간신히 진정시킨 후, 재빨리 그곳을 벗어났다.

"새로 오실 팀장님이 우리 회사의 에이스가 되실 거라고! 이제 우리 팀이 제대로 돌아갈 거라고! 고 대리!"

이 과장이 뒤돌아서 자기의 자리로 향하는 은비의 뒤통수에 대고 외쳤다.

우리 팀이 이 모양인 건 깔끔, 출중한 에이스 팀장이 없어서가 아니라 그냥 엑스맨 같은 이 과장님 때문이라고요!

그녀는 머릿속으로 이를 부득부득 갈았고, 애써 목구멍에 올라오는 신물을 참았다.

참고 참으면 복이 오나니…….

"후우……."

한숨 한번 깊게 내쉬고 자리에 앉아 아까 올렸던 보고서를 수정하려 파일을 열었다.

대놓고 낙하산이면서 뭐가 그리 당당해? 올 거면 그냥 얌전히 올 것이지 뭐 이렇게 요란스럽게 오는지.

애꿎은 모니터를 보고 입을 비쭉였다.

"뭐야… 또 언제 나가셨어?"

빠르게 머리를 굴리고, 손을 움직여 오늘 올릴 보고서 다섯 개 중 하나를 가지고 이 과장에게 갔지만 그의 모습이 보이지 않았다.

꼭 이렇게 바쁠 때 자리를 제일 많이 비우는 건 무슨 심보인지 모르겠다는 생각을 하며 고개를 내저었다.

다시 자리로 돌아가는데 누군가 사무실 문을 열고 뚜벅뚜

벽 걸어 들어왔다.

"헛-"

혹시 에드워드 강?

그가 오기로 한 시간은 아직 한 시간이나 남아 있는 상태였다.

그렇다면 갑자기 등장한 이 남자는 누구인가.

삼엄한 라임그룹 출입구를 얼굴로 뚫고 들어온 고단수 방판인가, 아니면 한 시간 일찍 도착한 에드워드 강인가.

은비가 잠시 혼란스러워하고 있는 순간, 잿빛 사무실이 런웨이로 바뀌는 환상이 눈앞에 펼쳐졌다.

우월한 기럭지에 깔끔하고 샤프한 헤어스타일, 날 선 이목구비에 시크한 표정,

새하얀 셔츠에 가벼워 보이지도 너무 무거워 보이지도 않는 정석의 슈트,

벗겨 놓으면 잔근육이 물결칠 것 같은 느낌의 군살 없이 쭉 빠진 몸매,

딱 보아도 엄청난 가격을 자랑할 것 같은 고급진 벨트와 슈즈.

태어나서 한 번도 본 적 없는 것 같은 잘생남이 걸어 들어오고 있지 않은가.

"오오……."

은비는 일단 그가 누구인지도 모르는 상황이었지만, 갖은

업무에 시달리다 시뻘겋게 충혈된 눈이 순간 맑게 정화되는 느낌을 받았다.

"으응?"

그런데, 이상한 건 그의 인상이 낯설지 않다는 것이었다. 꼭 어디서 한 번 본 것 같은 얼굴이었다.

그러나 지난 8년간 이 밝음이라곤 1도 없는 우중충한 사무실에만 처박혀 살았는데, 이런 사람을 어디서 봤겠나 싶어 고개를 내저으며 그 앞으로 나아갔다.

무슨 일로 이 구역에 들어왔는지는 물어야 하니까.

꼴깍-

무엇 때문인지 그의 얼굴이 가까워질수록 더 느낌이 이상해 침을 한 번 삼켰다.

그와의 거리가 1미터 정도 남짓할 만큼 가까워졌을 때였다.

눈앞에 서 있다는 것이 믿기지 않는 근사한 피사체가 정말 자신이 아는 얼굴이라는 걸 깨닫고 입을 크게 벌렸다.

"대…박……!"

걸음을 멈추고 혼잣말로 중얼거리며 눈을 깜박였다.

'그래서 아빠가 너 과외비 얼마 주기로 했는데. 내가 줄 테니까 그거 먹고 떨어져.'

'5억.'

'5억? 뭐야. 너 연봉이 왜 이렇게 높아. 대치동 과외 샘도 그렇게는 안 받았는데. 너 정체가 뭐야?'

'이렇게 친히 섬까지 와서, 매일 오전 내내 꼬박 수업하는데 대치동에 비할 바는 아니지. 그거 주면 먹고 떨어질게. 그럼.'

'줄 수는 있는데, 안 되겠다.'

'왜에?'

'너 때문에 죽을 뻔했는데 돈까지 주는 건 아닌 것 같아.'

눈앞에 서 있는 그에게서 9년 전 제주 차귀도에서 자신에게 과외를 받았던 꼴통의 얼굴이 보이는 것이 아닌가.

네놈이 꼬라지가 아무리 용이 됐어도 내 너를 못 알아볼 리 없지!

미운정이 쌓여도 일 년 치나 쌓였었다고.

"어떻게……."

은비가 반가운 마음에 얼굴에 함박 미소를 지으며 다가가 말을 걸려던 순간이었다.

"아이고, 오셨습니까, 에드워드 강 팀장님."

뒤에서 이 과장님의 격양된 목소리가 들렸다.

"한국에 들어왔으니까 이제 강한별이라고 하죠."

"네엡. 알겠습니다, 강한별 팀장님임. 하핫, 이름도 어쩜 스타네. 스타!"

두 사람의 소리에 기획팀 은비와 이 과장을 제외한 네 명의 팀원들이 급히 자리에서 나와 쪼르륵 줄을 섰다.

"안녕하십니까- 한 대리."

"김 대리."

"신 대리."

"이 대리입니다."

네 명의 대리들이 한결같이 굵은 목소리로 무슨 아이돌 그룹인 양 동시에 외치고는 순서대로 강 팀장에게 머리를 숙여 인사를 건넸다.

기획팀 팀원들은 은비 빼고 전부 남자였다. 그리고 전부 대리.

신입은 못 버티고, 이 과장은 승진의 통로를 꽉 막아 놓으니 대리투성이인 기획팀의 상황은 어쩌면 당연한 것이었다.

"허허, 우리 강한별 팀장님이 오신 것을 격하게 환영합니다!"

이 과장이 대리들에게 박수를 유도했다. 한별은 그런 그들의 발랄한 모습을 지그시 바라만 볼 뿐이었다.

'강한별 팀장이라고? 에드워드 강이 강한별?'

모두 인사를 하는 와중에 은비는 아직도 당황스러움에 멍하니 있었다.

'강한별'은 그때 그 꼴통 이름이 맞았다. 근데 그 뒤에 붙는 말이 이상하잖아.

아침부터 이 과장 쌩쇼에 이끌려 맞을 준비를 했던 새 팀장님이 아는 얼굴이라 충격적인데, 그 아는 얼굴이 강한별이라 강펀치를 연타로 맞은 기분이었다.

라임그룹 강삼구의 외아들.

와튼 스쿨에서 MBA를 마쳤으며, 라임그룹 뉴욕 지사에서 기획팀장을 지내며 그룹의 입지를 탄탄히 자리매김하는 데 지대한 영향을 미친 그 유명하신 인물, 에드워드 강이 그 옛날 지지리도 공부 못했던 강한별이라니.

그가 금수저라는 건 오래전에 알아봤던 사실이었다. 그런데 오늘 그것이 명백한 오해였음이 드러났다.

라임그룹 총수의 아들, 재벌 3세, 그는 다이아 수저였다.

은비는 그 옛날 그가 수능이 끝나고 갑자기 사라졌던 것을 기억해 냈다. 도대체 무슨 일일까 했는데, 이렇게 만나다니 이것이야말로 도대체 무슨 일이냐고!

"하… 고 대리, 거기 꿔다 놓은 보릿자루처럼 서서 뭐 해? 얼른 와서 인사드려. 오늘부터 우리 팀을 에이스로 끌어 주실 강한별 팀장님이야."

상념을 깨는 이 과장의 목소리에 은비가 현실세계로 돌아왔다.

일단 반가움은 뒤로하고 이성을 되찾아야 하는 순간이었다.

팀장님 앞에 세워진 대리였으니까.

"안녕하세요. 기획팀 고은비 대리입니다."

어정쩡하게 허리를 숙여 인사했다.

"강한별입니다."

살짝 놀란 자신과 달리 그는 눈도 꿈쩍하지 않았고, 건넨 인사엔 반가움도, 그 어떤 감정도 없었다.

기억을 못 하는 건가······.

은비가 눈썹을 위로 한번 치켜떴다 내리고는 자리에 앉았다.

팀원들은 그 이후에도 그에게 인사치레의 말을 건네기 바빴지만, 한별은 그저 사무실을 매의 눈으로 휙 바라보느라 여념이 없었다.

"사무실 구조가 왜 이 모양입니까. 딱 봐도 업무 효율이 떨어지는 구조네요. 이런··· 손댈 게 한두 가지가 아니네요. 인테리어부터 다 뜯어 고쳐야겠습니다."

강 팀장이 딱딱한 모습으로 사무실을 둘러보며 한 소리를 하자 팀원들이 한껏 긴장한 모습으로 그의 얼굴을 바라보았다.

"하하··· 저희 팀이 워낙 보이는 것보다 보이지 않는 것에··· 그러니까 제 말은 다른 그 어느 것보다 일을 열심히 하자! 이런 주의라서······."

한별의 생각지도 못한 지적에 이 과장이 쩔쩔매며 변명을 늘어놓았다.

그런데 여전히 한별의 시선은 팀원들이 아닌, 사무실 전체에 가 있었다. 사무실을 한 바퀴 돌아보던 그가 기획안의 이름 모를 서류들, 마케팅 회의 때 썼던 여러 아이템들이 곳곳에 산재되어 있는 곳에서 섰다. 그리고 서류 하나에 적힌 글귀를 훑어보다 미간을 좁혔다.

라임몰 하반기 부서별 성과 보고에서 기획팀 최하위에 머물러……

발랄하고 밝게 강 팀장을 맞던 팀원들의 분위기가 순식간에 사그라졌다. 옷을 입고 있지만 벌거벗고 있는 기분이었다.
"으음, 기획팀 성과 보고서와 매출 보고서 좀 바로 살펴본 뒤, 회의 잠깐 하겠습니다."
그가 그제야 이 과장의 안내를 받아 자신의 자리로 가 받아 든 서류들을 진중한 눈빛으로 살폈다.
유야무야 자기 자리로 돌아간 팀원들은 눈만 끔뻑이며 팀장이 어떤 말을 할지 초조하게 기다리고 있었다.
은비는 영 믿기 어려운 이 상황 때문에 정신이 없었다.
3시간 같은 30분이 지났을까.
"회의 시작하죠."
적막이 드리운 사무실에서 그가 입을 열고 일어서자 다들 허겁지겁 업무 일지를 들고 그의 뒤를 따랐다.

"먼저 이 과장님."

"넵."

"기획팀에서 지금 진행하고 있는 일이 고작 이게 다예요? 장난해요? 라임몰이 무슨 동네 마틉니까? 스케일도 없고, 트렌디함도 없고, 임팩트도 없고… 이게 뭡니까."

"죄… 죄송합니다."

"한 대리님."

"넵."

"고객의 니즈는 생각지도 않고 타사에서 잘 팔린 상품 비슷한 것만 판매하려는 의도가 다분히 보이는군요. 이래서 우리 라임몰이……. 다음, 신 대리님."

"넵!"

"신 대리님, 기획안 작성을 늘 이런 식으로 합니까? 이런 요점 없는 만연체라니… 무슨 소설 씁니까? 아, 이걸 소설 같다고 하면 소설에 대한 모독인가. 후……."

"죄송합니다, 팀장님. 다시……."

"이 대리님, 참신한 아이디어가 그렇게 없습니까? 그냥 대충 검증된 것만 팔려고 한다면 무슨 발전이 있겠습니까."

은비가 다니고 있는 회사 이름은 '라임몰'. 라임그룹의 계열사로 홈쇼핑 채널을 운영하는 회사였다.

쇼핑몰의 생리가 그러하듯 트렌디한 물건을 재빠르게 알아보고 론칭하는 것이 가장 중요한 일이었다.

한별이 이 과장을 비롯해 대리들의 보고서를 빠르게 분석해 지적하자 팀 분위기가 순식간에 어두워졌다.

박수를 치며 그를 환영하던 분위기는 순식간에 사라졌고 회의실은 살얼음판으로 변해 찬바람마저 휘날리는 느낌이었다.

외모만 변한 게 아니라 성격도 만만치 않게 변한 것일까.

은비는 그의 모습이 자신이 아는 그때 그 꼴통이 아닌 것 같아 무척 낯설게 느껴졌다.

"회의는 내일 아침 다시 소집하도록 하죠. 그때 다시 보고 받겠습니다. 음… 그리고 오늘 그나마 업무에 여유가 있는 사람은 누구죠?"

된통 당하기만 한 네 명의 대리들은 고개를 숙이고 입을 꾹 다문 다음 눈치만 보고 있었다.

"오늘 고 대리 좀 한가하지 않아?"

이 과장의 입에서 해선 안 될 말이 튀어나왔다.

"과장니임……!"

은비가 당황스러운 얼굴로 그를 바라보았다. 오늘만 해도 이 과장이 시킨 보고서가 다섯 개였다. 그는 은비가 누구보다 바쁜 걸 알고도 남을 사람이었다.

"뭐, 우리 다 바쁘지. 바쁜 와중에 그나마 우리 고 대리가……."

이 과장이 배시시 웃으며 말끝을 흐렸다.

"고 대리라고 했나요? 오후에 바로 나갈 준비 하세요. 오늘 당장 외근 좀 해야 할 것 같으니까."

"오늘 오후에…요?"

은비는 하마터면 반말할 뻔한 것을 간신히 참고 물었다.

게다가 '고 대리라고 했나요?'라니. 정말, 진정, 정녕 자신을 알아보지 못하는 것인가 싶어 찰나지만 서운한 마음이 물밀듯 밀려왔다.

"네. 시간 낭비, 업무 공백 이런 거 딱 질색이니까, 하던 거 잘 마무리해 놓고 1시에 보죠."

그의 날카로운 말에 포 대리들이 그녀를 안쓰럽게 바라보았다. 그러나 언제나 그렇듯 그것뿐이었다.

뭐, 이 과장은 그런 눈빛조차 없었으니, 은비는 '그래! 언제는 총대 안 맸냐!'라는 심정으로 이를 악물었다.

그래도 이 와중에 외근을 반기는 이유가 될 만한 것이 딱 하나 있었다. 같이 외근을 나간다면 다시 제대로 인사나 해볼 수 있을까.

강 팀장은 회의 후 사무실을 나갔고, 팀원들도 커피 한잔하러 간다며 자리를 비웠다.

"흠… 내가… 어떻게 된 걸까? 요즘 너무 피곤해서 헛것을 본 건 아니겠지?"

은비가 홀로 사무실에 앉아 책상에 놓인 작은 화분 속 식물을 보며 혼잣말을 중얼거렸다.

아침부터 이 과장님이 팀장님 타령을 하며 들들 볶아 댈 때만 해도 어디 한번 얼마나 대단한 놈인지 두고 보자 하며 이를 갈았지 않았나.

그런데 그가 강한별이었다니, 참 오랜만에 별 신선하며 신기하기까지 한 일이 다 있다 싶었다.

이를 갈기는커녕 황당함에 콧바람만 나오는 상황이었다.

아무리 낙하산이라고는 해도 그의 능력이 출중하지 않았다면 리임몰 뉴욕 지사가 그토록 성장하지 못했을 것이었다. 생각보다 훨씬 열심히 살아온 것 같아 과거에 그를 가르쳤던 선생으로서 기분이 묘했다.

"근데… 문제는 이제 우리 팀 팀장님이라는 거지……. 하… 내가 그때 혹시 한별이한테 뭐 잘못한 거 있었나?"

현실을 지각한 그녀의 얼굴엔 수심이 들었다.

곰곰이 기억 속에서 9년이나 지난 날을 소환해 보는 그녀였다.

"막 젖은 옷 벗겼던 적도 있고… 공부하면서 뭐 꿀밤은 셀 수도 없었고… 숙제도 말도 안 되게 많이 냈었고… 클럽에 막 쫓아가고… 그리고 또 그 일도 있었고… 뭐가 이렇게 많나. 다 본인 잘되라고 한 거긴 한데."

그때 일을 떠올려 보니 괜히 한숨이 새어 나왔다.

"그래도 뭐, 뒤끝이야 있겠어? 그래도 누구 덕에 수능 만점을 맞은 건데!"

살짝 불안한 구석이 없진 않았지만, 고개를 흔들고 다시 모니터를 바라보았다.

지금 옛 추억에 잠길 때가 아니었다.

네 개의 보고서를 1시 전에 완성해야 했다.

한별과의 출장이 얼마나 길어질지 모르니까 초능력이라도 발휘해서 오늘 할 일을 마쳐야 했다.

마주 잡은 깍지 손을 바깥쪽으로 쭉 펴 우두둑 소리를 낸 다음 일에 몰두했다.

"으응?"

은비가 오전 근무 시간으로 모자라 점심까지 포기하고 눈이 빠져라 컴퓨터와 씨름하던 중이었다.

컴퓨터 화면에 사내 메신저 쪽지 하나가 떴다.

[고 대리, 1시 정각에 정문에서 보죠. 참고로 나 기다리는 거 상당히 싫어합니다. 시간 정확히 지켜서 나오도록.]

강 팀장이 보낸 메시지였다. 그제야 시간을 바라보니 12시 55분.

"아이씨!"

하던 걸 대충 마무리 짓고 가방을 들고 사무실 밖으로 냅다 튀었다.

그런데 엘리베이터가 어째 층층마다 서는지, 기다리고 있다가는 제시간에 도착 못 할 것 같아 비상계단으로 향했다.

뛰어가며 생각했다.

매일 차귀도 부둣가에 앉아 자신을 기다리던 꼴통 강한별의 모습.

과외 시간에 조금이라도 늦으면 얼마나 기다렸는지 아냐며 화딱지를 내던 모습.

그래, 기다리는 거 진짜 싫어했지…….

"1시 1분 35, 36, 37초…….'

"헉… 헉…….'

히도 뛰이와 숨도 세내로 못 쉬는 은비 눈앞에 한별의 얼굴 대신 번쩍이는 금시계가 보였다.

그녀는 초침을 손가락으로 짚는 한별의 손가락을 따라 시선을 움직였다.

"시간은 금이고, 지나간 시간은 금으로도 못 사죠. 내 낭비된 1분여의 시간 어떻게 할 겁니까."

"아, 죄송합니다… 하… 헉… 그게 엘리베이터가…….'

"평계는 됐습니다."

"죄송합니다. 그런데 팀장님 그거 아세요? 금 중에서 가장 중요한 거."

"뭐죠?"

"지금. 지금이 가장 중요하다고요! 그러니까 이렇게 시간 더 낭비하지 말고 가시죠."

은비가 그를 대기하고 있던 차 문을 열고 그에게 손짓했다.

그러면서 또 생각했다.

9년 전엔 늦었다고 타박하는 꼴통에게 되레 큰소리칠 수 있는 선생님이었는데, 어쩌다 그놈에게 머리를 조아리는 처지가 되었다니…….

운명의 장난이란 말이 실감되는 순간이었다.

"팀장님, 그럼 출발하겠습니다."

이건 뭐, 말만 팀장이지 대우가 거의 대표 급이었다. 기사까지 대동한 외근이라니, 이런 경우는 입사 이래 처음이었다.

그를 보면 볼수록 너무 어색하고 낯설어 죽을 지경이었다.

차에 타서 무어라도 그와 이야기를 나누고 싶었지만, 룸미러로 두 사람을 힐끗힐끗 바라보는 기사님 때문에 근질거리는 입을 잠자코 있었다.

옆자리에 앉은 한별은 말없이 창밖을 지그시 응시하고 있었다.

그 모습을 바라보고 있자니, 9년간의 세월이 그냥 흐른 것 같지 않았다.

그때도 몸은 좋았지만 애송이였는데, 제법 선이 굵은 남자가 되어 있는 그.

장난기가 다분했던 그때와 달라도 너무 다른 모습이었다.

이렇게 만나지만 않았어도 이 안 어울리는 카리스마는 뭐냐며 흠씬 등짝을 두들기며 한바탕 웃고 싶은데, 그러지 못하는 상황이 애석하다 못해 답답했다.

이렇게 만났더라도 서로 반갑게 인사할 만도 한데, 한별은 시종일관 모른 척이었다.

헛.

은비가 한별에게 뭐라고 말이라도 붙이고 싶어 입술이 옴짝달싹할 때였다.

어쩌다 두 사람이 시트 바닥을 짚고 있던 서로의 손가락이 닿아 버렸다.

한별이 얼른 자신의 다리 쪽으로 손을 서뒀다.

"으음……."

은비는 별생각 없이 손가락을 자신의 배 쪽으로 가져왔다.

손가락 하나 맞닿은 걸 가지고 뭐…….

그때 무인도나 다름없던 그 섬에서 둘이 못 볼 꼴 다 본 사이 아닌가.

당시 한별의 나이 스무 살이었지만 그 신체가 제법 남자다워 좀 놀랍긴 했었지만.

"팀장님, 도착했습니다."

차에 오른 지 얼마 되지 않아 외근 장소에 다다랐다.

"대형 복합 쇼핑몰 갤럭시 필드입니다. 가장 많고, 다양한 소비층을 아우르는 곳이라 요즘 한국 소비 트렌드를 알아보기에 아주 적절한 곳입니다."

은비가 주차장에서 쇼핑몰로 들어가는 입구를 손짓으로 가리키며 안내를 시작했다.

"모든 상품을 한 곳에서 보고 구매하는 전 세계적 트렌드를 따라 한국도 그에 발맞추고 있고요. 최근 대기업들이 나서서 복합 쇼핑몰을 세우고 키우는 데 힘을 쏟고 있습니다."

그녀가 한별 옆에 딱 붙어 걸으며 브리핑을 시작했다.

"명품 숍이 쭉 이어진 백화점에서부터 다양한 팝업 스토어까지 고급화와 대중화 어느 하나 놓치지 않는 것이 특징입니다. 백화점, 마트, 음식점 순서로 돌아보시죠."

은비가 막힘없이 그를 이끌었다.

"요즘은 이런 복합 쇼핑몰을 남녀노소뿐 아니라 반려동물까지 출입 가능한 걸 선호하는 추세라 쇼핑몰에서 그에 맞춰 다양한 서비스를 제공하고 있습니다. 그리고……."

쇼핑몰을 거의 다 돌아보고 여전히 그녀가 브리핑을 이어가는 동안 한별은 별말 없이 쓱 둘러보기만 할 뿐, 그녀가 작성해 온 보고서를 주로 보고 있었다.

은비는 뭔가 마음에 안 드는 건가 싶어 신경이 쓰였다. 그러다 시간을 확인해 보니 퇴근 시간은 진작 지났고, 벌써 저녁 시간이었다.

"회사 오셔서 바로 일하시느라 식사도 못 챙기셨을 것 같은데, 쇼핑몰 안에서 식사하실 만한 곳을 알아볼까요?"

그러나 그는 대답 없이 여전히 보고서에서 눈을 떼지 못하고 있었다.

저녁 이야기를 꺼내다 보니 전에 한별이 수제 버거를 상당히 좋아했다는 사실이 떠올랐다.

"그러고 보니 여기 쇼핑몰에 꽤 인기 있는 수제 버거집이 있는데, 괜찮으시면 그쪽으로 안내할까요?"

그녀의 말에 한별이 드디어 그녀를 빤히 바라보았다.

왜 그런 눈빛으로 보는 거지? 뭐야, 괜히 긴장되게.

"고 대리?"

"네, 팀장님."

"나, 수제 버거 같은 건 안 먹습니다."

나름 배려해서 제안한 건데 돌아오는 건 정색한 얼굴이었다.

"제 제안으로 불쾌하게 해 드렸다면 죄송합니다. 그럼, 저녁 식사는 어떤 걸로 예약해 놓을까요?"

"됐습니다. 당분간 선약이 많습니다. 고 대리는 신경 쓰지 말고 바로 퇴근하세요."

온종일 밥도 안 먹고 일한 것 같아 기껏 생각해서 이야기한 건데, 그의 말투가 영 차가워 당황스러웠다.

"알겠습니다. 그럼 내일 뵐게요, 강 팀장님."

그녀가 살짝 웃으며 돌아섰다. 좀 서운하고 기분이 상하더라도 그 기분을 드러낼 수는 없었다.

꼴통이라고 불리던 놈이라도 무려 상사로 오셨으니까.

"저기, 고 대리."

그의 말대로 곱게 퇴근하려는데, 그가 은비를 불러 세웠다.

"네, 팀장님. 무슨 일 있으신가요?"

그래, 아무리 생각해도 너무했지? 밥을 안 먹었으면 안 먹었지 그렇게 쌀쌀맞게 이야기할 필요까진 없었잖아.

"복합 쇼핑몰 말고 일반 백화점과 편집 숍들 동향도 궁금해서 말입니다. 모레까지 모니터링한 내용 보고서 올려 주세요."

혹시라도 너무 쌀쌀맞게 이야기했다고 사과하려나, 아니면 같이 밥을 먹자고 하려나 은근 기대했던 내가 바보다.

"네. 알겠습니다."

살짝 민망한 기분에 낮은 음성으로 대답하고는 돌아섰다.

"그리고."

그러나 그의 말이 이어져 다시 뒤를 돌았다.

"네, 팀장님."

"혹시라도 말입니다."

"네."

"나와의 과거 친분을 이용해 무언가를 얻어 보려는 생각이 있다면."

그의 말에 은비의 눈이 번쩍 떠졌고, 동시에 뒷골이 당겨 왔다.

아니, 수제 버거 얘기가 그렇게 심오하게 들렸나?

어라. 근데 나, 알아본 거야?

그런데, 뭐 어쩌고 어째?

네가 9년 만이라 내 성격을 다 잊었구나?

"있다면요?"

일단 말이나 끝까지 들어 보자. 저도 모르게 눈을 부릅뜨는 그녀였다.

"접으세요. 그 생각."

한별이 은비의 눈을 싸늘히 바라보며 이야기하곤 고개를 다시 앞으로 돌렸다.

"서기… 팀상님?"

이제 알았다. 반가운 인사 따위는 바랄 것도 아니라는 것을.

"뭐 할 말 있습니까?"

"아니, 접을 게 있어야 접지요. 그럴 생각 하나도 없습니다. 팀장님이 그렇게 생각하셨다는 것 자체가 굉장히 불쾌하네요."

이 정도로 곱게 말하는 걸 고맙게 생각하라는 듯 은비의 눈빛도 전혀 꿀리지 않았다.

"흐음… 뭐, 그렇다면 다행이고. 아, 불쾌했다면 미안합니다. 그런데, 이제 우리는 팀장과 대리, 상사와 부하직원 관계이니까. 이 중요한 관계 반드시, 반드시, 기필코, 무슨 일이 있어도 명심하세요. 알겠습니까?"

한별이 퇴근 후 자신의 저택 다이닝룸 옆 바에서 그라함 포트와인을 꺼내 잔에 따랐다.

손목을 돌려 와인 잔을 한번 빙그르르 돌린 다음 입에 대었다.

입 안엔 잠시 머문 와인의 달콤한 풍미가 가득했다.

한 모금 마셨을 뿐인데도 하루의 피로가 가시는 느낌.

와인 잔을 들고 자리를 옮겨 푹신한 소파에 기댄 그가 눈을 감았다.

잠시 휴식을 취한 그가 와인 잔을 들고 서재로 향했다.

라임몰에 관련되어 봐야 할 서류가 아직 많았다. 쭉 그것들을 살펴보던 그가 옆에 툭 삐져나온 종이 한 장에 시선을 두었다.

기획팀 팀원들 정보가 적힌 것이었다.

"고은비……."

그곳에 적힌 이름 중 유독 눈에 띄는 하나를 오랫동안 바라보았다.

📂

침대에 풀썩 누운 은비가 다시 몸을 돌려 엎드리고는 휴대폰을 들었다.

[은비: 골골골골…….]

다 죽어 가는 소리로 친구들을 불러 모으는 그녀였다.

[예린: 왜, 이 과장이 오늘은 또 뭔 짓을 했어?]

[수정: 그 새끼 안 짤리냐.]

모든 대화가 자연스럽게 이 과장에 초점이 맞춰졌다. 은비가 어떤 고역을 겪고 있는지 훤히 아는 친구들이었다.

[은비: 더한 놈이 나타났다.]

[수정: 오호, 드뎌 짤렸구나! 근데 더한 놈은 누구야.]

[은비: 잘린 거 아니고 1+1 느낌이야. 새 팀장님이 오셨는데, 글쎄 9년 전 그 차귀도 꼴통인 거야.]

친구들은 예상치 못한 이야기에 잠시 톡이 없었다. 아무래도 눈을 의심하고 있겠지.

[예린: 대에박, 그 또라이 사람 만든다고 고생 많았잖아. 소식 딱 끊겼다더니. 혹시 낙하산 아냐?]

[수정: 그래, 걔가 갑자기 탈출해서 은비가 막 찾는다고 제주 클럽이란 클럽은 다 뒤지고 다녔던 거 생각난다. 근데 팀장? 에이— 이게 무슨 일이야.]

[예린: 근데 걔가 너 첫 키스 상대였잖아ㅋㅋㅋ]

곱게 욕만 해 주면 될 것을, 굳이 필요 없는 이야기를… 꺼내는 것이 재미겠지! 내 첫 키스를 뺏어 간 후레자식이라는 걸 또 떠올려야겠지!

[수정: 나도 생각났다! 성년의 날 선물이랬지 아마? 큭큭.]

[은비: 고마해라— 암튼 그 꼴통이 갑자기 우리 팀 팀장으로 오

는 이 말도 안 되는 상황이 뭐냐고.]

[수정: 근데, 그 시키 너 반가워는 하디?]

[은비: 그게, 아는 사이라고 뭐 바라지 말라며 선을 딱 긋더라. 참 내.]

은비는 오늘 그와 외근 갔던 일을 모조리 쏟아 내었다.

[은비: 그니까 꼴통이 싸가지 꼴통으로 진화해서 내가 당황했다. 하… 진짜 어찌 인간이 그러냐.]

[예린: 우리 은비 어뜨카냐… 이 과장으로 모자라 어린 팀장이라니……. 토닥토닥.]

예린의 말에 은비의 코끝이 찡했다.

친구들과의 단톡을 끝낸 은비가 침대에 엎드려 있던 몸을 돌려 천장을 바라보고 누웠다.

그리고 큰 눈을 끔뻑였다.

폭풍이 휘몰아친 것 같은 하루였다.

그동안은 매일 같은 일상을 살아왔었다. 지겨울 틈도 없이 바쁘게 돌아간 나날이었다.

누군가를 깊게 생각할, 추억을 곱씹을 만한 여유 없이 말이다.

그런데 오늘 평소보다 더 바쁜 하루 일과를 보냈음에도 너무 많은 생각을 한 하루였다.

그 때문인지 평소 같으면 퇴근 후 지쳐 쓰러져 잠이 들었겠지만, 오늘은 달랐다.

이상하게 쉽사리 잠에 들지 못했다.

잠이 오질 않았다.

지금 머릿속엔 온통 팀장으로 나타난 한별이 생각뿐이었다.

9년 전 그와 함께했던 시간을 떠올려 보면 시작은 두 목숨이 생사의 기로에 설 만큼 요란했고 과외가 시작돼도 늘 스펙터클했었으나, 천만다행으로 마무리는 나름 훈훈했었다.

1년 과외가 한 몇 년 한 과외같이 느껴질 만큼 힘은 들었어도 이젠 언제 꺼내 추억해도 피식 웃음이 나올 정도는 됐다. 아마 그도 그럴 것이다 생각했었다.

그런데 거기까지가 끝인 줄 알았다. 그래도 상관없는 일이었다.

그런데 이 땅 어디에도 살지 않는 것처럼 자취를 느낄 수 없던 그를 이런 식으로 만나다니.

나름 괜찮게 남겨진 추억의 매듭이 다시 슬슬 풀리며 어째 불길한 이어짐을 예고하는지.

"으~"

그녀가 다시 엎드려 베개에 얼굴을 파묻었다.

"헉."

보통 사무실에 가장 먼저 출근하는 은비의 눈앞엔 입이 떡 벌어지는 낯선 풍경이 펼쳐져 있었다.

사무실 집기들이 제 주인의 이름을 달고 있는 박스 안에 다 넣어져 복도로 나와 있었고, 사무실은 소가 밭을 갈고 지나간 듯 뒤집어져 있었다.

"아니, 예고도 없이……."

그리고 벌써 출근해 사무실 공사를 지휘하는 한별, 아니 강 팀장.

"안녕하십니까……."

은비의 인사에 손만 살짝 들어 아는 척만 하고 마는 그였다.

'많이 컸다, 강한별…….'

그 모습이 기가 막혀 입술을 삐쭉 내밀었다.

"이렇게 더러운 곳에서 영 신선한 아이디어가 나올 것 같지 않아서 말입니다. 그리고 비효율적인 이 사무실 구조 이렇게 하지 않으면 평생- 답이 없겠죠."

막 이어 도착한 이 과장과 대리들은 그의 말을 들으며 사무실을 바라보았다.

"누누이 말씀드렸지만, 월 페인트는 다크 그레이 계열, 바닥은 오가는 소리가 크지 않으면서 청소가 용이한 카펫으로……."

"넵."

"그리고 가장 중요한 건 업무 효율성을 고려한 동선, 파티션은 높지 않게, 그리고 회의실은 정중앙에 통유리로……."

기획팀 사무실에서 한별이 어제 선정했다던 인테리어 업체 실장에게 자신의 의사를 하달 중이었다.

그가 출근한 지 불과 3일째 되는 날이었다.

사무실이 그야말로 발칵 뒤집힌 날.

은비는 먼지가 폴폴 날리는 이 기가 막힌 장면에 바로 투입되었다

"고 대리, 뭐 합니까. 마스크 아직입니까? 하, 여기저기서 먼지 날리는 거 안 보여요?"

아주 고귀한 몸이 납셨다.

"헉헉… 여기 있습니다."

그녀가 옆 건물 쇼핑몰 재고 창고에서 먼지를 뒤집어쓰며 간신히 마스크를 찾아내 그에게 대령했다.

하도 뛰어다녀 땀방울이 송골송골 맺힌 이마를 손등으로 쓸어내렸다.

자신이 사무실 직원인지, 공사장 인부인지 구분조차 할 수 없는 상황이었다.

출근하는 팀원들도 족족 현장 일을 거들었다.

정신없이 이것저것 요구해 대는 강 팀장과 이 과장님 때문에 몸이 열 개라도 모자랐다.

'내가 진짜… 올해 안으로 사표를 쓰고 말지… 막노동도 이

런 막노동이 없다······.'

속으로 마음에도 없는 사표 타령을 하며 강 팀장에게 마스크를 건네고 돌아서며 눈을 흘겼다.

"아니, 먼지 한번 마신다고 뭐 죽을병이라도 걸려?"

그리고 나지막한 목소리로 혼잣말을 중얼거렸다.

"네. 걸립니다. 공사 중 발생하는 초미세 먼지가 얼마나 끔찍한 질병을 일으키는지 몰라요? 간과하고 살다간 언젠가 그것으로 인해 죽음에 이를 수도 있습니다."

뒤통수에 한별의 말이 꽂혔다.

뭐야? 내 얘기 들렸나?

깜짝 놀라 뒤를 돌았다.

"건강이 무엇보다 중요할 테니 마스크는 쓰고 일하도록 합시다. 나도, 고 대리도."

강 팀장이 그녀에게 말을 내뱉으며 사무실 밖으로 나섰다.

"네. 알겠습니다."

폐보다 내 얼굴의 다크 서클을 걱정해 주는 편이 아주 조금 더 고맙겠고만!

그러고 보니 9년 전 한별이도 나이답지 않게 건강이 가장 중요한 거란 할애비 같은 소리를 했었던 기억이 났다.

건강에 강박이 있는 사람처럼 그때도 그랬다.

그녀는 여유분으로 가져온 마스크를 괜히 만지작거리다 양쪽 귀에 그것을 걸었다.

"고 대리, 얼른 이쪽으로 와 봐- 응? 이거 좀 치워 보라고. 아이구, 허리야. 난 잠깐 쉬고 있을 테니까. 고 대리, 여기. 고 대리, 이거 이거."

강 팀장이 잠시 자리를 비우자 이 과장이 그 틈을 타 또 정신없이 이것저것 요구해 대는 통에 몸이 열 개라도 모자랐다.

은비는 사무실에 필요 없는 물건을 잔뜩 들고 창고로 향했다.

"고 대리님! 이게 무슨 일이래……?"

옆 부서 최 대리가 얼굴도 보이지 않게 짐을 든 그녀를 보며 물었다.

"내가 이 짐덩이에 압사당해서 운명하면 이 과장님 등쌀에 못 이겨 이리되었다고 알려 주기를, 열심히 살았다는 거 우리 최 대리만은 알아주기를-"

"아유, 고 대리님 뭐예요. 이리 좀 줘 봐요."

최 대리가 은비가 든 물건을 나눠 들으며 나란히 창고로 향했다.

"팀장님도 새로 오시니까 이 과장의 히스테리가 더 심해졌어. 나만 걸고 넘어져, 아주."

"이 과장님이 벌써 에드워드 강 님 라인 타려고 아주 혈안이 되신 거죠. 글쎄, 귀 좀. 강 팀장님이 조만간 부사장으로 바로 승진하신다는 이야기가 있다니까요? 그래서 더한 거겠죠."

"진짜? 그런 소식은 어디서 듣는 거야?"

"다 듣는 수가 있다고요. 어쨌든 믿으실 만한 이야기라니까요. 근데, 에드워드 강 님은 어때요?"

"대단하신 에드워드 강 님께서 무슨 업무 효율! 업무 효율! 이러면서 이런 비효율적인 인테리어를 당장 안 뜯어 고치면 일을 할 수가 없다네."

"헐, 대박. 그래도 우리 에드워드 강 님과 한 팀인 게 어디에요. 부럽다구요!"

"부럽다고? 자기가 같이 일해 봐, 그런 말이 나오나. 하… 추진력에 모터를 달았다. 아주 정신 못 차리게 돌아가는 초강력 모터……."

은비가 고개를 살랑살랑 내저으며 말했다.

"하긴, 이렇게 멀리서 보는 건 좋은데 상사로 모시기엔 조금 그렇긴 하겠어요. 이런저런 모습 보면서 환상 다 깨지고 막."

"애초에 깨질 환상은 없었고."

그의 흑역사를 아는 마당에 환상이 있을 수가.

"고 대리님, 이건 내가 최근에 들은 건데, 강 팀장님이 뉴욕 지사에서 원래 밑에서부터 차근차근 일을 배웠다는 거야. 회장 아들 타이틀도 감쪽같이 숨기고."

"그래?"

밑바닥에서부터 시작한 거였다니 그래도 제법 바람직한 낙하산이었네.

"근데 팀장 명함 달고서는 얼굴을 싹 갈았다잖아요. 이제 회장 아들이라는 것도 다 알려졌고, 어린 나이의 팀장이라 얕보이지 않으려고 막 카리스마를 어후-"

"아……."

나이께나 있는 경력자들 사이에서 살아남기 위해 애 많이 썼나 보네…….

깊이 생각해 보지 않아도 그게 쉬운 길이라는 생각이 들진 않았다.

얼굴을 갈았다기보다는 마음을 갈았을 수도 있겠네.

"자리가 사람을 만든다잖아요."

"그야 그렇지만……."

최 대리 이야기를 들은 은비가 잠시 생각에 잠겼다.

이야기를 듣고 나니 강 팀장이 자신이 알고 있는 한별과는 더욱 다른 사람처럼 느껴졌다.

뜯어보면 아직 그때 얼굴이 남아 있는데, 그것 말고는 모든 게 다 바뀐 것 같았다.

9년이란 세월이 공짜로 흐르지는 않을 터지만, 그때와 지금의 간극은 실로 컸다.

입사한 지 3일 만에 사무실을 다 뜯어 고치는 건 좀 심했다 싶었는데, 어쩌면 그에겐 별것도 아닌 일이었겠다 싶었다.

그런데 가만히 생각을 해 보니 그때도 150만 원짜리 원피스를 만 원짜리 옷 고르듯 고르는 그였었다.

과외비도 말도 안 되게 뻥튀기해 버린 그였었다.

자신의 서울 집 전세 값만 한 술을 클럽에서 자유롭게 마실 수 있는 그였다.

이 말인즉슨 그 옛날에도 그는 자신과 다른 세계의 사람이었다는 것.

그때도 평범한 보통의 자신과는 달랐다.

그래도 그때는 다른 건 몰라도 감정만큼은 비슷하다고 여겼었다.

척하면 척, 우리는 나름 잘 맞았던 과외 콤비였으니까.

그러나 다시 만난 한별은 다른 세계에서 그녀와 감정 하나 공유할 수 없는 사람처럼 보였다.

무려 회장님 아들이니까.

그것도 부장들, 차장들, 과장들이 다 굽신거리는 어마어마한 재벌 회장 아들.

그래. 체면도 있고 위신도 있어야겠지.

그저 반가움에 인사 한번 해 보고 싶었던 게 다인데, 또 외근 나갔던 일이 생각나면서 사람을 뭐로 보고 그랬나 싶어 은비는 다시 화가 조금씩 치밀었다.

내가 절대로 그때 일 아는 척하나 봐라. 괜한 오해로 엮이면 안 좋은 소문은 고스란히 제 것이 될 것이었다. 오히려 피하는 게 답이었다.

창고에 다녀온 은비가 화장실에 들어가 손을 씻으며 앞에 있는 거울에 비친 자신의 모습을 바라보았다.

슬프게도 8년간 직장 생활에 전 사람답게 얼굴이 퀭하고 피부가 부스스한 것 같았다.

"후우……."

워낙 꾸미는 것에 관심도 없지만, 더 나이 먹기 전에 관리 좀 해야 하나 싶은 마음에 한숨이 절로 났다.

아직 물기가 남은 손을 탈탈 털며 화장실 밖으로 나갔다.

"헛!"

하필이면 남자 화장실에서 나오는 한별과 눈이 딱 마주쳐 버렸다.

그런데 갑자기 그가 가까이 다가오는 것이 아닌가.

화장실 앞에서 왜 이래?

곧 코앞에 도달한 그에게서 쿨내 나는 남자 향수 냄새가 확 풍겼다.

옛날엔 비누 향이 나던 그였다.

차귀도 김옥분 할망집 복숭아 냄새 품은 비누 향.

성격도, 향기도 바뀌었다.

"고 대리."

"네?"

"고 대리… 전에 맡긴 쇼핑몰 모니터 보고서 다 정리했습니까."

  뭔가 다른 이야기를 꺼내려고 했던 것 같은데, 그는 화장실 앞에서 일 이야기를 꺼냈다.

"네, 팀장님. 다 정리했습니다. 들어가서 바로 드릴게요."

  그와 함께 사무실로 걸으며 대답했다.

"잠시만."

  가는 길에 사내 임원급 인사를 만나 반갑게 인사를 나누고 은비는 사무실로 들어갔다.

  그래도 이렇게 빨리 달라고 할 줄 알고 미리 준비해 둔 것이 얼마나 다행인지, 이 과장을 안 거치고 바로 팀장에게 보고되어 그건 또 얼마나 다행인지.

  그녀가 어수선한 사무실에 들어가 보고서를 찾아 들었다.

"고 대리! 어디 갔다 와. 여기 걸레질 좀!"

"네, 과장니임……!"

  고작 이거 닦는 데 그렇게 기다렸다는 듯이 사람을 부르냐?

  이 과장님 팔은 대체 어디다 쓰시려고요!

  한별이 자리를 잠깐 자리를 비우자 이 과장이 또 쥐 잡듯 잡기 시작했다.

"고 대리! 아, 어제 거래처에 보내는 파일을 깜박했네. 그거 좀 다시 보내 줘 봐."

"저번에 보내 드렸습니다만, 제발 바탕화면 저장을 부탁드리면서 다시 보내 드리도록 하겠습니다."

"고 대리! 이 파일 암호가 대체 뭐야. 젠장, 바빠 죽겠는데!"

"1004!"

머리가 나쁜 거야? 뇌가 없는 거야?

"아, 맞다. 고 대리! 나 오늘 커피를 안 마셨네. 어쩐지 피곤하고 짜증이 난다 했어. 얼른 시원한 아메리카노 좀 하나 사 가지고 와 봐! 팀장님 것도 하나 해 오고."

입사 이래 매일 그랬지만, 오늘 역시 절실히 자신이 고씨 성이 아니었으면 하고 생각했다.

이 과장 입에 착 달라붙은 '고 대리'를 어떻게든 떼어 버리고 싶은 심정이랄까.

이 과장님 제발 그만 좀!

그때였다.

"고 대리, 그거 들고 나 따라오세요."

사무실에 막 들어온 한별이 외투와 가방을 들었다. 그리고 다른 팀원을 빙 둘러보았다.

"나머지 정리 좀 부탁합니다. 나는 고 대리와 외근 나갔다가 퇴근하겠습니다."

그의 말에 이 과장과 포 대리들이 당황해했다.

여길 이렇게 두고?

고 대리도 없이 자기들끼리 이곳을 정리할 생각에 얼굴이 하얗게 질렸다.

　은비는 그들의 모습을 힐끗 쳐다보고는 아랑곳하지 않고 보고서와 가방을 챙겨 한별을 따랐다.

　땡-

　회사 엘리베이터에 두 사람이 섰다.

　"지난번에 말입니다. 생각해 보니 내가 내 팀원 밥도 굶겨 가면서 일을 시켰던 것 같아 미안했습니다. 오늘은."

　오늘은?

　"일 끝나고 함께 식사하죠."

　은비가 의외라는 듯 눈을 동그랗게 뜨고 그를 바라보았다. 지난번엔 그리도 쌀쌀맞게 굴더니 갑자기 왜 이러는 건지. 알다가도 모를 일이었다.

　"네. 알겠습니다. 저는 뭐 가리는 거 없어서요. 팀장님 좋아하시는 거 말씀해 주시면 예약해 두겠습니다……."

　"아니. 내가 예약해 두죠."

　엘리베이터에서 내려 두 사람이 주차장으로 향했다.

　한별의 차로 향하며, 차 안에서도 은비는 엊그제 다녀온 쇼핑몰 편집 숍과 백화점 동향 보고서에 관한 이야기로 여념이 없었다.

　"요즘 백화점에 입점한 명품 라인들은 한국인들이 선호하는 것에서 좀 더 범위를 넓힐 필요가 있어 보입니다. 쇼핑을 위해 한국을 찾는 외국인들이 많아지는 추세라 그들이 선호하는 라인들도 고려해야 하지 않나 싶습니다."

"그다음."

"패션 리빙 쪽에선 심플하고 실용성 높은 브랜드들이 인기입니다. 라임몰에도 이런 브랜드 입점에 박차를 가할 때가 됐습니다."

마침내 백화점에 다다른 두 사람이 명품 숍과 젊은 층에 인기가 좋은 패션, 리빙 브랜드 관을 둘러보았다.

"요즘 온라인 홍보가 강세다 보니 자신들의 구매층을 확보하는 독자적인 브랜드가 늘어나고 있습니다. 그들과 협업을 해 라임몰 독점 브랜드를 늘려 가는 것도 의미 있는 행보가 될 수 있을 것 같습니다. 또한……"

거침없이 보고를 하고, 자신의 의견도 피력하는 은비를 바라보며 한별의 표정이 처음과 달리 미세하게 바뀌었다.

그것 또한 놓치지 않은 은비였다. 자신의 보고를 이렇게 묵묵히 제대로 들어 주는 사람을 만난 것조차 얼마 만인지 알 수 없어, 더 신나게 일을 할 수 있었던 것 같았다.

"짧은 기간 동안 내가 원하는 시장 트렌드를 잘 파악해서 이야기해 줬네요. 외근 나갈 사람을 잘 뽑은 것 같아 다행입니다."

은비는 드디어 자신의 능력을 인정해 주는 사람을 만난 건가, 이제야 제대로 일 좀 해 보나 싶어 조금 벅찬 기분이 들었다. 비록 그가 9년 전 꼴통이라는 사실이 참으로 황당하고 애석하긴 하지만.

"팀장님, 더 필요하신 자료가 있다면 빠르게 정리해서 다음에 보고드릴 수 있도록 하겠습니다."

"네. 좋습니다."

한별이 처음으로 그녀를 보고 미소를 지었다.

쇼핑몰을 돌아보는 동안, 관계자를 만나 미팅을 하는 동안 분위기가 내내 화기애애했다.

은비는 무엇보다 오랜만에 이렇게 일에 집중하는 시간이 있어서 좋았다.

어둑해져서야 일이 끝나고 두 사람이 차분한 분위기의 조용한 레스토랑에 들어섰다. 한강이 시원하게 보이는 어느 스카이라운지였다.

"팀장님께서 뉴욕 지사에서 왕성히 일하시는 동안 한국 라임몰은 조금 정체기를 겪었습니다."

한강 주변의 건물들이 하나둘씩 불이 켜져 예쁜 야경을 만드는 시각, 은비가 그것을 한번 바라보고는 한별을 바라보았다.

"네. 들었습니다. 내가 들어온 이유도 그것 때문이고요. 조만간 내가 큰 프로젝트를 하나 시행하려고 합니다."

"어떤 건가요?"

"라임몰이 크려면 다른 쇼핑몰을 따르는 길을 걷기보다 후발 주자인 만큼 다른 곳과 다른 독특한 매력을 선보여야만 합니다."

그의 이야기를 듣는 은비의 눈빛이 빛났다. 어떤 이야기가 나올지 궁금하고, 기대도 됐다.

"미국의 포레스트 고와 같은 AI를 이용해 개인 맞춤 상품을 제안하고, 또 쇼핑몰에서 점원 없이 자유롭게 쇼핑을 하고, 결제까지 올스톱으로 이루어지는 최첨단 기술을 도입한 복합 쇼핑몰을 만들 겁니다. 이름하여 라임몰 고."

이야기를 듣다 보니 라임몰이 왜 강 팀장을 한국 지사에 보냈는지, 왜 회사에서 그를 라임몰의 희망이라고 말하는지 조금 알 것도 같았다.

다른 사람들보다 앞서 라임몰 고에 관해 듣게 된 은비는 내내 눈을 반짝이며 이야기를 경청했다.

제대로 일다운 일을 하고 싶었던 꿈, 이 과장이라는 마에 끼여 저버릴 수밖에 없던 승진의 꿈을 다시 꿔 봐도 되려나.

이제 드디어 일생에 한 번 온다는 그 운이 올 차례인가.

라임몰 고 이야기를 듣던 그녀의 가슴에 큰 꿈이 막 부풀어졌다.

"고 대리……."

갑자기 한별이 나지막한 목소리로 그녀를 부르며 말을 길게 늘어뜨렸다. 뭔가 어려운 부탁이라도 할 모양새로 보였다.

"네, 팀장님."

"고 대리, 그게……."

"팀장님, 사실 저 일 못 해서 죽은 귀신 붙었을 정돕니다. 정말 제대로 일해 보고 싶거든요. 팀장님, 어려워하지 마시고 뭐든 말씀하세요."

준비된 일꾼이 여기 있으니까요.

은비는 한껏 흥분된 음성으로 말을 이어 갔다.

"아… 그런 게 아니라."

그런 게 아니라고?

"9년 전 일 말입니다."

와인 한 모금을 천천히 삼킨 그가 미간을 찌푸렸다 펴고는 은비를 천천히 바라보며 운을 떼었다.

라임몰 고 이야기를 한창 하다가 갑자기 9년 전 일은 왜 꺼내는 걸까.

제법 심각한 그의 모습을 보며 그녀가 눈을 끔뻑였다.

"아는지 모르겠지만, 내가 강 회장님 외아들입니다."

"아… 네."

"네. 굳이 밝히고 싶지 않지만, 결코 숨겨질 수 있는 사실이 아니더군요."

이 과장이 그렇게 들러붙는 걸 보면 숨기고 싶을 만했다. 그런데 왜 갑자기 이런 이야기를 꺼내는 걸까.

은비는 좀 의아했다.

"회장 아들이라는 편견이 싫어 남들 걸을 때 뛰고, 남들"

뛸 때 날아 보겠다는 심정으로 그렇게 열심히 살았습니다."

한별이 참으로 비장한 얼굴로 말을 이어 나갔다.

은비는 그 모습을 보며 긴장을 늦추지 않았다. 대체 무슨 이야기가 하고 싶은 거야?

"그런데 9년 전 일이 알려지면 겨우 쌓아 놓은 이 위치, 이 이미지가 어떻게 되겠습니까."

아…….

그제야 은비가 눈을 천천히 깜빡였다.

9년 전 그 일이라면 창피할 만한 일이 많았다.

그는 바닥을 기는 성적을 가지고 차귀도로 유배를 왔었는데, 당시 들었던 얘기로는 주변 사람들은 외국으로 어학연수를 간 줄 알고 있다고 했었다.

차귀도 유배에 대해 아는 사람은 강 회장, 김 실장, 강한별, 고은비 이렇게 네 사람뿐이었다.

유배지에서도 탈출을 여러 번 시도했던 그였다. 게다가 별꼴 다 본 1년. 그건 그의 흑역사 시절이었다. 그래서 직접 그녀를 입단속시킬 모양이었다.

"고 대리가 그때 일을 한마디라도 발설한다면 내 명예가 실추되는 건 시간문제겠지요. 그걸 내가 가만히 두고 볼 수만 없을 거고요."

은비가 눈을 꼭 감았다 떴다. 협박이었다. 은근한 협박.

"그러니까 나와 인연이 있다는 건 비밀로 하죠."

2장. 일방적인 추억엔 힘이 없다

갑자기 계획에도 없던 외근을 나가자고 한 그였다. 온 종일 이상하게 칭찬만 한다 싶었다. 슬쩍 미소도 보인다 싶었다. 그래서 괜한 희망도 가져 보았는데, 이것 때문이었던 거였다.

이놈이 미국 갔다 오더니 사람 가지고 딜을 하는 걸 배워 왔네!

"그런 일은 절대로 없을 겁니다. 걱정 마세요. 9년 전 그 꼴통은 잊은 지 오래고요. 저에게 팀장님은 그저 팀장님일 뿐이니까요."

은비가 최대한 아무 감정 없이 대답하자 한별의 눈빛이 살짝 흔들렸다.

"알겠습니다. 이제 이 일은 피차 입 밖에 내지 않는 걸로."

그의 말에 은비가 고개를 끄덕였다.

"그럼 들어가 볼게요. 내일 뵙겠습니다, 팀장님."

은비는 어쩐지 씁쓸한 마음으로 돌아섰다.

"후우……."

집에 가는 길, 까만 어둠에 떠 있는 달을 보며 그녀가 한숨을 푹 내쉬었다.

저 꼴통이랑 잠시나마 큰 꿈을 꾼 내가 바보다. 바보야!

"으… 그냥 대충 프로젝트만 끝나고 다시 뉴욕으로 가 버렸으면 좋겠다, 이 에드워드야!"

애꿎은 하늘에 대고 소리를 빽 질러 보았다.

그래도 9년 전 그와의 인연은 나름 좋은 추억이었다. 혹시 나중에 우연히라도 만나게 된다면 반갑게 되새길 수 있을 정도는 되겠다 싶었는데, 아니었다. 그것은 꽁꽁 감춰야 하는 추억이었다.

자신이 부르던 강한별이 아닌 에드워드 강, 그는 9년 전 강한별과 다른 사람이었다.

그러니까, 그러니까…….

네가 그때 그 꼴통이라고 이야기할 일은 없을 거야. 아니, 없을 겁니다, 팀장님.

한별이 퇴근 후, 자신의 저택에 들어섰다.

한남동으로 거처를 정한 그는 미국에서 바쁜 일정을 쪼개 집 인테리어 공사를 지시했고 그 덕에 바로 그만의 공간을 즐길 수 있었다.

대충 재킷을 벗어 던진 그가 다이닝룸 냉장고에서 스파클링 와인 캔 하나 꺼냈다.

시원한 그것을 꿀꺽꿀꺽 들이켜자 목울대가 사정없이 오르락내리락거렸다.

탄산의 맛이 목구멍을 넘기며 짜릿한 기분을 남겼다.

평소 같으면 그 정도로 하루의 피로가 싹 가시는 느낌이었겠지만, 오늘은 달랐다.

그가 거의 원샷을 해 버린 캔을 움켜쥐어 납작하게 만들고는 테이블 위에 탁 내려놓았다.

머릿속으로 은비와 함께 한 점심시간을 떠올리는 중이었다.

'9년 전 그 골통은 잊은 지 오래고요. 저에게 팀장님은 그저 팀장님일 뿐이니까요.'

은비와 나눴던 중요한 이야기는 다 제쳐 두고 이 말만 마음에 꽂혔다.

"후우……."

깊게 호흡을 가다듬은 그가 옷가지를 훌러덩 벗어젖히며 어디론가 향했다.

한별이 발걸음을 옮긴 곳은 그의 저택 개인 트레이닝 짐.

"흡…하! 흡…하!"

그가 탈의하고 팬티 한 장만 걸친 채 거친 숨을 몰아쉬며 오르락내리락거렸다.

이곳은 보통의 GYM이라고 말하기엔 조금 단출한 구성이었다.

천장과 연결된 기다란 철봉과 아령 이런 것이 다였지만, 이 모든 것이 국내 최고의 철제 장인이 한 땀 한 땀 만든 것 또한 다른 헬스장과 다른 점이라면 다른 점이었다.

"흡…하. 흡…하."

철봉을 오르락내리락할 때마다 그의 등 근육이 툭툭 삐져나오며 성을 내었다.

오늘 그의 심정과 닮은 모습이었다.

마치 무슨 쇼를 하듯 현란한 턱걸이 한 세트를 마친 그의 몸이 땀에 젖어 반짝였고 한껏 펌핑되었다.

턱걸이는 그가 가장 좋아하는 운동이었다.

평소엔 몸을 관리하기 위해 그것을 했지만, 오늘은 좀 달랐다.

마음을 관리하는 행위랄까.

마음과 머리가 어지러울 때 이만한 특효약이 없었다.

운동 중간중간 전신 거울 앞에 선 그가 턱을 살짝 들어 고개를 요리조리 돌려 보고 손으로 얼굴을 쓱 매만지며 자신의 모습을 살폈다.

그리고 강렬한 눈빛을 거울 너머 자신에게 보내며 가슴속에 맺힌 질문에 답을 구하려 했다.

📂

인테리어를 끝낸 기획팀 사무실에서 팀원들 모두 업무가 한창이었다.

"팀장님! 사무실이 이렇게 산뜻하게 바뀌니까 참 일할 맛이 납니다. 하… 왜 진작 이런 생각을 못 했는지. 역시 팀장님은 뭐가 달라도 다……."

이 과장이 강 팀장 책상에 붙어 온갖 아부의 말을 쏟고 있었다.

"뭐 하시고 싶은 이야기 있으십니까?"

한별이 그의 말을 탁 끊고 냉정하게 물었다.

"아… 그게… 팀장님도 오시고 했는데, 우리 기획팀이 같이 으샤으샤 하려면……."

은비가 눈을 찌푸리고 이 과장을 바라보았다.

일은 뒷전이면서 회식은 두 팔 걷고 나서는 사람이라는 거 모르면 간첩이었다.

포 대리들도 힐끔힐끔 이 과장을 쳐다보았다.

회식은 그들도 반기지 않는 일이었다.

"회식 그런 거······."

질색이라고 말하려던 한별이 어딘가를 슬쩍 바라보다 말을 멈췄다.

"흐음··· 미국에선 회식 문화가 없습니다만, 한국에 왔으니까 한번 해 보죠. 단, 오늘 저녁. 오늘 아니면 제가 시간을 낼 수 없어서요. 6개월간 저녁 약속이 꽉 차 있어서 말입니다."

그가 이 과장을 보고 어색한 미소를 지어 보였다.

회식을 하고 싶은 생각은 별로 없지만 그래도 최대한 빠르게 팀원들을 알아 가기 위해서 한 번 정도는 해야 할 것 같다는 나름의 합리화를 해 보면서.

"크흐! 그럼요! 오늘 당장! 척하면 척! 저희 팀원들이 단합 하나는 끝내줍니다! 아이고야, 팀장님이 계시니까 제가 정말 너무 좋고, 출근할 맛이 납니다. 저기, 고··· 대리!"

이 과장이 한별의 책상을 등지며 바로 컴퓨터로 들어갈 기세로 일에 몰입하고 있는 은비를 호명했다.

"네?"

"방금 팀장님 말씀 들었지? 우리 오늘 회식이라고. 얼른 장소 물색해야지!"

"회식이요? 오늘요?"

"아, 우리 팀장님이 오늘 저녁밖에 시간이 안 되신다는 얘기 못 들었어?"

나랑 얘기한 것도 아닌데 언제 들어? 일하느라 지금 눈코 뜰 새 없다고!

"아, 과장님. 다음 시즌 기획전 때문에 저 매일 야근해도 모자란데, 저는 오늘 아무래도 참석이 어려울⋯⋯."

"회식은 전원 참석을 원칙으로 하죠. 한 번의 회식으로 최상의 단합 도모. 비효율적으로 빠지는 사람은 없도록."

한별이 고개를 쭉 빼 팀원들을 향해 싸늘하게 말했다.

"아니, 일이 먼전가, 사람이 먼전가. 자네 오늘따라 매정하게 왜 이래? 팀장님이 오신 지 지금 벌써 일주일째라고. 우리가 먼저 환영식을 열었어도 모자랄 판국에, 쯧쯧⋯⋯."

이 과장이 고 대리를 다그쳤다.

"네에⋯ 알겠습니다."

은비는 이 과장 플러스 강 팀장 조합이 참으로 인생에 도움이 안 된다고 생각했다.

얼른 한 장을 모아 이 더러운 사무실 구석을 벗어나야지!

그녀가 입술을 꾹 깨물고 회식 장소를 검색하기 시작했다.

"이왕이면 우리 팀장님 체통 떨어지지 않을 만한 고급스러운 곳에서 하자고! 참, 오늘 점심은 뭐 먹지? 그것도 골라 놓고. 응? 고 대리? 내 말 알아들었어?"

한별이 쉴 새 없이 떠들어 대는 이 과장의 모습을 쭉 지켜보았다.

첫날부터 느꼈지만 영 눈에 거슬리는 사람이라는 생각이 들었다.

그러다 고개를 갸우뚱거리며 기획팀 업무 분장 파일을 클릭했다.

그러고는 눈을 가늘게 뜨고 파일을 훑었다.

"여름 시즌 식품 특별 기획전 담당… 이 과장……?"

그나저나 다음 시즌 기획전 때문에 고 대리가 바쁘다니, 그건 이 과장 보고 사항인데 왜 또 그녀가 붙잡고 있는지 모를 상황이었다.

아무래도 무언가 잘못돼도 한참 잘못됐다는 생각을 하며 맞잡은 두 손을 턱 밑에 갖다 대었다.

"자! 자! 마시자고!"

한별이 부임해 온 후 기획팀 팀원들이 모두 모인 대망의 첫 회식이었다.

이 과장이 본인 잔을 먼저 들고 팀원들을 부추겼다.

"팀장님 오시니까 팀 분위기가 확실히 달라지네요."

"그러니까요. 업무 환경이 좋아지니까 일도 더 효율적으로 할 수 있고 참 좋습니다."

"여러 부서 중에 저희 기획팀으로 오신 걸 영광으로 생각합니다, 팀장님."

"팀장님이랑 회식한다니까 다른 부서 사람들도 다 부러워

하더라고요! 하핫."

포 대리들은 지글지글 구워지는 한우 앞에서 다들 잔에 술을 채우며 인사치레 중이었다.

"강한별 팀장님, 기획팀에 오신 걸 환영하는 의미로 짠 합시다!"

몇 잔 먼저 들이켠 이 과장이 신이 났다.

"아, 저는 술은 와인 말고는 안 마십니다."

그러나 한별이 그가 건넨 잔을 밀었다.

"아… 하하! 와인파시구나! 이런, 고 대리! 팀장님 취향도 모르고 소주만 파는 고깃집을 예약했어!"

멋쩍어진 이 과장이 은비에게 바로 핀잔을 주었다.

"아, 됐습니다."

한별이 그의 말을 끊고 유리 글라스를 들었다.

발포 비타민을 넣은 생수였다.

"강한별 팀장님을 위하여! 기획팀을 위하여!"

"위하여!"

이 과장의 건배사에 다들 입을 맞췄다.

"강 팀장님, 제가 말입니다. 오늘처럼 기분 좋은 날이 없었습니다. 이게 바로 다 팀장님이 계셔서 그런 거 아니겠습니까? 하하. 뭐 해. 다들 잔 비었잖아."

이 과장이 한별과 어떻게든 친해져 보려 여러 수작을 걸고 있었다.

술을 계속 권하는 이 과장 때문에 포 대리도 곤욕을 치르고 있었다.

"고 대리, 고 대리는 술 못 마시니까 안 권하시잖아. 그러니까 자리 좀 바꿔 줘. 진짜 우리 이러다 죽겠다니까."

그들이 은비를 향해 자리 좀 바꾸자고 은근 눈짓을 보냈다. 은비도 싫은 티를 냈지만, 그들의 등쌀에 못 이겨 이 과장과 강 팀장 옆으로 자리를 옮기게 되었다.

최대한 말 섞지 말고 조용히 있다 가자 싶어 누구와도 눈도 마주치지 않고 있는 그녀였다.

"고 대리는 입사 몇 년 찹니까."

한창 이 과장과 괴로운 대화를 이어 가던 한별이 은비를 보고는 물었다.

"8년 찹니다."

"어? 뭐야. 고 대리 언제 여기로 왔어? 응? 술도 못 마시면서. 어?"

은비가 자신 옆으로 오자 이 과장이 괜히 심술을 부렸다.

나도 이 자리 오고 싶어서 온 거 아니거든요.

누구 좋으라고 한 회식인지 모르겠다는 생각에 은비가 앞에 놓인 물 한잔을 들이켰다.

"괜히 분위기 좋은데 술 안 먹는다고 어쩌고 하면서 분위기 흐리지 말고, 얼른, 팀장님 드실 고기나 구워. 여기 마블링 죽이는 거로. 어? 알겠어?"

"저기, 이 과장님임."

은비가 위아랫니를 꽉 물었다.

"뭐? 내가 틀린 말 했나? 고 대리 술 못 먹잖아?"

술 못 먹는 거 맞고, 팀장님 드실 고기를 굽는 게 싫은 게 아닌데, 그냥 당신의 그 꼬인 말이 유독 싫어서 말입니다.

"저, 요즘 술 좀 마셔요."

라고 말해 버렸다.

술 못 마신다고 무시하면 그냥 마시는 수가 있다고.

그녀의 말에 이 과장이 눈썹을 위로 치켜떴다 내렸다.

"한잔하세요."

은비가 잔에 술을 따라 그의 눈앞에 갖다 댔다.

왜 성질을 건드리고 그러는지.

꼴 보기 싫은 이 과장이 건배할 때마다 은비의 잔도 높이 올라갔다.

"네. 저 이 정도로 안 죽어요. 자, 여기."

"오… 고 대리 오늘 무리하는데? 나도 이 정도는 애교지."

"네. 드시고 다음 시즌 기획전은 좀 이 과장님이 직접 기획하세요. 한 잔 더 콜!"

은비는 술이 들어가자 이 과장에게 쌓인 걸 저도 모르게 풀어 버렸다.

"고 대리, 일은 일이고, 술은 술이지. 여기서 일 얘기가 왜 나오나. 한 잔 더!"

"말이야 바로 하셔야죠. 기획전이 제 일입니까. 엄연히 이 과장니… 읍!"

이 과장이 은비의 입에 고기 한 점을 틀어넣었다.

으- 이 인간이!

"고 대리 왜 이러나. 자꾸 그러면 곤란해! 자- 받으라고!"

사실, 은비에겐 가뜩이나 몸도 마음도 어지러운 요즘이었다.

그 탓에 이 과장과 맞붙은 의미 없는 배틀에 동요돼 잘 마시지도 못하는 술을 어느새 거하게 먹어 버렸다.

"끅! 아, 과장님 저 화장실 좀…….'

"얼른 다녀와! 오늘 술맛이 아주 꿀맛이야! 아주 달다. 달어! 게다가 술술술 들어간다고!"

은비가 간신히 몸을 가누어 화장실에 갔다 나오는데 앞에 서 있던 한별과 딱 마주쳤다.

이상하게도 마치 기다리고 있었던 것 같은 느낌이었다.

"어? 이게 누구야! 우리 강 팀장님임 아니쉽니까! 끅!"

"고 대리, 술 너무 취했네요. 쓸데없는 과음은 지양하세요."

"뭐라굽쇼? 하… 혹시라도 내가 과음해서 말실수라도 할까 싶어 그러시나 봐요오?"

"고 대리!"

"끅. 내가 말이야. 이런 이야기 켠짜 안 꺼내려고 했는데,

꾹! 팀장님 만났을 때 옛날이야기 하며 막 친한 척해서 뭐 인맥 이런 거 동원해서 뭐 콩고물이라도 얻어먹어 볼 그런 생각 아니었다고요."

"네. 압니다. 그런 거 아닌 거. 노파심에 한 말이었어요."

"그래도 우리가 그때 하루 이틀 본 거 아니잖아요? 무려 1년을 함께 지냈는데."

은비의 말에 한별이 주변을 살폈다.

다행히 다른 사람은 없었다.

"고 대리, 좀."

한별이 그녀를 제지하려 했다.

"아니, 그냥 오랜만에 만나서 반가운 마음이 있었다고요. 다른 건 1도 없어. 1도 없었다고요, 이 대단하신 에드워드 강 님아……!"

"알겠습니다. 고 대리, 일단 들어가서… 헙."

일단 은비를 진정시키려던 한별의 얼굴에 작지만 매서운 주먹이 날아들었다.

"뭐 하는 짓이죠, 고 대리?"

생각지 못한 공격을 당한 한별이 은비를 빤히 바라보았다.

"내가 이럴 줄 알았냐? 이 꼴통 새퀴. 어디서 하늘같은 선생님에게 그렇게 싸가지 없이 말을 해! 내가 너 그렇게 가르쳤디? 이놈이 외국물 먹고 오더니 꼴통에서 싸가지로 진화를 했네. 우쒸!"

"헐, 고 선생… 아니 고 대리! 지금 여기서 갑자기 뭐 하는…….."
당황한 그가 미간을 좁히며 자신의 볼을 어루만졌다.
"욱… 읍……. 속이… 속이 안 좋아! 우웨에에엑!"
순간, 한별의 몸에 뜨거운 기운이 확 느껴졌다.
"헐……! 고… 대…리이이이!"
이미 그의 옷엔 은비가 좀 전에 먹었던 안주들이 흉측하게 자태를 드러내고 있는 중이었다.
그녀는 모든 것을 토해 내고 바닥에 힘없이 쓰러졌다.
그런데 속엣 것을 토해 내는 소리가 얼마나 우렁찼던지 그 소리에 사람들이 몰려들었다.
이 과장 휘하 포 대리도 달려왔다.
"헐, 고 대리, 이게 뭐 하는 짓이야! 얼른 일어나 보라고!"
이 과장이 은비를 부르며 그녀 곁으로 가려는데 한별이 중간에서 그를 막았다.
"이 과장님, 화장실에서 나오던 고 대리가 막 이쪽으로 지나가던 내 발에 걸려 넘어졌습니다. 그. 러. 나. 넘어지면서 보시다시피 굉장한 무례함을 저질렀고요."
"아이고야……. 팀장님, 이를 어째… 얼른 벗어 주시면."
"아닙니다. 저는 이쯤 귀가하는 편이 낫겠군요. 고 대리를 걸리게 한 내 발에도 잘못이 없다고 할 순 없는 상황이고, 정신을 차리고 난 다음에는 본인이 저지른 일을 똑바로 보게 해야 하니까 내가, 내가 데려다주겠습니다."

한별이 분노에 찬 얼굴로 자신의 옷을 바라보며 말하자 이 과장과 포 대리가 어쩔 줄 몰라 했다.

"이 과장님, 뒤처리 부탁합니다. 라임몰 기획팀 이미지도 있으니까 제대로 처리하고 귀가하시길 바랍니다."

그가 눈으로는 이 과장을, 손가락으로는 화장실 앞쪽 바닥에 흩어진 은비의 토사물을 가리키며 그곳을 벗어났다.

"아, 그리고 다음부터 고 대리에게 절대 술 권하지 마세요. 여러분들도 이 꼴 당하고 싶지 않으면."

"네. 알겠습니다!"

아직 당혹스러움에서 벗어나지 못한 이 과장은 멍하니 바닥을 바라보고 있었고, 포 대리들만 우렁차게 대답했다.

"그럼 저희는 들어가 보겠습니다. 내일 사무실에서 뵙겠습니다!"

"수고하십쇼!"

"그럼 이만!"

포 대리들이 발 빠르게 이 과장에게 안녕을 고했다.

이 과장의 이마가 빠직거리는 순간, 한별이 은비를 부축해 가게 밖으로 나갔다.

술이 떡이 되도록 취해 축 늘어졌지만, 그녀의 몸은 참으로 가벼웠다.

"후우… 고 대리!"

그가 운전석에 앉아 뒤를 돌아 은비를 불렀다.

"고 대리, 좀 일어나 봐요."

"……."

"고 대리, 내가 집에 데려다주겠습니다."

"……."

"고 대리, 집 주소가 어떻게 됩니까?"

"……."

한참 틈을 두고 깨워 봤지만, 그녀는 코까지 그르렁그르렁 골며 잠에 빠져 있었다.

난감한 표정을 짓던 한별이 토사물 냄새가 올라오는 자신의 옷을 바라보며 입을 틀어막고 더는 안 되겠다는 듯 어딘가로 향했다.

"고 대리! 고 대리! 좀 일어나 봐요!"

한별이 고 대리를 부축한 채로 그녀를 깨웠다.

그곳은 회식 장소 근처 오성급 호텔이었다.

"후우……."

아무리 깨워도 대답이 없는 은비를 바라보며 한별이 한숨을 폭 내쉬었다.

일단 토사물이 잔뜩 묻은 옷을 그대로 입혀 두는 건 좀 아닌 것 같았다.

"고 대리, 함부로 몸에 손을 대 미안합니다. 한데 이러면 고 대리도 찝찝할 거 같아서 그런 거니 이해해 주길."

그는 그녀의 겉옷을 벗기고 얼른 호텔 가운으로 갈아입히며 중얼거렸다. 그리고 가운을 걸친 그녀를 호텔 침대에 뉘었다.

"크흐흐흐르릉. 이 꼴통……!"

이제 잠꼬대까지 할 모양이었다.

"좀 일어나 봐요, 고은비 씨."

"팀장이면 다냐……! 선생에 대한 예의라곤 눈곱만큼도 없는 놈……. 이 나라가 말이야. 미쿡! 아니고! 동방예의지국이다 이 말이야. 이노오오오홈!"

"제발, 정신 좀 차려 보세요……."

"왜, 내가 꼰대 같냐? 흠냐 흠냐… 드르렁……."

"후우……."

그러고는 말을 잃고 또 깊은 잠이 들어 버린 그녀.

한별은 자신도 옷을 벗고 호텔 런더리 서비스에 그녀와 자신의 옷을 맡긴 다음, 간단하게 샤워라도 하고 집에 갈 생각에 욕실로 들어갔다.

시원한 물줄기가 그의 머리, 얼굴, 울대가 도드라진 목을 지나 두툼한 가슴에 쏟아져 내렸다.

"그 성격 어디 가겠냐고-"

두 손으로 얼굴에서부터 머리까지 쓸어 올린 그가 은비에게 한 방 먹은 자신의 볼을 어루만졌다.

한 번 만지고, 또다시 만졌다.

작은 주먹으로 날린 참 강렬한 한 방이었다.

그가 물줄기를 최강으로 틀어 놓고 본격적으로 샤워를 시작했다.

쏴아- 쏴아-
'으응? 비가 오나?'
비 오면 창문 닫아야 되는데…….
안 그러면 빨래 다 젖을 텐데…….
은비가 귓가에 들리는 빗소리에 부스스 무서운 눈꺼풀을 들어 올렸다.
으응?
그런데 눈에 은은한 빛을 내는 화려한 모양의 조명이 들어왔다.
"헉!"
누워 있는 곳이 자신의 집이 아니라는 사실에 깜짝 놀라 벌떡 일어났다.
"여기가 어디야?"
여전히 쏴아- 쏴아- 하는 소리가 들리는 가운데 서서 주변을 살폈다.
여기저기 박혀 있는 로고를 관찰한 결과 이곳은 호텔임이 분명했다.
"엄마야!"
자신의 의상을 확인한 그녀가 뒤에 있던 침대로 다시 벌러덩 넘어졌다.

멀쩡히 입고 있던 옷은 어디로 가고 호텔 가운을 입고 있는지.

"으~"

그러나 다시 자리에서 일어나려니 머리가 지끈 아파 왔다.

가만. 기억을 더듬어 보니 이 과장과 술 대결을 한 것까지는 기억이 났는데, 문제는 그다음이었다.

도저히 생각이 안 난다.

필름이 완전히 끊겼다.

두 손으로 머리를 헝클어뜨렸다.

쏴아- 쏴아-

"어? 이게 무슨 소리야?"

하던 짓을 멈칫하고 굵게 내리치는 물줄기에 귀를 기울였다.

꿈에서 들었던 빗소리였다.

깨어나 보니 이건 이곳 욕실에서 나는 소리임이 분명했다.

"하… 어떤 놈이 감히 이 고은비가 만취한 틈을 타 뭘 어떻게 해 보겠다고 여기까지 데려와서 내 옷 벗겨 놓고 본인 먼저 씻으러 들어갔다 이거지. 나를 아주 그냥 물로 봤네."

아무리 둘러봐도 남자 옷은 보이질 않아 누군지 알 수도 없는 상황이었다.

어쩔 수 없이 호텔 가운을 입은 모습 그대로 욕실 문 앞에서 대기했다.

심장이 벌렁벌렁거렸다.

대체 누구지.

서른셋을 살도록 순결하게 지켜 온 내 몸을 탐한 자 그 누구냔 말이다.

이 상황이 도저히 용납이 안 돼 손이 덜덜 떨렸다.

눈물이 날 것만 같은 걸 간신히 참았다.

정신을 차려야 했다.

"어떤 후레자식인지 나오기만 해 보라고……!"

마침 물줄기 소리가 그쳤고 목욕 가운을 입은 한 남자가 머리를 털며 아랫도리에 큰 타월만 감고 욕실 밖으로 나왔다.

은비는 막 샤워실에서 나온 남자가 누구인지 확인도 전에 일단, 그를 뚜드려 패기 시작했다.

"아! 아! 아! 아아아아!"

"미친 새끼! 사람을 뭘로 보고! 그리고 내 옷은 어디다 뒀어! 이 변태 새꺄!"

"아아! 아악! 고… 고… 대리!"

"으응?"

고 대리라는 말에 은비가 자동으로 뚜드려 패던 팔을 정지했다.

"고 대리? 누…구세요?"

팔 사이에 머리를 파묻고 맞고 있던 한별이 은비를 째려보며 고개를 서서히 들었다.

곱상한 얼굴에 깊은 눈이 미간을 좁히며 드러났다.

"납니다. 강 팀장."

"헐."

아주 잠시 그녀의 눈빛이 당황해했으나, 이내 분노에 찬 눈빛으로 돌변하며 본능적으로 손을 다시 움직이기 시작했다.

"강 팀장이면 다야? 응? 나를 왜 여기로 데려온 건데? 어? 대체 저의가 뭐야? 그리고 설마 벌써 내 몸에 손댄 거 아니지? 아, 기억 안 나 미치겠네."

"악! 악! 고 대리. 그런 거 아닙니다. 그만하세요. 제발!"

"아니면 뭔데요."

한별이 몸을 완전히 펴 그녀의 손목을 잡아 이끌었다.

워낙 힘을 주고 끄는 통에 은비는 속수무책으로 끌려갔다. 그는 은비를 호텔 거실 소파에 앉혔다.

"상황이 딱 오해하기 좋다는 건 인정합니다. 하지만, 그런 상황 아니고, 나 그런 사람 아닙니다."

"그럼 뭔데요? 지금 이 상황."

"아까 고깃집에서 화장실에서 나오던 고 대리랑 마주쳤고, 거기서 고 대리가 무어라 이야기를 하다 말고 내 옷에 토를 했습니다. 집에 데려다주려는데 고 대리가 일어나지 않아 어쩔 수 없이 호텔로 왔습니다."

토를 했다고? 그것도 강 팀장 옷에다가?

은비는 순간 너무 당황스럽고 창피하고 미안해 앞에 쥐구멍이 있다면 당장 숨고 싶은 기세였다.

이래서 술을 마실 수 있어도 먹지 말아야 하는 판국에 못 먹는 술을 먹어 버렸다는 뒤늦은 후회가 밀려왔다.

"제가 술에 취해 팀장님에게 큰 실수를 저질렀네요. 정말 죄송합니다. 팀장님이 제 옷을 벗기신……."

"네. 고 대리랑 내 옷에 토사물이 많이 묻어서 안 되겠다 싶어서 본의 아니게 옷을 갈아입히려 했습니다. 고 대리의 의사를 끝까지 물었어야 하는데 그렇지 못한 점은 미안하다 생각합니다. 지금 옷은 세탁실에 보내 놓았고 몇 가지 편한 옷을 주문하긴 했습니다. 이따 오면 새 옷 입고 돌아가요."

하아……. 그런데, 갈아입힌 건 맞잖아!

오늘 속옷 뭐 입고 왔었지? 속옷 위에 뭘 입었던가? 하, 미치겠네.

은비의 머릿속이 복잡했다. 근데, 지금 이 상황에선 자신이 죄인이었다. 그가 뭐 해 보려고 벗긴 것도 아닌데, 그의 몸에 토한 것도 모자라 뚜드려 패기까지 했으니.

"무례를 범한 거 정말 죄송하게 됐습니다, 팀장님. 아휴, 어떡하죠. 정말 죄송… 죄송… 또 죄송합니다."

"그리고 아까 술 취해서 주정하던데 나한테 쌓였던 게 많았나 봅니다, 고 대리?"

"네? 아닙니다, 팀장님. 쌓인 거라뇨. 맹세코 저는 그런 거 없습니다!"

"그래요? 내가 클라이언트들과 이야기할 때 회의 내용을 잘 기억하려고 녹음기를 가지고 다니는데 그거 한번 들어 보고 말해 보겠습니까?"

"아니, 저 팀장님······."

"그리고 아까 오해할 만한 상황이긴 했지만 나에게 해명도 듣지 않고 다짜고짜 욕을 하면서 사람을 파렴치한으로 몰아간 걸로 기억하는데······. 고 대리 생각보다 감정적인 사람인가 보네요?"

은비는 지금 이 순간 아무것도 생각 안 나는 자기 자신이 원망스러웠다.

이 과장님 때문에 괜한 오기가 발동해 술을 잔뜩 먹은 것밖에. 결국 이 과장 때문에 내 인생을 망치는구나 싶어 눈앞이 캄캄했다.

도대체 한별에게 무슨 짓을 한 건지. 설마 9년 전 일 다 떠벌리고 다닐 거라고 얘기한 건 아니겠지? 그거야말로 한별에게 가장 예민한 문젠데. 이러다가 입단속한다고 영원히 제게 라임몰이 문단속하는 건 아닌지. 안 돼. 어떻게 버틴 회산데, 그깟 술주정으로 그만둘 수는 없다고!

아니면, 얼른 일 마치고 기획팀 나가 버려, 이 버르장머리 없는 새끼야? 이러면서 삿대질이라도 했나? 그렇다면 그간 쌓은 업무적 신뢰가 다 무너져 버리는 아주 어마어마한 일인데, 그것 때문에 이제 같이 일 못 하겠다고 그만두라고 하는 거 아니야? 아이씨, 미치겠네. 무슨 소리를 어떻게 지껄인 거야, 고은비!

"팀장님… 이거 제가 무조건 잘못한 겁니다. 술에 취해 무례하고 감정적인 모습을 보여 정말 죄송합니다. 이번 일만 넘어가 주시면 제가 팀장님을 위해 온몸을 바쳐 일하도록 하겠습니다!"

은비는 녹음된 이야기를 들을 자신이 없어 고개를 조아렸다. 태어나서 수모도 이런 수모가 없겠다 싶었다. 내 다시는 술 마시나 봐라.

"정말… 나를 위해 온몸을 바칠 수 있습니까, 고 대리?"

호기롭게 온몸을 바친다고 말은 했지만 아랫도리에 타월 한 장만 두르고 있는 그의 야릇한 포즈가 눈에 들어왔다. 그 모습에 순간 망설일 뻔했지만 얼른 대답했다.

"네, 팀장님! 이번 일만 모른 척해 주시면 이 회사를 위해, 강 팀장님을 위해 온몸을 불사르겠습니다!"

"좋습니다. 그럼 내가 어떤 일을 시켜도 따라와 주세요."

"네. 어떤… 일 말씀이신가요?"

"라임몰 고 프로젝트가 워낙 중대해서 나를 도와 이것을 제대로 서포트해 줄 인력이 필요합니다. 쉽지 않은 일이라 선뜻 팀원들이 나서기 어려운 일이고요. 그걸 고 대리가 맡아 줬으면 합니다."

"네……? 제가요?"

"방금 일로 나를 위해 온몸을 불사른다는 말도 했으니 충분히 해낼 수 있을 것 같아서요."

"네, 팀장님."

대답은 했지만 왠지 찜찜했다. 온몸을 불사른단 말을 자신이 했지만, 느낌이 쎄했다.

왜 그 옛날 이 과장 생각이 나는지. 자신이 상사니 열심히 해 보자는 그의 말에 최선을 다해 모신 것뿐이었는데, 자신의 아이디어를 강탈해 갈지는 몰랐었다.

괜히 그 기운이 스멀스멀 오르는 건 왜일까. 그래도 뉴욕지사에서 날아다녔다는 것도 혹시? 지난번 은근한 협박 이후에 의심병이 새롭게 생긴 탓이었다.

"대신, 이 일을 맡으면 다른 업무는 각 팀원들에게 배분할 예정입니다. 다른 일 해서 내 일에 지장 있는 거 별로 안 좋아하는 성격이거든요. 대신 라임몰 고 론칭이 조금 촉박해서 자주 야근할 수도 있습니다."

그제야 은비의 얼굴이 조금 펴졌다. 이건 이 과장과는 멀어질 수 있다는 얘기였다. 일단, 그것만으로도 숨통은 트일 수 있었다. 야근이야 뭐, 밥 먹듯이 하는 거니까.

"알겠습니다, 팀장님. 열심히 해 볼게요."

"알겠어요, 고 대리."

딩동-

"주문한 옷이 왔나 보군요. 내가 가서 받아 올 테니 그거 입고 퇴근하세요."
"알겠습니다, 팀장님."
은비가 미소 띤 얼굴로 대답했다.

한 주가 지났다.
기획팀 아침은 평소보다 좀 더 분주했다.
"자자, 회의실로!"
이 과장님이 은비도 있는데 강 팀장의 수족처럼 나서 그의 말을 전했다.
은비가 업무 수첩을 가장 먼저 챙겨 자리에서 일어났다.
이 과장 밑에서는 매일 사표를 품고 살았지만, 강 팀장 밑에선 어떻게든 버티고자 하는 마음이 컸다.
처음엔 적응이 안 될 지경이었지만, 팀장 보좌하는 역할을 맡으면서 본 한별의 모습엔 확실히 배울 점이 많았다.
뭐 하나 허투루 넘기는 법이 없을 만큼 꼼꼼했고, 시장을 내다보는 시안 또한 남달랐다. 뉴욕 지사에서 라임 채널을 일약 스타 채널로 만든 것이 거저는 아니었다는 것이 느껴졌다.
그러다 보니 자신도 오랜만에 일할 기분이 났다.

"이 과장님, 한 대리, 김 대리, 신 대리, 이 대리, 고 대리."
"넵… 쿨럭! 큼큼!"
"넵!"
모두들 빙 둘러앉아 강 팀장의 입만 바라보고 있었다.
"회사에서 우리 팀에게 이례적으로 큰 프로젝트를 맡기셨습니다."
그의 비장한 말투에 팀원들의 눈빛에 금세 호기심 반, 두려움 반이 섞였다.
"일명 '라임몰 고' 프로젝트. 미국에서 성공리에 오픈한 '포레스트 고'를 벤치마킹한 오프라인 쇼핑몰 매장입니다."
'포레스트 고'는 손님이 원하는 물건을 일반 계산대를 거치지 않고 출구만 통해 지나갈 때 계산까지 함께 되는 최첨단 무인 쇼핑몰이었다.
명성은 익히 알고 있어도 선뜻 누구 하나 따라 하지 못했던 것은 그만큼 그것이 상당히 어려운 일임을 이야기해 주고 있었다.
'라임몰 고'가 성공적으로 오픈한다면 이건 국내 최초가 될 것이었다.
"만년 꼴찌였던 기획팀이 기사회생할 수 있는 아주 좋은 기회라고 생각합니다. 그러니까 여러분들도 이 일에 심기일전하셔서 라임그룹과 함께 성장하는 인재가 되셨으면 하는 바람입니다."

한별의 말에 이 과장을 비롯한 포 대리들은 강 팀장 때문에 본래의 업무도 아닌 귀찮은 일만 늘었다 생각해 안 좋은 표정을 억지로 감추고 있었다.

하지만 은비만은 달랐다.

이번 프로젝트에 뼈를 갈아 넣어 이참에 승진까지 노려 볼 생각이었다.

"이번 프로젝트는 나와 고 대리가 주축이 돼서 해 나갈 생각입니다. 그래서 고 대리 업무를 팀원들에게 배분할까 하는데 말이죠."

예상치 못한 한별의 말에 팀원들이 순간 긴장했다.

"흐음, 특이 지역 특산품전 기획은 이 과장님이 하시죠."

이 업무는 이 과장이 은비에게 멋대로 넘겨 빠른 시일 내로 작성하라던 것이었다. 한국에 있는 오지 특산품 기획전이라 출장도 잦고 고생길이 훤한 일이었다.

"아… 알겠습니다, 팀장님."

이 과장이 몹시 당황했지만, 애써 어색한 미소를 지으며 대답했다.

"이번 시즌은 제가 특별히 제안하죠. 제주에 차귀도라는 곳이 있는데, 그곳 한치가 꽤 실하거든요."

"차…귀도요?"

이 과장의 동공이 사정없이 흔들렸다. 고소공포증에 뱃멀미까지 있는데 그곳을 어찌 갈지. 생각만 해도 머리가 지끈거렸다.

"네. 그다음 시즌은 독도 새우전으로 하고요. 흠, 이렇게 상세히 제안해 주는 팀장도 적지 않을 텐데, 고마워하시는 게 좋을 겁니다."

"하악… 독도……. 하하핫……. 우리 팀장님께서 이렇게 생각이 깊고도 넓으신 줄은 진작 알았습니다. 하하하핫."

웃고 있는 건지 울고 있는 건지 모를 이 과장의 소리에 은비는 눈을 한번 꼭 감았다 떴다.

강 팀장의 한마디에 꼼짝 못 하는 그를 보니 뜻하지 않게 묵은 체증이 쑥 내려가는 이 기분은 무엇인지.

그러니까 평소 마음을 곱게 썼으면 이런 일이 있었을까. 사필귀정입니다요, 이 과장님!

그러나 이것은 시작에 불과했다.

포 대리들이 은근슬쩍 은비에게 맡겼던 자료 조사도 고스란히 그들에게 돌아가게 되었으니, 살다 보니 이런 날이 오기도 하는구나 싶은 날이었다.

"으- 어깨야."

늦은 밤, 기획팀 사무실에서 홀로 야근 중인 은비가 뻐근한 승모근 때문에 잠시 어깨를 휘 돌렸다.

'라임몰 고'의 콘셉트를 잡아 보겠다고 열정을 불태우는 중이었다. 오늘 생각한 만큼 하려면 아직 멀었는데, 밤이 깊어지니 피곤이 밀려왔다.

"바람이라도 쐬고 오자."

양 손바닥으로 볼을 탁탁 친 다음 몸을 일으켰다. 회사 옥상 정원이라도 갔다 올 생각이었다.

옥상 정원 벤치에서 바라본 서울 밤하늘이 웬일로 참 맑았다.

휘황찬란한 도시의 조명들이 환히 불을 밝히고 있었지만 별이 꽤 보였다.

잠시 벤치에 누워 밤하늘을 감상했다.

근데 불현듯 아까 혼자 시장조사를 하러 나간다더니 다시 돌아오지 않았던 한별이 떠올랐다.

보좌하는 역할을 맡으라더니 혼자 갔다 오겠다는 그가 좀 의아했었다.

그를 보좌하는 역할은 생각보다 어렵지 않았다.

한국 라임몰에 대해 이해하기 위해 여러 자료들을 정리해 주는 것과 개인적으로 거래처들 임원들과 미팅을 잡아 주는 것 등 지극히 업무와 관련된 일들이었다.

그래도 늘 외근도 미팅도 함께 참여했고, 그것들을 모니터 한 내용과 보고서 제출도 함께 했었다.

그런데 오늘은 무슨 일인지 모를 일이었다.

"후… 일이나 하자!"

두 팔을 하늘로 뻗어 기지개를 쭉 펴고는 다시 사무실로 향했다.

걷다 보니 배가 살살 고파 서랍에 쟁여 둔 컵라면이나 먹을까 살짝 고민도 하며 사무실로 들어갔다.

"어? 이게 다 뭐야?"

은비의 책상에 샌드위치 박스, 스파클링 과일 주스 그리고 홍삼 음료가 놓여 있었다.

깜짝 놀라 주변을 살펴보니 개미 한 마리도 안 보이는 상황.

누가 놓고 간 건지 모르겠지만, 라임몰에서 야근하며 이런 사적인 격려품을 받아 보기는 처음. 게다가 근사한 간식거리라 심장마저 쿵 내려앉을 지경이었다.

혹시라도 누가 다른 사람 자리인 줄 착각해서 갖다 놓았나 싶은 마음에 미간을 찌푸리고 그 음식들을 잠시 노려만 보고 있었다.

그때 샌드위치 박스에 끼워진 쪽지 하나를 발견했다.

고 대리, 몸 챙기면서 해요.

자신의 것이 맞았다. 더는 가만히 있을 수 없었다.
꼬르륵-

군침 도는 음식을 바라보고 있자니 안 그래도 허기진 배가 더욱 난리를 쳤다.

투명 케이스를 열어 샌드위치를 꺼냈다.

"이거 뭐가 이렇게 두꺼워? 헉, 이게 뭐야?"

한 입에 먹기 벅차 보이는 두께의 샌드위치 안엔 로브스터의 두툼한 살이 잔뜩 들어 있었다.

군침이 폭발할 만한 비주얼이었다.

입을 크게 벌려 한 입 앙 물자, 과연 신선한 해산물의 풍미가 입 안 가득 퍼졌다.

"맛있다……."

미간을 좁힐 대로 좁힌 그녀가 감탄을 연발하며 샌드위치 한 입, 주스 한 모금을 마셨다.

꿀맛이었다.

기분 좋은 에너지가 온몸에 꽉 찬 느낌이었다.

"그럼 충전은 됐으니까, 다시 시작해 볼까."

야무지게 샌드위치를 먹어치운 은비가 입가에 미소를 띠고 두 손을 마주쳐 소리를 내고는 다시 눈에 불을 켰다.

다음 날.

"저기 어제 야근하다가 말이에요. 잠깐 나갔다 온 사이 누가 간식거리를 잔뜩 책상에 갖다 놨더라고요. 혹시 한 대리님?"

"나? 에이, 설마-"

지난번 일을 거하게 부탁하더니 고맙다는 의미에서 선물한 건가 싶었지만, 표정을 보니 영 아니었다.

"흐음… 그럼 신 대리님? 아, 설마 아니겠죠. 죄송."

그가 지독한 짠돌이라는 사실이 막 떠올라 고개를 돌렸다.

고개를 쭉 돌려 봐도 모두 모르는 얼굴을 하고 있으니 당최 어제 그 야식을 누가 갖다 놓았는지 알 수 없는 상황이었다.

"그럼 누구지……. 아무튼, 너무 감사하네……."

은비가 자리에 앉으며 중얼거렸다.

"고 대리, 나 좀 보죠."

막 출근한 한별이 기획팀을 가로질러 자신의 책상으로 향하며 말을 흘렸다.

"넵!"

그의 호출이 싫지만은 않았다. 어제 이 과장을 한 방 먹여 줘 싹 내려간 체중 덕분에 아직까지 좋은 기분이 좀 남아 있었다.

은비가 밝은 얼굴로 강 팀장 책상 앞에 섰다.

지금 같아서는 이 과장 수발드는 일만 아니면 어떤 어려운 일이라도 즐겁게 할 수 있을 것 같은 기분이었다.

처음에는 어색했던 팀장님이란 소리가 아주 자발적으로

절로 나올 정도였다.

"음… 오늘 업무는 외근부터… 하겠습니다."

한껏 분위기를 잡던 그가 외마디 말을 내뱉었다.

"요즘 주로 업체 미팅만 하다 보니 첫날 시장조사했던 감을 다 잃었네요."

"아."

"오늘은 쇼핑몰보다 좀 더 소비자들과 가깝게 만날 수 있는 다른 장소를 돌아보고 싶은데요."

"네, 팀장님."

은비가 연신 고개를 끄덕이며 그의 의견을 머리에 새기며 외근 장소를 떠올리고 있었다.

"참, 그와 별개로 요즘 서울에서 작은 동네에 여러 매장들이 많이 생겨난다는 이야기를 들었습니다. 요즘 젊은 층에게 인기 많은 동네 관련한 조사도 부탁합니다."

"네. 관련 장소 리스트업해서 보고드리겠습니다."

"오늘 당장 갈 곳은 내가 정했습니다. 나가죠."

"네?"

자신이 모실 줄 알았는데, 한별이 정했다는 말에 은비가 흠칫 놀랐다.

"갑시다."

"네, 팀장님."

은비가 자리로 돌아가 가방을 챙겼다.

"고 대리, 어디 가?"

옆자리 한 대리가 가방을 챙기는 은비에게 물었다.

"외근이요. 시장조사 가자시네요."

"또? 한시도 허투루 안 쓴다더니, 진짜 무섭게 일에 파고 드시네. 팀장급이 이렇게 현장 조사 나가는 것도 진짜 대단한 일이라니까. 어후-"

"그러게요."

"이 과장님에 이어 강 팀장까지… 고 대리도 참 일을 잘해서 고생이다."

앞자리 김 대리도 한마디 거들었다.

"네. 뭐 월급 공짜로 받는 것도 아닌데, 열심히 해야죠. 다녀올게요."

"응! 고생해."

한 대리, 김 대리, 신 대리, 이 대리가 그녀를 측은하게 바라보며 배웅의 인사를 했다.

"고 대리! 뭐 합니까. 얼른 나오세요!"

벌써 저만치 나간 강 팀장이 은비를 재촉했다.

"갑니다! 팀장님!"

은비가 가방을 팔에 걸고 나서며 외쳤다.

"아유, 우리 고 대리! 단단히 잘못 걸렸네!"

"한번 일복 터진 사람은 평생 그러더라고!"

사무실 대리들이 모두들 고개를 내저었다.

"뭐? 누가 그딴 소리를 해. 한번 일복 터진 사람은 평생 뭐?"

일복이 갑자기 터져 버린 이 과장이 포 대리를 향해 언성을 높였다.

"어디로 갈까요?"

은비가 사무실 업무용 차 키를 가지고 강 팀장과 함께 주차장으로 향하던 중 물었다.

"내 차로 가죠. 목적지는 한강 공원."

그가 자신의 고급 세단 앞에 섰다.

"한강이요?"

은비는 한별의 입에서 나온 소리를 의심했다.

"곧 봄이라서 말입니다. 피크닉 시즌이라, 아무래도 생생한 분위기를 느껴 보려면 한강이 적합할 것 같아서 말이죠."

"네. 참 좋은 생각이신데, 한강이 차로 갈 만큼 회사에서 먼 거리가 아니라서요. 걸어가시는 것도 나쁘지 않을 듯합니다. 때마침 한국에서 요즘 걷는 열풍도 소소하게 불고 있어서요. 그 기분도 느껴 보실 겸."

"으음, 그런가요? 그렇다면 업무 효율을 따졌을 때 나쁘지 않은 제안이군요. 갑시다. 걸어서."

라임그룹 본사는 여의도에 있었다.

라임몰도 같은 건물이었다.

은비가 라임그룹에 들어가고 싶은 이유 중 하나에 한강 공원이 가깝다는 것도 포함이 되어 있었다.

한강을 워낙 좋아했으니까.

이 과장 수발들면서 받은 스트레스를 퇴근하면서 한 번씩 한강 둔치에 앉아 흐르는 물과 함께 흘려보냈었다.

게다가 너무 예쁜 서울의 야경, 반짝거리는 그 풍경만 봐도 스트레스가 풀리는 느낌이었다.

그런데 그가 가자는 핫한 곳이 이곳일 줄은 몰랐다.

은비는 좀 의아한 마음으로 한별과 함께 거리로 나섰다.

봄 햇살은 따스했고, 낮 시간 여의도 풍경은 사람들 빼곡한 점심시간이나 퇴근 시간과 달리 낯설도록 굉장히 한산한 느낌이었다.

조금 걸어 도착한 한강 공원 풍경도 마찬가지였다.

모든 것이 푸르고, 밝게 생동하는 느낌.

"왜 이렇게 세상이 눈부시지? 아무래도 이 과장 없는 세상이라서 그런가?"

그녀는 괜히 웃음이 나 작은 소리로 중얼거렸다.

분명 외근인데 산책하는 기분이 들 지경이었다.

이 과장 지시로 가득한 사무실에서 벗어난 것에 대한 기쁨은 무어라 표현할 수 없는 행복이었다.

"팀장님, 요즘 한강 공원엔 그늘막을 칠 수 있는 장소가 한정되어 있어요. 그게 저쪽인가 봅니다. 디자인이 상당하죠?"

"그러네요. 근데, 대낮인데도 텐트를 이렇게나 많이 쳤을 줄은 몰랐습니다……."

"다들 바쁜 것 같아도 또 여가를 즐기는 사람들도 참 많아요. 어떻게 쉬느냐도 고민하며, 제대로 쉬고자 하는 사람들이 늘어나고 있고요."

"그렇군요."

"어쨌든 그늘막은 기능성이 중요하긴 한데, 요즘은 SNS에 일상을 공유하는 문화가 대세다 보니 작은 아이템에서부터 큰 것까지 보다 감각적인 디자인을 원하는 경향이 큽니다."

공원 안으로 들어가며 은비가 또 브리핑을 시작했다.

"한강 문화는 정말 독특해요. 미국과는 많이 다릅니다. 뉴욕에도 많은 공원이 있지만, 그늘막을 이렇게 많이 치고 있지는 않거든요. 뭐, 피크닉 매트도 있을까 말까."

이 과장에게서 벗어났다는 기쁨도 잠시, 시장조사라는 목적에 부합하는 외근을 하기 위해 은비는 눈에 불을 켰다.

보이는 모든 것들을 일과 연관시키는 중이었다.

한별도 그녀와 의견을 주고받으며 걸음을 이어 갔다.

9년 만에 온 한강 공원의 모습을 새삼 신기하게 바라보면서.

"한강 공원에서는 그냥 앉아서 노는 게 아니라 레저템들을 많이 들고 와 즐기는 경향이 큽니다. 레저템들도 굉장히 다양해지고 있고, 그게 유행을 타기 시작하면 거의 모두 소장할 정도로 인기가 좋습니다."

봄볕이 쏟아져 내리는 낮 시간, 군데군데 그늘막을 치고 피크닉을 즐기는 사람들이 있었다. 그들은 모양이 독특한 배드민턴부터 에어 로켓, 트랜스 볼 등 다양한 레저템들을 즐기고 있었다.

한별과 은비는 한강 공원 잔디밭 사이의 외길을 걸으며 양쪽에 군데군데 쳐 있는 그늘막과 관련 소품, 피크닉 나온 사람들의 먹을거리들을 살펴보았다.

은비는 오늘 본 것들을 데이터화시키기 위해 들고 있는 태블릿에 열심히 자료들을 입력하고 있었다.

"우와, 팀장님! 대박! 저 텐트 좀 보세요. 디자인이 정말 독특한데요? 저런 그늘막은 처음 봐요!"

"흠, 자세히 가서 볼까요. 브랜드가 뭔지도 좀 보고."

그녀가 발견한 그늘막은 한별이 보기에도 이목을 끄는 디자인이었다.

특이한 디자인의 그것을 향해 가던 두 사람이 목적지 코앞에서 주춤했다.

텐트가 심하게 흔들리고 있었다.

3장. 비.밀.번.호.

"헉, 어떻게. 얼른 가요, 팀장님!"

은비가 한별의 팔을 힘주어 끌었다.

"이건 뭐, 미국과 다르지 않네요. 안에서 하는지 밖에서 하는지 그 차이뿐."

"한국에서는 저러는 거 공중도덕, 공공질서에 어긋난다고요. 어휴~! 진짜, 대낮부터……."

그녀가 얼굴을 찡그리며 그곳을 벗어났다.

"뭐, 사랑한다는데 어쩌겠어요……."

한별은 어깨를 한번 올렸다 내렸다.

들썩거리는 그늘막을 뒤로하고 나니 두 사람 사이에 어색한 기류가 흘렀다.

그때였다. 사람들이 몰려 있는 곳이 있어 가 보니 한강에 거대한 사탕 모형의 조형물이 떠 있었다.

곧 다가올 화이트데이를 위한 이벤트가 벌어진 모양이었다.

사탕을 배경으로 커플 사진을 찍고 SNS에 태그하면 선물을 주는 이벤트가 있어 너도 나도 밝은 표정, 다양한 포즈로 사진을 찍고 있었다.

"고 대리, 라임몰 고 오픈 때도 이런 이벤트를 기획하는 것도 좋겠네요. 어떤 선물 주는지 우리도 한번 받아 봅시다."

"아, 네, 팀장님."

그의 말을 알아들은 은비가 사탕이 잘 보이는 곳으로 가 자리를 잡았다. 한별이 그녀 옆에 와 서자 얼른 휴대폰을 켰다.

"하나, 두울, 셋!"

그녀의 구호에 맞춰 두 사람이 다정한 연출 사진을 완성했다.

"팀장님, 제가 선물 받아 올게요."

SNS를 하지 않는 은비였다. 얼른 계정 하나를 만들어 사진을 올리고 받아 온 선물은 어이없게도 막대사탕 두 개였다.

정말 작은 선물이었지만, 그것을 받아 들고 두 사람이 기분 좋게 웃었다.

"조금만 쉬었다 갈까요."

강변을 따라 걷다 벤치를 발견한 한별이 걸음을 멈추고 그녀를 세웠다.

안 그래도 높은 굽의 신을 신은 그녀가 아까부터 신경이 쓰였다.

은비도 하필이면 오늘 평소에 잘 신지 않는 구두를 신은 자신을 탓하고 있었다.

"발… 아프지 않습니까?"

"하… 사실, 지금 발뒤꿈치 다 까졌어요. 아이씨! 아파!"

은비가 몸을 수그려 신발에서 뺀 자신의 발뒤꿈치를 바라보았다.

"난, 고 대리 힐 신은 줄 모르고 그때보다 키가 좀 큰 줄 알았습니다. 전에는 땅딸했는데."

"팀장님, 땅딸이라뇨. 말씀이 심하시네요. 160이면 여자 평균 신장에 가깝습니다."

반올림해서 160이지만.

"내 눈은 못 속입니다. 156센티 봅니다."

"강…한… 팀장니임."

은비가 순간 욱해서 그의 이름을 부를 뻔했다.

"156센티라……."

"160센티입니다."

"156에 230?"

"230은 맞는데 160센티입니다."

"알겠습니다. 고 대리, 여기서 잠시만 기다려 봐요."

갑자기 한별이 은비를 두고 어딘가로 사라졌다.

한참이 지나도 오질 않던 그가 백 미터쯤 떨어진 곳에서 모습을 드러냈다.

"으잉?"

그런데 그가 양쪽 손목에 커다란 봉지를 걸고, 두 손으로는 작은 박스에 무언가를 담아 들고 큰 보폭으로 걸어오는 것이 아닌가.

"고 대리! 고은비 대리!"

그의 우렁찬 목소리가 한강에 울려 퍼졌다.

게다가, 차마 숨길 수 없이 즐거운 저 얼굴은 뭐지?

그가 헉헉거리며 벤치에 한가득 짐을 내려놓았다.

"그동안 왜 나를 복합 쇼핑몰만 데리고 다닌 겁니까. 왜 신세계가 여기 있다고 말해 주지 않은 거죠? 한국 편의점에 놀랍도록 다양한 제품이 있다는 사실에 신선한 충격을 받고 오는 길입니다."

한별이 벤치에 한가득 짐을 내려놓았다.

그가 가져온 봉지와 박스 안에는 정말 많은 것이 들어 있었다. 편의점 아이스커피, 편의점 도시락, 편의점 소시지, 편의점 족발, 편의점 곱창, 편의점 떡볶이, 편의점에서 끓여먹는 라면, 편의점 치킨, 편의점에서 파는 빅 배드민턴, 편의점에서 파는 연, 편의점에서 파는 돗자리 등등 영수증에 찍힌 금액은 무려 30만 원이었다.

아무래도 편의점을 싹쓸이해 온 것 같았다.

재벌 3세는 편의점 쇼핑 클래스도 다르구나!

이 편의점 호갱 같으니라고!

한별이 사 온 물건을 당황스러운 눈빛으로 바라보고 있을 때였다.

"고 대리."

"네?"

"이거."

"엥?"

그가 뒤에 잠시 숨겼던 삼선 슬리퍼를 꺼냈다.

편의점에 슬리퍼도 파는 줄 처음 알게 된 날이었다.

"이미테이션 디자인이 좀 거슬리긴 하지만, 가성비는 따라올 수 없겠더군요."

"팀장님, 지금 저 발 아프다고 슬리퍼 사서 오신 거예요?"

은비는 그가 건넨 삼선 슬리퍼를 보고 깜짝 놀랐다. 뜻밖의 배려가 낯설면서도 고마웠다.

"네. 아픈 발 때문에 업무에 집중하지 못한다면 그것만큼 비효율적인 외근이 없을 테니까요."

그가 삼선 슬리퍼의 택을 확 떼 버린 다음 그녀의 발 앞에 무릎을 꿇고 앉았다.

은비는 자신의 무릎 앞에 쪼그려 있는 한별을 발견하고 소스라치게 놀랐다.

그가 자신의 신발을 벗기려는 것이 아닌가.

고마운 건 맞는데, 그의 자세가 옳지 않았다.

왜 갑자기 백화점 1층 구두 숍의 직원인 양 자신의 발 앞에 있는 건지 당황스러웠다.

급기야 그가 그녀의 구두에 손을 댔다.

"아악! 왜 이러세요!"

지금까지 계속 걸어와서 혹시라도 꼬릿한 냄새가 날 수도 있는데! 그리고 나 발… 발 되게 민감하다고!

차마 말할 수 없는 사정은 뒤로하고 냅다 소리를 질렀다.

그리고 다음 동작이 진행될까 무서워 본능적으로 막 자신의 발쪽으로 고개를 숙이려는 그의 머리를 뒤로 확 잡아당겼다.

순간 한별의 눈에 뭉게구름이 가득 들어왔다.

"어머! 미안해. 이럴 생각까지는 아니었는데!"

은비는 무의식중에 저질러 버린 자신의 행동에 또 한 번 놀라 입을 두 손으로 가리며 즉시 사과를 해 버렸다. 그러다 방금 내뱉은 말이 반말이었다는 것을 뒤늦게 깨달았다.

"어휴, 죄송해요!"

그녀는 다리를 구부려 힐을 신고 있는 발을 벤치 아래로 숨기며 다시 한번 미안한 마음을 전했다.

아무리 서울을 좋아하는 여자 고은비라지만, 위험은 언제 어디서든 도사릴 수 있다는 생각에 방어 신경을 철저히 장착하고 살아야 했다.

만원 지하철이나 버스에서 도사리고 있는 변태들을 한두 번 잡은 것이 아니었으니. 혈혈단신 홀로 서울에서 살면서 스스로를 지켜야 한다는 마음가짐은 실로 단단한 것이었다.

한별은 세차게 채여 얼얼해진 머리를 한 번 매만지고 다시 자세를 고쳤다.

"슬리퍼는, 제가 신을게요, 팀장님······."

은비는 한별이 벤치에 앉자 신발을 갈아 신으며 그를 보고 멋쩍게 웃었다.

한 대 쳤다는 민망함에 더욱 크고 어색하게.

한별도 괜히 민망해 얼른 일어나 편의점에서 사 온 돗자리를 잔디밭에 깔고, 나머지 물건들도 그 위에 쫙 펼쳐 두었다.

두 사람은 벤치에서 돗자리로 자리를 옮겼다.

"근데 강 팀장님, 정말 편의점에 처음 가 보신 건가요?"

널리고 널린 게 편의점인데 재벌 3세는 밤에 뭐 먹고 싶으면 대체 어디 가서 사는 건지 궁금할 지경이었다.

"네. 귀국 후 처음입니다."

"아······."

정말 처음이라니 놀란 만도 했다. 9년 전에 비해 편의점의 변화와 성장은 엄청난 거였으니까.

퇴근 후 집으로 가는 길에 매번 편의점에 들르는 건 은비의 소소한 즐거움 중 하나였다.

그녀에게 편의점이란 3천 원 남짓의 쇼핑으로 기분까지

좋아지는 마법을 부릴 수 있는 곳이었다.

"미국에서는 거의 오가닉 홀푸드 마켓만 이용했습니다. 미국 라임몰에서도 오가닉 제품들이 인기가 좋았습니다."

그가 굉장히 자극적이면서 침이 고이게 하는 편의점 곱창을 쳐다보며 말했다.

"한국에서는 몇 년 전부터 편의점 상품 리뷰어들도 많이 생기고, 편의점을 모티브로 한 방송도 생겼어요. 편의점은 대중들에게 굉장히 친숙한, 언제나 갈 수 있는 집 앞 행복 쇼핑몰 같은 곳이죠."

식욕을 완전히 자극하는 편의점 라면에 젓가락을 꽂으며 은비가 말했다.

호로록호로록.

한별은 그녀의 입으로 들어가는 라면을 보며 침을 삼켰다.

"혼…자… 다 먹을 겁니까? 이 많은 걸 혼자 다 먹는다면 신체 내 대사 활동이 상당히 꽤 비효율적으로 움직일 겁니다."

"저 장이 완전 튼튼해서 괜찮아요. 혹시 맛이 궁금하시면 한 젓가락 하실래요?"

그제야 한별이 젓가락을 들었다.

두 사람은 한강변 잔디밭에 펼쳐 놓은 돗자리 위에서 편의점 음식으로 차려 놓은 거한 한 상을 즐겼다.

그리고 한강 레저템을 몸소 체험해야 물건을 더 잘 팔 수 있겠다며 빅 배드민턴도 한번 쳐 보고, 어린이와 키덜트를 공략할 아이템도 체험해 봐야겠다며 숨이 차도록 연도 한 번 날렸다.

어느새 한강 너머 하늘이 붉게 물들 때까지 외근이 이어졌다.

"고 대리, 집 주소가 어떻게 됩니까."

한강 위로 타오르는 노을을 바라보며 잠시 숨을 돌리던 한별이 은비에게 물었다.

"마포구 동교로 7*번진데요? 왜 그러시죠?"

"음… 그럼 제주도 주소는 어떻게 됩니까? 전에 거기 사는 거 맞아요?"

스마트 폰에서 펜을 꺼낸 한별이 분주하게 손을 움직이기 시작했다.

"제주시 구좌읍 세화리… 근데 왜요?"

"음… 휴대폰은 한 개 맞습니까? 내가 아는 번호 그거 하나?"

"네……."

"혹시 SNS 같은 거는 안 합니까?"

"네. 오늘 급하게 만들었는데, 그것도 곧 지울 예정이에요. 그런 데 취미가 없어서요."

"그럼 메일 주소는 있겠죠. 불러 봐요."

"mo… 팀장님!"

주소를 대다 말고 그녀가 한별을 불렀다.

"네?"

"별로 궁금해하실 문제는 아니지만, 제가 제일 싫어하는 게 뭔지 아세요?"

"어떤……."

"이유도 모르고 해야 하는 겁니다."

"아……."

"갑자기 호구조사는 왜 하시는 건지 여쭤봐도 될까요."

"음… 비… 비상연락망을 만들어 놓을 생각입니다. 기획팀 전체 말입니다. 팀 내 언제 위급한 상황이 발생할지 모르니까요."

은비는 그가 막 방금 이유를 지어내 대답하는 것 같은 느낌이 들었다.

"아니, 그런 걸 왜 굳이 팀장님이……."

"음… 이런 거 좋아합니다. 아이디어 짜내느라 머리 아플 테니 그냥 막 단순한 노동의 즐거움을 한 번씩 느껴 보고 싶을 때가 있거든요. 그러면 다시 업무에 집중이 잘돼서 말입니다."

"아……."

뭔가 미심쩍었지만 은비는 그의 물음에 술술 자신의 신상을 낱낱이 고했다. 고단수 방판도 아니고 상사이니까.

한별이 열심히 휴대폰에 그녀에 관한 정보를 빼곡히 적어 놓았다.

"혹시 취미는 뭐죠?"

"특기는요?"

"잘 가는 편의점은 어디?"

"혹시 좋아하는 음식은?"

"잘 보는 TV 프로그램은요?"

"아니 근데, 비상연락망에 이런 게 왜 필요하죠?"

"고 대리도 소비자 중 하나니까요. 평범한 삼십 대 초반 여성의 취향에 관해 지금 조사 중인 겁니다."

[은비: 다들… 자냐-]

[예린: 새나라의 어린이들이냐. 벌써 자게.]

[수정: 막 자려던 새나라의 어린이 왜 깨우는데.]

쿡…….

은비는 별것 아닌 친구들의 말에 웃음이 새어 나왔다.

[예린: 난 드라마 보는 중.]

[수정: 재밌어?]

[예린: 봐도 봐도 재밌다, 크……. 역시 재벌남이 나와 줘야 드라마 볼 맛이 난다.]

[수정: 드라마가 여럿 망치는 건 생각 안 하지. 남자 보는 눈만 높아진다니까… 넘나 판타지.]

[예린: 은비는 현실 재벌남이 상사잖아. 근데, 오늘 뭔 일?]

응, 그 재벌남 이야기다.

[은비: 드라마에 나오는 재벌 3세도 클라스가 장난 아니지??]

[예린: 말해 뭐 해. 오늘도 여주 백화점 옷 싹 다 사 주고 난리 났다. 개부러움.]

[수정: 그 설정은 지겹지도 않나;;]

[예린: 지겹긴 뭐가 지겨워. 봐도 봐도 부럽고 설렌다. 큭큭.]

[은비: 그게 말야. 우리 꼴통 팀장님도 클라스 장난 아니다.]

[수정: 왜? 뭔데? 회식을 막 1인 20만 원씩 하는 데 델꼬 가디?]

그 정도는 돼야 얘기할 거리가 있겠지만, 이것도 만만치 않다고 본다.

[은비: 아니. 편의점 가서 눈이 뒤집혀서 바로 30만 원어치를 사더라.]

[수정: 헐.]

[은비: 이러다 편의점 인수하는 거 아닌지 몰라…….]

[수정: 같이 편의점은 왜 갔는데?]

[은비: 외근. 한강에서 시장조사를 했거든.]

[예린: 대박, 한강으로 외근 나가서 편의점 턴 거야?]

[은비: 으응…….]

[수정: 놀러 간 거 아니고?]

그게, 조금 헷갈리기도 하더라. 분명 외근인데, 놀러 간 것 같은 묘한 기분.

[예린: 꼴통, 아니 그 싸가지 옛날 버릇 나와서 농땡이 친 거 아니고? 그것도 동반으로? 큭.]

[은비: 큭, 설마. 근데 오늘 보니까 완전 싸가지는 아니더라고…….]

[수정: 엥? 뭐야? 왜 이렇게 유해졌어? 아… 촉이 온다. 뭔가 냄새가 나는데?]

[은비: 그런 거 아니고, 뭐랄까… 은근 또 배려심은 있너라고.]

[예린: 편의점에서 산 거 중에 니 거 있었지?]

[은비: 어. 역시 예린이 촉이 대박. 삼선 슬리퍼. 내가 오늘 구두 신고 가서 발이 아팠었거든. 어떻게 알고.]

친구들이 잠시 톡을 멈췄다. 은비가 눈썹을 위로 치켜떴다 내리며 다음 톡을 기다렸다.

[예린: 후…….]

[수정: 하…….]

[예린: 우리 은비, 삼선 슬리퍼 하나에 이렇게 애가…….]

[수정: 눈물이 앞을 가린다.]

막 온 톡에 친구들의 탄식이 이어졌다.

[예린: 수정아- 우리만 연애하지 말고 이 불쌍한 친구 고은비 좀 구제해 주자. 무슨 삼선 슬리퍼 하나에 배려니 어쩌니…….]

[수정: 옛날 그놈만 아니었어도 우리 은비가 이렇게까지 남자를 멀리하며 안 살았을 건데…….]

[은비: 그 얘긴 왜 꺼내고 난리야. 지지배…….]

은비가 몇 마디 더 메시지를 나누다가 입을 꾹 다물고 휴대폰을 껐다.

"그래……. 아까… 일 못 할까 봐 그랬다고 그랬잖아. 배려는 무슨. 잠이나 자자!"

"훗-"

은비가 사무실에 출근해 출장으로 비워진 이 과장 자리를 보며 입꼬리를 씩 올렸다.

오늘은 그가 제주 차귀도 출장을 가는 날이었다.

강 팀장 보좌 맡는 줄을 알면서도 은근히 몰래 부려먹는 것이 눈꼴사나웠는데, 오늘은 그럴 일 없으니까. 콧노래가 절로 나올 심정이었다.

"고 대리님, 강 팀장님은 어때요?"

일찍 출근해 자리를 정돈하고 옆 부서 최 대리와 함께 휴게실에서 커피타임을 가졌다.

"뭐 어떻긴. 오자마자 사무실 뒤집은 거 봤잖아. 제대로 워커홀릭!"

"아니, 그건 그런데 외모가 훈훈해도 너무 훈훈하잖아요. 게다가 몸도 장난 아니구우우우. 강 팀장 한번 보겠다고 여직원들이 기획팀 힐끗거리는 거 몰라요?"

강 팀장 이야기를 하는 최 대리 눈이 참으로 반짝거렸다.

"진짜? 그 정돈가? 강 팀장이?"

흠… 잘생기고 몸도 좋긴 하지…….

어제 한강에서 연을 날릴 때 핏줄이 딱 서던 팔, 떡 벌어진 어깨. 그리고 탄탄하고 업! 돼서 매력이 뿜뿜하던 엉덩이가 머릿속에 스쳤다.

"고 대리님이야 워낙 남자를 돌 보듯 보는 분이니 그렇지. 다른 여직원들은 난리 났어요."

"그렇군……."

"아무튼 너무 부럽다, 고 대리님. 우리 팀에는 그런 팀장님 안 오나……. 재벌 3세에 능력남에 훈남에……."

"내 남자도 아닌데 뭐가 부러워."

"또 혹시 알아요?"

"응?"

"하… 그래, 그건 아니겠지? 고 대리님보다 한참 아래죠?"

"으응… 무려 네 살이나 어려. 애기지. 애기."

실제로 그가 9년 전에 내 가르침을 받던 과외 학생이라는 걸 알면 최 대리가 어떤 반응을 보이려나.

하지만 카리스마 이미지를 내뿜는 강 팀장이 그것 때문에 벌벌 하는데, 이야기할 수도 없었다.

"그럼 좀 힘들긴 하겠네……. 하긴, 재벌 3세가 뭐가 아쉽다고 우리 같은 평사원을 돌아나 보겠어요……. 그치?"

"재벌 3세가 뭐 그리 대수야. 평사원은 또 뭐 그리 하대받아야 하나. 두 사람만 좋으면 시작되는 게 사랑이지. 근데 재벌이고 뭐고 휴… 쿵짝이 맞는 사람 만나는 게 쉽지가 않다……."

"맞아요. 진짜 이러다 몸에 사리 나오게 생겼어."

"그래도 뭐, 짚신도 짝이 있다잖아. 최 대리, 희망을 버리지 마."

"에혀… 좋은 날 오겠죠?"

"그럼… 그렇겠지."

울상 짓는 최 대리와 은비는 메마른 마음을 서로 토닥이며 각자의 사무실로 향했다.

"고 대리, 어제 외근은 어땠어? 강 팀장님, 완전 빡세지?"

이번엔 옆자리 한 대리가 출근하자마자 궁금하다는 듯 의자를 바짝 당겨 와 물었다.

아무래도 당분간, 아니 꽤 오랫동안 사내 이슈 중심엔 한별이 있을 모양이었다.

여기저기서 질문해 대는 통에 머리가 어질어질했다.

"네… 워낙 열정이 대단하시잖아요. 시장조사 하시는데 뭐 하나 허투루 보시는 게 없고, 궁금한 건 꼭 짚고 넘어가야 직성이 풀리는 성격이더라고요."

"그렇구나. 어후, 얘기만 들어도 피곤하다."

"고 대리 어뜩하냐. 당분간 강 팀장 보좌하려면 힘들겠네······."

"네. 보통 일 아니에요. 한번 꽂히면 물불 안 가리는 성격 같아요."

"헐··· 거참, 피곤하게 됐네······."

"그니까 생각만 해도 머리가 지끈거린다."

신 대리까지 합류해 지레 겁을 먹었다.

"뭐··· 이 과장님만 하겠어요······."

"하긴, 고 대리 하도 단련이 돼서 이런 일쯤은······."

"그래도 잡일이나 수발드는 거로 힘든 것보다 제대로 일이라도 하며 힘든 게 훨씬 낫죠, 뭐······."

"역시 고 대리야. 긍정 파워!"

말은 이렇게 해도 이 과장이 은비를 괴롭힐 때 한번 도와주지 않고 방관했던 대리들이었다.

일에 대한 열정보다 근근이 회사에서 목숨을 부지하고 길고 얇게 살길 원하는 그들. 매일 일 잘한다, 긍정 파워다 앞에서는 이런 말로 위로 아닌 위로하는 척 일을 다 몰아주는 그들. 아마 이번 한별의 부임이 그들에게 심한 부담으로 다가올 것이 분명했다. 그래서 자신을 통해 그의 스타일을 엿보려고 물어 온 것도 다 알고 있다고!

"고 대리, 힘들어도 힘내 줘!"

순간 어깨에 뜨끈하고 끈적한 터치가 느껴졌다.

한 대리가 은비의 어깨에 양손을 얹었던 것.

이거 뭐야? 안마라도 해 주려는 거야?

그녀의 미간이 좁아들었다.

"한 대리님, 제가 아무리 여자로 안 보여도 이런 터치는 삼가……."

그런데 갑자기 어깨에 느껴졌던 기분 나쁜 감각이 사라지고 뭔가 등골이 싸한 느낌만 들었다.

"으잉?"

"한 대리."

한별이 한 대리를 싸늘한 눈빛으로 노려보며 양쪽 엄지와 검지로 음식물 쓰레기 봉지를 들듯 한 대리의 팔을 들어 올리고 있었다.

"티… 팀장님."

"이런 거 미국에서는 사내 성추행으로 중범죄입니다. 요즘 한국에서도 민감한 문제 아닌가요? 지난달에 있었다던 사내 성교육 일주일 내내 다시 받고 싶습니까?"

"헛, 죄송합니다. 워낙 저희 팀이 가족 같은 분위기로 돈독하다 보니……. 그렇지… 고 대리?"

한 대리가 쩔쩔매며 은비에게 구원의 눈빛을 보냈다.

"가족이요? 가족 간의 성추행은 짐승들도 안 하는 거로 알고 있습니다만. 한 대리님, 후… 조심해 주세요. 그런 터치 상당히 불쾌하거든요."

구원은 개뿔!

"미… 미안해……."

그제야 한별이 그의 팔을 턱 내려놓고 자신의 자리로 향했다.

은비의 시선이 그를 천천히 쭉 따라가다 자리에 앉는 걸 보고서야 고개를 돌렸다.

"고 대리."

한별이 싸한 분위기를 흐트리며 은비를 불렀다.

"네, 팀장님."

그녀가 쪼르르 그의 책상 앞에 섰다.

"지난해 기획팀 성과 보고서는 언제쯤 받아 볼 수 있습니까."

"좀 전에 팀장님 메일로 전송 완료했습니다."

"좀 전에요?"

그가 미간을 좁히며 되물었다.

"네."

"고 대리, 상반기 매출 실적이 가장 좋았던 제품 분석 보고서는 잘돼 갑니까?"

"여기 있습니다, 팀장님."

"고 대리."

이번에도 표정이 좋지 않았다.

"네?"

"숨은 쉬고 삽니까?"

"……?"

"밥은 먹고 삽니까?"

"……?"

"잠은 충분히 잡니까?"

"…….."

"이 두 가지 다 어제 오후에 부탁한 건데, 하루 만에 다 한 게 말이 됩니까? 고약한 상사라고 말 나올까 봐 어디 무서워서 일 시키겠습니까?"

아니, 일을 빨리해도 난리야!

일에 일을 얹은 사람이 강 팀장 당신인데!

은비가 옴짝달싹하던 입술을 떼어 무언가 이야기를 하려던 참이었다.

"그러다가 쓰러지면, 누굴 탓하려고 합니까."

그가 서랍을 열어 무언가를 꺼내 결재판 위에 올려 두고는 그녀 쪽으로 쭉 밀었다.

자양강장제 스틱이었다.

"앞으로는 기한 정해 줄 테니까 그때 맞춰서 보고하세요."

순간, 할 말을 잃은 은비가 눈만 끔뻑거리다 꾸벅 인사를 하고 결재판을 가지고 돌아섰다.

고개를 살짝 갸우뚱거리며 손에 쥔 스틱을 바라보았다.

모두들 퇴근하고 비어 있는 기획팀 사무실에 오늘도 어김없이 은비 혼자 야근 중이었다.

강 팀장이 더 시킨 일은 없었지만, '라임몰 고' 프로젝트의 기획안을 어떻게든 잘해 보려고 매일 저녁 고군분투 중이었다. 시간 가는 줄 모르고 기획안을 정리하던 중이었다.

갑자기 사무실 밖에서 발소리가 들려왔다.

소리가 점점 가까워지더니 기어코 사무실 문이 열렸다.

"이 시간에 누구지?"

은비가 고개를 돌려 문을 바라보았다. 그곳엔 양손 가득 무언가를 들고 있는 익숙한 얼굴의 남자가 서 있었다.

봐도 봐도 적응 안 되는 라임몰 스타.

지난번에는 이곳을 런웨이로 만들더니 오늘은 영화 속 한 장면처럼 서 있는 남자.

그래 봤자 그저 워커홀릭 팀장일 뿐이었다.

"어? 팀장님-"

"고 대리, 야근 수당은 잊지 말고 올리세요. 라임몰 고 때문에 고생이 많네요."

"그럼요. 꼬박꼬박 따박따박 다 받아 낼 거니까 걱정 마세요, 팀장님."

"저녁은, 먹었습니까?"

"네. 대충 먹었어요."

"대충? 근무 시간만큼은 그 몸 회사를 위해 일하는 몸 아닙니까? 그렇게 대충 먹고 일하면서 쓰러지면 산재보험을 얼마나 청구하려고 하죠?"

방금은 야근 수당 꼭 챙기라더니, 산재보험을 걱정하는 거 보니까 회장님 아들이 맞네 싶었다.

"하… 이거… 먹으면서 해요."

은비의 눈이 슬쩍 찡그려 들려 하던 찰나 그가 손에 든 꾸러미를 내밀었다.

"팀장님, 이게 다 뭐예요?"

"지나가다 보니 사무실에 불이 켜져 있더군요. 누군지는 몰라도 야근 지원 차원에서 사 왔습니다."

그의 손에 든 가방을 펼치자 신선한 모둠 회가 색색 고운 얼굴로 윤기를 내며 곱게 누워 있었다. 테이크아웃해 온 모히또 또한 구미를 당겼다.

"혹시 지난번 야근 때도 팀장님이 왔다 가신 거예요?"

"그래요. 납니다. 내 사원 고생하는 거 같아서 그래서. 이제 내 글씨체도 싹 다 잊었나 봅니다?"

"아……. 몰랐어요. 고맙습니다, 팀장님."

"그동안은 기획팀 일을 거의 혼자 이끌어 왔겠지만, 이제는 그럴 필요 없습니다. 내가 있으니까요. 특히 나는 내 사원 관리는 잘합니다."

은비는 라임몰 입사 8년 차에 어떤 상사가 자신에게 '내 사원'이라고 말하는 걸 들어 본 적이 없었다.

괜히 마음이 몽글거렸다.

효율적으로 근무 시간 내에만 일하라고 말로는 해도 은근 야근하는 은비에게 고마워하는 눈치인 것 같으니 더 열심히 해야겠다는 생각도 들었다.

"같이 드세요."

은비가 그에게 젓가락을 건넸다.

고급스러운 야식을 맛보며 두 사람이 이런저런 일 이야기를 나누었다.

밤은 더욱 깊어졌고, 사무실 창을 통해 들어오는 달빛이 어쩐지 옛날 차귀도에서 보던 달을 생각나게 했다.

혹시, 이제는 물어봐도 될까.

은비가 조심스레 입을 열었다.

"저기… 근데, 팀장님."

"왜요. 뭐 할 말 있습니까."

"궁금한 게 있어요."

"어떤 겁니까."

착각인진 몰라도 달빛 아래 비치는 한별의 눈빛이 그윽해 보였다.

그 눈빛에 힘을 얻었을까.

"9년 전에… 왜 갑자기 사라지셨던 건지 물어도 될까요."

그녀의 말이 사무실에 잠깐의 적막을 가져왔다. 이따금씩 한강 공원의 풀벌레 소리만 살짝 열린 창을 통해 들려왔다.

"…뭐 다 잊었다고 하지 않았던가요?"

"다는 아니에요. 이것만 물어볼게요. 궁금했거든요. 더는 이야기하지 않겠습니다."

"갑자기 미국으로 가게 됐는데 급박하게 결정된 사안이라 알려 주지 못했어요. 미안하게 생각합니다."

"그랬던 거군요."

그녀의 진지했던 눈빛이 사그라들고, 갑자기 반짝였다.

곧 눈을 가늘게 뜨고 그를 바라보았다.

"아무튼 제자가 이렇게 장성해서 청출어람했으니! 선생으로서는 아주 뿌듯하다."

어쩐지 너와 마주 앉아 있으니 자꾸 그때 일이 생각나서.

모히또에도 알코올이 좀 들어 있던가.

은비는 그것을 한 모금 마시고는 괜히 어색한 분위기가 감돌자 장난스레 말을 해 보았다.

"고 대리, 이렇게 진짜 선생님처럼 말하면 곤란합니다. 이제 내가 상사라고요."

평소답지 않게 조금은 부드럽게 투덜대는 한별이었다.

두 사람이 서로를 바라보며 웃었다.

"일 마치면 같이 가죠. 집에 데려다주겠습니다."

"아뇨, 뭐 하러요. 한참 남았는데."

"나도 온 김에 할 일이 있어요. 끝나면 얘기해요."

"택시 타고 가면 되는데……."

"이렇게 늦은 시간에 택시 타는 건 위험한 일이니까요. 내 사원 위험에 빠지는 건 못 봅니다. 그러다 업무에 차질 생기면 어떻게 하려고 합니까."

"아휴… 알겠어요."

두 사람은 언제 이야기를 나눴냐는 듯이 자기 자리에서 일에 몰두했다.

한별은 이따금씩 일을 하다 말고 그녀를 물끄러미 바라보았다.

"으~ 다 했다. 팀장님, 저 이제 끝났어요."

그녀가 두 팔을 하늘로 향해 쭉 뻗었다 내렸다.

"그럼 이제 갈까요."

"네."

"그런데, 고 대리처럼 이렇게 일중독인 사람은 처음 봤습니다. 너무 무리하는 거 아닙니까. 천천히 해요."

한별이 차 안에서 운전을 하느라 앞만 바라보며 이야기했다.

"팀장님도 만만치 않거든요."

"그런가요. 미국에서부터 워낙 버릇이 됐습니다. 정말 아무것도 안 하고 일만 했거든요."

은비가 왜 그렇게까지, 라고 물어보려고 입을 옴짝달싹하다 말았다.

한별의 얼굴이 진지하다 못해 조금 슬퍼 보이기까지 했다.

그래서 제게 그 이유를 굳이 이야기할까 싶어, 곤란할까 봐 되묻지 않았다.

그나저나 그가 운전하는 차는 처음이었다. 아니, 사실은 두 번째였으니 그때는 기억에 없이 취했을 때였으니까 제정신으로 타는 건 처음.

방지턱조차 부드럽게 넘기며 아주 젠틀하게 운전하는 그의 모습을 보니 묘한 느낌이 났다.

그리고 평소 일할 때면 까칠할 때가 한두 번이 아니었는데, 그가 오늘따라 그렇지 않게 느껴졌다.

먹을 것의 힘이 이렇게나 큰가?

[은비: 냐하하하.]
[수정: 오늘은 기분이 좋으시군.]
[예린: 올만에 웃는 거 보니까 좋다.]
[수정: 니하하하하하햐.]
[예린: 촉이 온다- 남자 생겼냐?]
[은비: 남자는 무신…….]
[수정: 그래, 은비에게 할 소리는 아니지.]
[예린: 그래, 그건 아니지. 미안.]

은비는 친구들의 장난스런 반응에 웃음이 났다.

[은비: 그런 건 아니고, 있잖아. 그때 그 꼴통…….]
[수정: 싸가지로 진화했다는 그 꼴통.]

[예린: 진화 과정에서 다이아 수저로 밝혀진 꼴통.]

[은비: 가만 보니까 싸가지까지는 아니더라고…….]

[수정: 뭐이?]

[예린: 그래? 이 과장보단 낫디?]

[은비: 팀원도 잘 챙겨 주고… 막 야식하는데 간식도 사 오고… 그러더라? 싸가지가 아니라 환골탈태해서 돌아온 거였어…….]

역시 사람은 겪어 봐야 아는 거더라고.

[수정: 헐, 니 설마 그 시키한테 설레었냐?]

[은비: 야- 야- 아니, 그런 게 아니라.]

[예린: 그런 게 아닌 게 아닌데?]

[은비: 으구, 무슨 말을 못 해요. 아니, 그런 게 아니라 그냥 싸가지까지는 아니더라고. 일도 잘하고… 그냥 그렇다구…….]

[수정: 노파심에 하는 말이지만, 위험한 상대다.]

[예린: 위험하긴, 한번 해 볼 만하지. 은비 마음이 가장 중요한 거 아니겠냐.]

집에 돌아와 침대에 누운 은비가 두 눈을 감고 휴대폰을 덮었다.

그냥 싸가지 꼴통은 아니라고 해명하고 싶은 마음이었는데, 이것들이 그냥 뜬구름을 잡으니 괜히 기분이 이상해졌다.

"자자, 갑자기 일정이 비게 됐는데, 지난번에 제대로 마무리 못 한 회식 오늘 다시 할까 합니다. 잘 가는 곳으로 예약해 둘 생각이고요."

한별이 출근해 자리에 앉자마자 허리를 들어 팀원들을 바라보았다.

낮게 인테리어한 파티션 때문에 한눈에 팀원들과 아이 컨택이 가능했다.

"아… 저는 오늘 할머니 제사……."

"어쩌죠. 아버지가 병원에 계셔서……."

"팀장님, 저도 오늘 가족 행사가……."

다들 강 팀장의 기에 설설 기며 모기만 한 소리로 핑계를 지어내고 있었다.

휴… 찌질이들. 그나저나 이러다가 강 팀장 왕따 되겠네…….

"팀장님! 저는 가능합니다."

그래, 나라도 가 줘야지.

은비가 큰 소리로 대답했다.

"고마워… 고 대리……!"

다른 대리들은 서로 눈치만 보고 있다가 입 모양으로 그녀에게 감사의 말을 전하며 안도의 한숨을 쉬었다.

"흠… 알겠습니다."

강 팀장이 목소리를 낮게 깔고 말했다.

이 과장 없는 쾌청한 날씨의 기획팀 사무실에서 스멀스멀

퇴근 분위기가 조성됐다.

시곗바늘이 6시 정각을 가리키자마자 기획팀 포 대리들이 서둘러 짐을 들고 일어났다.

'일은 효율적으로 정시에 끝내는 걸 권합니다. 여러분, 퇴근하시죠.'

강 팀장은 평소 직원들이 야근하는 꼴을 못 보는 사람이었다. 은비야 프로젝트 때문에 어쩔 수 없어도 다른 팀원들에게 그 정도 강도의 업무는 없었다.

어쨌든 덕분에 근무 시간에 직원들끼리 사담을 나누거나 불필요한 외출을 하는 일들이 줄어들었으니 좋은 현상이었다.

"그럼, 먼저 퇴근하겠습니다!"

"내일 뵙겠습니다!"

"회식 잘 다녀오십시오!"

대리들이 은비와 강 팀장을 두고 모두 퇴근을 마쳤다.

"고 대리, 그만, 회식하러 가죠."

한별이 고개를 쭉 빼 은비를 바라보며 자리에서 일어났다.

말하면서도 왜 두근거리는지. 그는 괜히 심호흡을 한 번 한 다음 최대한 근엄해 보이려고 애썼다.

"넵! 팀장님."

은비는 오늘 저녁 값도 굳었다는 기분 좋은 생각으로 가방을 들쳐 메고 그를 따라나섰다.

"타세요. 오늘 예약해 둔 회식 장소는 걸어서 갈 수 없는 곳이니까요."

한별이 자신의 차에 그녀를 태우며 낮은 목소리로 말했다.

"아… 네……."

한강 갈 때 한 소리 해서 그런가?

은근 뒤끝 있네……!

은비는 처음으로 그의 차 조수석에 어색하게 앉았다.

옛날에는 차귀도에서 덥수룩한 모습으로 지내던 그였다.

그런 그가 9년 후에 이런 모습일 줄이야.

또 고리타분하게 옛날 생각 하네 싶어 고개를 흔들어 생각을 지웠다.

어차피 그는 달가워하지도 않는 과거니까.

한별은 어떻게 된 건지 회식 장소로 이동하는 내내 말이 없었다.

그래도 좀 오시지…….

은비는 아무래도 회식 참석 인원이 저조한 까닭이라고 생각하며 포 대리를 떠올렸다.

"팀장님."

"네."

"너무 실망하지 마세요."

"뭘 말입니까?"

"워낙 이 과장님 휘하 근본 없이 일하다가 직원들이 지레 겁을 먹은 것 같아요."

팀원이 자그마치 일곱 명이고 전체 회식인데 아무래도 달랑 두 명 가는 것이 못내 마음에 걸렸다.

"괜찮습니다."

"목소리가 안 괜찮은데요?"

"흠흠… 괜찮다니까요."

"정말요?"

"네. 사실, 지금 기분이 좋은 상태입니다."

에엥? 기분이 좋기까지?

"지금 가는 와인 바가 꽤 괜찮은 곳입니다. 여러 명보다는 이렇게 둘이 가는 게 그 분위기를 즐기기는 더 좋을 것 같고요."

"아… 네……."

강 팀장 생각보다 긍정적이네?

다행이다…….

두 사람이 도착한 곳은 강남의 한 와인 바였다.

감각적인 인테리어에 차분하고 절제된 분위기가 사람을 압도하는 공간이었다.

"우와……."

게다가 홀 안에 흐르는 재즈 음악이 너무도 멋져 은비는 괜히 마음이 설레 저도 모르게 작은 탄성을 내뱉었다.

"안심 스테이크와 와인은 늘 함께 마시던 걸로."

한별은 섬섬옥수 같은 손가락을 살짝 위로 치켜들고는 바에 있는 직원에게 익숙하게 스르륵 주문을 했다.

그러고 나서 은비를 에스코트하듯 안쪽 자리로 데리고 갔다.

그녀가 앉을 의자를 빼 주기까지 하는 그의 모습은 숙녀를 대하는 신사의 모습의 정석이었다.

한강 둔치에서 편의점 음식을 해치우고 빅 배드민턴을 치던 때와는 영 다른 모습이었다.

어제는 친근한 느낌의 그였다면, 오늘은 아주 낯선 느낌.

"자주 오시는 곳인가 봐요."

"네. 뭐, 혼자 자주 오기도 하고 중요한 사람들과 약속을 잡을 때도 이곳을 찾는 편입니다."

"대리님들이랑 다 같이 왔으면 좋았을 텐데……."

은비는 괜히 분위기가 어색하고 무거워 무슨 말이라도 해야 할 것 같아 마음에도 없는 소리를 해 보았다.

"난 뭐, 괜찮습니다."

"팀장님… 대리님들이 좀 일에 대한 열정은 없어서 답답하시겠지만… 그래도 한 팀이니까요… 어떻게든 끌고 가시려면 좀 빡빡하게 구시는 것보다는……."

"고 대리……."

"앗, 제가 또 너무 꼰대처럼 주제 넘는 소리를 했죠?"

"아니 그게 아니라, 가방은 내려놓고 이야기하는 게 어떨까 해서……."

그러고 보니 그녀는 무슨 보물이라도 든 것처럼 가방을 꼭 안고 있었다.

"아……."

이런 곳에 왔다고 좋아했던 것도 잠시, 막상 둘이 회식을 한다고 생각하니 너무 어색해 애꿎은 가방에 의지하고 있었던 모양이었다.

9년 전 같으면 상상도 못 할 상황이지만, 지금은 그와 단둘이 있는 게 참 어색했다.

아무래도 강한별이 아니라 강 팀장이니까.

이런저런 이야기를 나누는 중 주문한 음식이 나왔다.

골드브라운으로 잘 구워진 스테이크, 간소하고 세련되게 곁들여 놓은 가니시, 그리고 한별이 스테이크와 함께 잘 마신다는 와인까지.

"샤또 오 브리옹은 스테이크 먹을 때 제가 잘 마시는 겁니다. 바디감이 좀 무겁긴 하지만, 그래도 풍부한 과실의 향이 매력적인 와인이죠."

한별이 와인이 반쯤 담긴 잔을 들어 보였다.

"아… 네……. 으음~! 정말 맛이 오묘하네요! 이런 와인은 처음 먹어 봐요……."

와인에 대해 잘 알지 못하는 그녀였지만, 그래도 처음 마셔

본 와인의 풍미가 좋아 자꾸 손이 갔다.

그의 말대로 스테이크와의 마리아주가 정말 좋았다.

"어떻게 일은 좀 할 만합니까?"

"네. 팀장님 덕분에 제가 해 보고 싶었던 다양한 기획을 할 수 있어서요. 할 만한 게 아니라 아주 재밌게 하고 있습니다……."

"다행이네요."

"제가 감사한 일입니다."

생각만 했던 것을 말로 내뱉고 보니 괜히 마음이 이상하게 몰랑몰랑거렸다.

"고 대리 능력이 뛰어나다 보니 내가 도움을 많이 받습니다. 앞으로도 잘 부탁해요. 그럼, 와인 한잔할까요?"

"네, 팀장님."

"잠시만요."

와인을 한 모금 마신 한별이 막 울리는 휴대폰을 받았.

뉴욕에서 온 전화였다.

그쪽에서 한별의 도움이 필요한 일이 생긴 것 같았다.

그가 눈을 반짝이며 자신의 의견을 피력했다.

"미안해요."

전화를 끊은 그가 은비를 보고 눈을 살짝 찌푸렸다.

"아, 괜찮습니다."

자신의 능력을 알아주고 배려해 주는 강 팀장. 제 일도 멋

들어지게 해내는 강 팀장. 이제 은비에게 강한별의 모습은 더 이상 9년 전 꼴통의 모습이 아니었다. 오늘따라 더 멋지게 보이는 건 무슨 이유일까.

취한 걸까.

아니면, 친구들 말대로 정말 마음이 움직인 걸까.

"뭐, 이런 이야기 꺼내는 거 안 좋아하시겠지만 함께했던 지난 일도 저에겐 참 좋은 추억이었어요. 내내 속 썩이다가 막판엔 잘 따라와 줘서 정말 기특했었거든요."

"고 선생의 비법서가 큰 역할을 했죠. 아마도?"

야무지게 자른 스테이크 한 입에 알싸한 와인 한 모금… 두 모금… 세 모금! 이런 멋진 분위기에서 고급스러운 와인이라니! 목에 술술 잘도 넘어갔다.

생각보다 잘 먹고 있는 사랑스런 그녀를 보며 한별은 흐뭇한 미소를 지었다.

"맛있게 먹어요. 천천히."

그리고 무언가 이야기를 꺼내고 싶었으나 식사에 초집중하는 은비를 가만 지켜만 보았다.

식사가 막바지에 달했을 즈음, 그녀의 얼굴에 만족스런 표정이 보였다.

"고 대리, 라임그룹은 어떻게 들어오게 된 겁니까."

한별이 평소 궁금하던 것을 그녀에게 묻기 시작했다.

"어떻게 들어오긴… 시험 봐서 들어왔지… 딸꾹!"

"에엥? 벌써 취한 겁니까?"

은비가 와인을 홀짝홀짝 잘 마시기에 입맛에 잘 맞나 보다 하고 있었던 한별이었다.

그런데 고작 두 잔에 취해 버린 그녀였다.

"강한별 너 같은 꼴통에게 있는 줄이 나는 없거든… 딸꾹! 오리지날 흙수저라고……. 그니까 뭐 별수 있냐? 공개 채용에서 아주 그냥 1차, 2차, 3차, 4차 시험까지 다 치르고……. 뭐가 그렇게 많아! 제발 채용 제도 좀 간소화하라고! …암튼 그렇게 해서 들어왔다고… 딸꾹!"

"흠… 낙하산이라고 지금 비꼬는 겁니까? 나도 나름……."

"아니! 그렇게 들어왔으면 뭐 해… 딸꾹! 이 과장 그놈이 잡일을 드럽게 시키고 내 아이디어도 홀라당 뺏어 가네? 내가 뭐 지 개인 비서야? 호구야? 뭐야!"

"고 대리… 그래서 내가 차귀도 보냈잖아요……. 목소리 조금만 낮추세요……."

은비의 목소리가 점점 커지자 한별이 주변을 둘러보았다.

다른 테이블은 조용히 식사와 와인 그리고 대화를 즐기고 있었다.

"그거 그거 내가 칭찬한다. 딸꾹! 잘했어! 강한별… 근데! 약해… 조금 더 세게 하라고! 안 그러면 너 꼴통 시절 내가 아주 그냥 확 마! 다……."

"아이고, 고 대리! 그럴 줄 알고 독도까지 보냈다고……!"

한별이 당황해 손으로 그녀의 입을 급하게 틀어막으며 그녀의 귀에 대고 소리쳤다.

"그랬어? 오구오구, 잘해쪄~~~ 강한별. 너 진짜 많이 컸다… 머리도 잘 돌아가고… 딸꾹!"

"고 대리! 안 되겠어요."

근데 은비가 그를 쓰담쓰담하며 볼에 뽀뽀까지 하려는 것이 아닌가.

너무 취한 것 같아!

한별은 아무래도 이곳을 나서야겠다고 생각했다.

"어따 대고 고 대리야! 고 대리 소리 좀 집어치우라고! 선생한테 고 대리, 고 대리… 아니다. 그래도 우리 에드워드 강 님 때문에 말이야. 내가 다시 꿈을 꾼다고……. 일도 멋들어지게 해내고… 쭉쭉쭉 승진도 하고… 멋지게 살 꿈을 말이야."

다시 꿈을 꾼다라.

그녀의 이야기를 듣던 한별이 입술을 꾹 다물었다 뗴었다.

그나저나 이 사람을 어떻게 한다.

"고 대리… 아니 고 선생! 술이 이렇게나 약했습니까?"

"얼른 똑바로 앉아서 이거 풀어 봐! 딸꾹!"

은비가 테이블에 놓인 고객 만족도 설문조사를 한별에게 들이대었다.

"어서! 펜 들고! 이걸 풀어야 S대를 가지! 니가 S대를 가야 내가… 어? 어?"

그러더니 테이블에 고개를 박고 쓰러지는 그녀였다.

소란스러웠던 테이블이 순식간에 고요해졌다.

"고 대리! 고 대리!"

그녀를 흔들어 깨워 봤지만 소용이 없었다.

"후……."

Rrrr-

"최 기사님, 지금 이쪽으로 와 주실 수 있습니까."

어딘가로 전화를 걸던 그가 대충 테이블을 정리하고 계산까지 마친 후 그녀를 자신의 등에 업었다.

그때 그녀 옆에 있던 가방이 쏟아졌다.

이런…….

한별은 그녀를 등에 업은 채 바닥에 쏟아진 내용물을 가방 안에 담았다.

"응?"

그의 손에 의문의 병 하나가 들려 있었다.

향긋한 풋을 위한 미스트

"풉……!"

그는 어제 그녀가 신발 앞에서 몹시 당황해 자신의 머리채를 확 젖히던 때를 떠올렸다.

풋 미스트 한 번 보고 은비의 얼굴을 한 번 본 그가 입가에 미소를 흘렸다.

그리고 향긋한 미스트로 냄새를 감춰야 하는 그녀의 발도 한 번 바라보았다.

작고 귀여운 발이었다.

그나저나 당면한 문제는 그녀를 무사히 집에 데려다줘야 하는 것.

한별은 그녀를 업고 와인 바를 나와 차가 대기하고 있는 곳으로 향했다.

그의 모습을 확인한 강 팀장 전속 최 기사가 차 밖으로 나와 뒷좌석의 문을 열어 주었다.

뒷자리에 나란히 앉게 된 두 사람.

한별은 그녀와의 거리가 가까워지자 심장이 간질간질거렸다.

"팀장님, 어디로 모실까요?"

"흠… 잠시만요."

한별이 휴대폰을 켜 손가락을 분주히 놀렸다.

이게 이렇게 빨리 요긴하게 쓰일 줄 몰랐다.

은비에 관해 방대한 정보가 적혀 있는 메모장을 터치했다.

거기엔 바로 어제 한강에서 은비와 일대일 문답을 통해 얻어 낸 것이 고스란히 적혀 있었다.

당연히 집 주소도 있었다.

"마포구 동교로 7* 푸른 빌라로 가 주세요."

"알겠습니다."

최 기사가 내비게이션을 켜고 차를 움직이기 시작했다.

한별은 자신에게 고개를 기대고 축 늘어진 그녀를 바라보았다.

"고 대리… 술은 나랑만 먹는 거로 합시다."

곯아떨어진 그녀에게 들리지도 않을 소리를 중얼거렸다.

창밖엔 어느새 짙은 어둠이 찾아왔다. 갖가지 조명이 휘황찬란한 도심을 가로질러 가며 한별은 은비와 자신이 서울에 함께 있음을 실감했다.

"고 대리! 고 대리!"

차는 밤이 되어 뚫린 길을 따라 금세 그녀의 집에 도착했다.

한별이 은비를 다시 한번 깨워 봤지만 푹 내린 고개를 들 생각이 없어 보였다.

아무래도 뻗어도 단단히 뻗은 모양이었다.

"혹시 죽은 거 아냐?"

그가 황급히 자신의 손가락을 그녀의 코 밑에 갖다 대었다.

다행히 쌔근거리는 그녀의 숨결이 느껴졌다.

워낙 조그맣고 가벼운 그녀를 이리저리 옮기는 것은 어렵지 않은 일이었다.

하지만, 이런 주사는 영 마음에 들지 않았다.

그는 그녀를 차에서 꺼내 다시 등에 업었다.

그리고 빌라 1층인 은비의 집 현관 앞에 섰다.

도어락 앞에 선 그가 당황했다.

집 주소는 알았지만 비밀번호는 모른다는 사실을 인지했다.

뭐, 이거야 지극히 비밀스러운 것이니 아는 게 더 이상한 상황이긴 하지만.

잠시 고민에 빠진 한별이 등 위에 업혀 있는 은비를 불렀다.

"고 대리! 고 대리! 현관 비번이 뭡니까?"

그러고는 고개를 돌려 자신의 등에서 자고 있는 그녀를 흔들어 깨우며 물었다.

"음……."

은비가 드디어 반응을 했다.

"음냐……."

"정신이 듭니까? 고 대리 집 비번이 뭐예요?"

"브리옹이 뭔데 이렇게 맛있냐……."

정신이 든 게 아니었다. 잠꼬대였다.

"하… 비번이 뭐냐고……."

"고기가 살살 녹는다. 녹아……."

"지금 그게 중요한 게 아니고, 고 대리! 집 비번! 좀 눌러 보세요!"

"먹을 수 있을 때 먹어 두자고……."

한별은 속이 터질 지경이었다.

"또 사 줄 테니까, 배 터지게 사 줄 테니까, 물릴 때까지 사 줄 테니까 그만 먹고 이제 집에 들어갑시다. 네?"

"배부르다. 이제……."

그녀는 그 말을 끝으로 더 축 늘어졌다.

그는 포기한 듯 휴대폰 메모장을 열어 그녀에 관한 설문조사 보고서를 다시 한번 쓱 훑어보았다.

'내가 찾아내고 말지!'

가족들 휴대폰 뒷 번호, 본인 생일, 좋아하는 숫자 모음…….

은비를 업은 채로 오만 정보를 참고삼아 이것저것 다 눌러 보았지만, 문은 꼼짝도 안 하고 경보음만 울려 댔다.

"고 대리! 비번 안 가르쳐 주면 우리 집 데리고 가 버린다? 대체 비번 뭐야……."

"아빠……."

아빠?

자포자기 심정으로 물었는데 의외의 힌트가 돌아왔다.

"혹시 이건가?"

한별이 메모장을 다시 열어 무언가를 확인한 다음 다시 비밀번호를 눌렀다.

이제 마지막이라는 생각으로 시도한 번호였다.

띠띠띠띠, 촤르륵, 철컥!

문이 열렸다.

디테일하게 정보를 수집한 게 신의 한 수였다.

어렵게 풀어낸 은비의 집 비밀번호는 그녀의 아버지 기일이었다.

한별의 집 비밀번호도 엄마의 기일이었다.

그리운 이를 잊지 않기 위해, 어딘가에서 자신을 바라보고 있다면, 당신이 이 세상에 존재하지 않아도 나는 기억하고 있다는 것을 알려 주기 위해 설정했던 비밀번호.

혹시나 했는데 딱 맞아 버린 비밀번호.

은비의 집 문이 열리자 향긋한 장미 향이 한별의 코에 스쳤다.

그녀의 집은 한눈에 모든 게 파악되는 아담한 원룸이었다. 너무 작은 집이었지만 잘 정돈해 놓고 사는 모양새가 나쁘지 않았다.

그는 바로 앞에 보이는 침대에 그녀를 눕혀 다독거렸다.

그제야 한숨을 돌리려는 한별의 눈에 초점을 잃게 만드는 무언가가 들어왔다.

그 무언가의 정체는 방 한쪽에 자리한, 빨래 건조대 위에 척 걸쳐 있는 그녀의 속옷이었다.

4장. 토요일, 정오, 고백

 그는 그것을 바라보다 혼자 화들짝 놀라 고개를 돌려 침대에 누워 있는 은비를 바라보았다.
 지금보다 심장이 더 더 건강하던 스무 살, 그때도 우연히 그녀의 예쁘고 귀여운 속옷을 본 적이 있었다. 근데 보자마자 은비한테 걸려 죽도록 얻어 터졌던 그때의 기억이 떠올랐다.
 혹시나 오늘도 그때처럼 그녀한테 걸려서 맞는 건 아닌가 싶어 제 발이 저렸던 것.
 다행히 그녀는 아무것도 모르고 세상 편안한 얼굴로 자고 있었다.
 "취향이 참 한결같네! 9년 전이나 지금이나."

섹시랑은 거리가 먼 귀욤귀욤한 잔꽃무늬가 천지인 속옷.

한별은 이내 고개를 돌려 집 안 전체를 다시 휙 둘러보았다.

방에는 침대, 책상, 작은 책장뿐이었다.

주방도 가스레인지와 작은 냉장고뿐.

단출한 살림살이였지만 모든 것이 단정하고 깔끔했다.

그녀의 책상 앞에 선 그가 두툼한 노트를 발견했다.

그러면 안 되는 걸 알면서도 그것을 살짝 들추었다.

세상에서 가장 재밌는 것 중 하나가 남의 일기장 보는 것 아닌가.

게다가 이 노트의 주인공은 자신에게 너무 특별한 그녀의 것.

조심스레 노트를 펼쳤다.

이 과장! 커피는 니 손으로 타 먹는 게 건강에 좋을 거다. 내가 무슨 짓을 할 줄 알고! 금요일 퇴근 시간마다 자꾸 본인 일 같은 핑계 대며 나한테 넘기는 버릇, 그거 내가 언젠가 복수한다.

그녀의 일기장이었다.

볼펜을 어찌나 꾹꾹 눌러 썼는지 글씨가 뒷장까지 배길 정도였다.

직장 생활의 애환을 담은 그녀의 일기장을 보니 픽- 웃음이 터졌다.

최근에 읽은 글 중에 이렇게 재밌는 글은 처음이었다.

그리고 힘들지만 잘 참고 견디며 살아온 그녀의 이야기가 한별의 마음을 짠하게 만들기도 했다.

한참을 보다 보니 마지막 장까지 와 버렸다.

그곳엔 한강에 외근 갔던 날이 기록돼 있었다.

한강을 낮에 간 건 아주 오랜만이었다. 강 팀장이 외근하자고 해서 일 때문에 간 거였지만 역시 좋았다. 앞으로 일다운 일을 해 보려나? 그나저나 꿀통이 잘 커 줘서 참 고마웠다. 이 과장한테 복수도 해 주고…….

그가 정적이 감도는 은비네 집에서 침대에 걸터앉아 그녀를 한참 동안 지그시 바라보았다.

침대에서 자고 있는 은비의 이불을 한번 다독이고는 겨우 떨어지지 않는 발걸음을 뗐다.

"아흑… 머리 아파……."

늦은 아침잠에서 간신히 깬 은비가 머리를 움켜쥐었다.

부스스한 머리를 더 헝클며 눈을 스르르 뜬 그녀…….

"어떻게 된 거지……."

잠시 멍을 때리던 그녀가 어제 있었던 일을 떠올리려 애썼다.

"와인 바에서 브리옹인가 뭔가를 스테이크랑 맛있게 먹었었고… 음… 계속 계속 먹었었지… 아주 맛있게……. 하… 그리고 바로 취했구나! 이런……."

아무래도 분위기가 너무 좋고, 맛도 있었기 때문에 와인이 쭉 넘어갔던 생각이 났다.

그런데 문제는 그다음이었다.

그다음 일이 머릿속에서 흐릿해 몹시 당황스러워졌다.

"또 무슨 일이 있었지? 아나, 미치겠네……. 혹시 뭐 강 팀장한테 실수한 거 없나? 집은 또 어떻게 들어온 거야?"

어렴풋이 한별이 자신을 업고서 '비번! 비번!' 외쳤던 기억이 났다.

"내가 비번을 불었나 보네……. 미쳤구나……. 아니, 일급 보안 사항을 발설하다니… 단단히 미쳤어……."

혼자 자취를 하며 언제나 철벽의 자세를 풀지 않았던 그녀가 현관 비밀번호를 스스로 발설했다는 것은 가히 충격적인 일이었다.

"그렇다면, 강 팀장이 나를 방 안에 들였고… 그리고……. 어떡해!"

방 안을 휙 둘러보던 은비가 빨래 건조대의 속옷을 바라보며 막 튀어나온 바퀴를 보듯 소스라치게 놀랬다.

오래 입어서 낡고 해진 그녀의 속옷.

아… 부끄럽다…….

진짜 미치도록 부끄럽다…….

"흥! 지도 뭐 좀 취했겠지… 설마 이런 것까지 보고 갔겠어? 걍 대충 침대에 눕히고 지 볼일 보러 갔겠지……. 그…랬을까? 그…랬겠지? 그…랬어야 해!! 내가 다시는 술 마시나 봐!"

혼돈의 시간을 보내던 은비가 시계를 확인하고는 눈살을 찌푸리며 출근 준비를 시작했다.

"하… 내가 제일 경멸하는 인간이 되게 생겼네. 주중에 술 퍼먹고 다음 날 지각하는 인간……! 하, 몰라. 머리도 짐 떡졌는데……. 어쩔 수 없다. 지각은 안 되니까 세수만 하고 대충 묶고 가자."

그녀는 재빨리 세수와 양치만 하고 로션을 척척 바르고 대강 비비크림만 바른 다음, 손에 집히는 옷을 입고 머리를 하나로 간단히 묶은 후 서둘러 집을 나섰다.

날씨가 우중충하니 곧 비가 쏟아질 것처럼 흐렸다.

회사에 도착해 4층에 내려 사무실로 향하는데 반대쪽에서 오던 한 여자와 기획팀 사무실 입구에서 딱 마주쳤다.

한눈에 보아도 흔치 않은 독특한 디자인의 명품 정장이 그 여자의 존재가 범상치 않음을 이야기해 주고 있었다.

"여기? 가시는 거예요?"

은비가 그 여자를 바라보며 기획팀 문을 손가락으로 가리켰다.

"네. 오늘부로 기획팀에 발령받은 신입사원이에요."

신입사원?

신입사원은 입사 9년 차 말단 대리인 자신이 두 팔 벌려 환영해야 할 존재였다.

그런데 한참 키가 큰 그 여자가 눈을 내리깔고 바라보는 것이 아닌가.

그리고 어째 말하는 게 신입치고는 느릿느릿 까칠한데?

가만히 생각해 보니 아직 공채 신입사원이 들어오려면 기간이 좀 남았다는 사실 때문인지 느낌이 쎄했다.

"흠… 일단… 들어가죠."

뭔가 느낌이 구리긴 해도 기획팀 신입사원이라는데 문 앞에 계속 세워 둘 수만은 없어 문을 열었다.

"신입사원 왔답니다!!"

그녀가 우렁차게 외치며 사무실 안으로 들어갔다.

벌써 출근을 마친 대리들이 자리에서 목을 쑥 빼 소리가 나는 쪽을 바라보았다.

한별도 마찬가지였다.

그들이 바라보는 사무실 문 앞쪽에는 두 여자가 서 있었다.

키가 크고 늘씬하며 돈깨나 쏟았을 독특한 디자인의 명품 정장을 입고 자연스러우면서도 세련된 헤어스타일에 잘 먹은 화장발로 무장한 의문의 신입사원.

그리고 땅딸하고 왜소하며 화이트 블라우스에 심플하기 그지없는 검은색 정장 바지를 입고 머리를 감지 못하고 나와 질끈 하나로 동여맨 헤어스타일에 비비만 살짝 바른 평범함의 극치를 달리는 고 대리.

"우와~ 반갑습니다."

대리들이 너도 나도 자리를 뛰쳐나와 반짝이는 눈으로 신입사원 앞으로 달려 나오고 있었다.

아마 사무실이 신발을 벗고 들어가는 곳이었다면 버선발로 나왔을 기세였다.

은비는 안중에도 없었다.

한별도 저벅저벅 자신의 자리를 박차고 걸어 나왔다.

대리 넷과 견줄 수 없는 우월한 유전자.

길고 쭉쭉 뻗은 다리, 셔츠 위로 살짝살짝 느껴지는 잔근육, 흠잡을 곳 없이 깨끗한 피부와 깔끔한 헤어스타일의 강팀장.

그의 걸음걸이가 당당하고도 기품이 넘쳤다.

의문의 신입사원의 눈이 반짝이며 한별을 향했다.

"오빠!"

오빠?

모두 눈이 휘둥그레진 채 그녀를 바라보았다.

슬쩍 신입사원을 바라보고 말없이 손가락을 들어 아는 체를 한 한별이 이내 고 대리를 바라보았다.
"고 대리, 잘 왔습니까."
응……?
"네, 팀장님. 잘… 왔습니다."
그의 눈빛이 하도 진지해 은비는 대답을 하면서도 좀 어리둥절했다.
왜 이렇게 뚫어져라 쳐다보는 건지, 어제 또 뭐 실수한 것이 있는지.
은비는 불안하고 혼란스러운 기분이 들었다.
"고 대리, 잠깐 나 좀 보죠."
그가 은비의 팔을 이끌고 사무실을 나가려 했다.
"좋은 아침입니다!"
그때 낯설지 않은 목소리가 사무실에 울려 퍼졌다.
출장을 마치고 돌아온 이 과장이었다.
"품……! 큭……!"
은비는 그의 모습에 웃음을 터뜨렸다.
얼굴이 하도 새까맣게 그을려 누가 보면 아프리카 출장을 다녀온 줄 알 정도의 모습이었다.
검댕이가 된 이 과장의 양손엔 아이스박스가 가득 들려 있었다.
"다들 일찍 출근했네~! 어이쿠, 팀장님 보고 싶어 혼났습니다. 제가 말입니다. 독도에 가서 이 귀한 거를 우리 팀장님 드리려고…….”

한별을 꼭 붙들고 아이스박스를 건네며 그간 있었던 이야기를 풀어내는 그였다.

그러나 그의 눈빛은 고 대리에게, 포 대리들의 관심은 온통 신입사원에게 쏠려 있었다.

"으응? 사무실 분위기가 왜…….”

오랜만에 사무실로 출근했는데 아무도 관심을 갖지 않자 이 과장이 상황 파악에 나섰다.

그제야 이 과장 눈에 못 보던 얼굴이 띄었다.

"누구…….”

"신입사원이에요, 과장님.”

고까운 표정을 짓고 있는 신입사원 대신 한 대리가 대답했다.

그러자 이 과장 눈빛이 마치 싸구려 큐빅처럼 반짝반짝 빛났다.

"이런 경사가……. 팀장님, 우리 이럴 것이 아니라 오랜만에 다 모였는데 커피타임이라도 하죠! 고 대리! 뭐 해! 빨리, 빨리!”

뭐야… 이 인간, 또 왜 나를 걸고 넘어져.

은비는 이 와중에 커피를 타 오라는 이 과장의 말에 그가 진짜 돌아왔음을 실감했다.

한동안 편했다 했지.

"이 과장님, 커피타임 하실 거면 그냥 1층 카페로 가죠. 분위기도 어수선한데. 거기서 아침 회의 하겠습니다."

한별이 탕비실로 몸을 트는 은비를 돌려 세웠다.

이 과장이 어안이 벙벙한 그때였다.

"오빠, 나 환영회 해 주는 거야?"

신입이 환하게 웃으며 한별의 팔짱을 꼈다.

그 모습을 바라보던 은비가 눈을 여러 번 깜빡였다.

고분고분한 신입이 들어오리라는 꿈은 별로 꾼 적 없지만, 보통 신입은 아닌 게 분명했다.

"신입사원인 듯한데, 먼저 안내를 받은 다음 인사하는 것이 먼저 아닐까요."

한별이 그녀의 팔을 내치며 거리를 두었다.

"뭐야, 오빠. 너무 딱딱해졌다앙."

신입이 원망 어린 눈으로 한별을 바라보았다.

"이유안 씨, 여기 회사입니다. 밖에서는 사적으로 대해도 괜찮지만, 사내에서는 공적인 태도로 대해 주시기 바랍니다. 그리고 내가 상사라는 것도 명심하고 말투, 언어 선택에 신중을 기해 줬으면 좋겠군요."

말을 마친 한별이 먼저 사무실을 나서 카페로 향했다.

"치이……!"

신입사원은 뽀로통한 표정을 지으면서도 그를 졸래졸래

따라갔다.

신입사원은 자기를 보좌하려는 대리들을 뒤로하고 그 곁을 맴돌며 걸었다.

한별은 계속 은비의 눈치를 살폈지만, 그녀는 별생각 없이 걷고 있었다.

기획팀 직원이 모두 우르르 1층으로 향하니 다른 부서 사람들은 아침부터 이게 무슨 일이냐며 힐끔힐끔 쳐다보았다.

"이 과장님! 전 아이스아메리카노로."

1층 카페에 앉은 한별이 지갑에서 카드를 꺼내 이 과장에게 건넸다.

"과장님, 저도 아이스아메리카노요."

"저도요!"

"전 라떼요!"

포 대리들이 분위기에 편승에 너도나도 주문을 해 댔다.

잠시 어안이 벙벙했던 이 과장은 자신도 모르게 손을 까닥까닥하며 주문을 외우고 있었다.

"우리 신입은 뭐로 드릴까~"

"전 됐어요!"

헛……

"그래도 다 마시는데 뭐라도……."

"하… 생각 없어요."

"오구, 우리 신입 그래쪄요? 그래그래… 그럼 보자… 아메리카노 세 개랑 라떼 두 개랑······."

그는 알고 깜박한 건지 모르고 깜박한 건지 은비에게 묻지 않고, 메뉴를 최종 점검하고 있었다.

은비가 어이없는 상황에 이를 바득 갈다가 주문을 하려고 입을 열려던 참이었다.

"이 과장님?"

한별이 이 과장을 불렀다.

"네, 팀장님."

"고은비 대리 것은 카라멜 프라푸치노에 카라멜 드리즐과 모카 드리즐 깔고, 헤이즐넛 시럽 1펌프와 자바칩 추가해서 간 다음에 휘핑 위에는 카라멜, 초코 드리즐과 자바칩 통으로 올린 거로 부탁합니다."

"네에?"

이 과장은 이게 무슨 외계어인가 싶어 황당한 얼굴로 그를 바라만 보았다.

"하··· 비효율적으로 두 번 말하는 거 딱 질색인 거 모릅니까? 제가 애정하는 이 과장님이시니까 제가 딱 한 번만 다시 말씀해 드리죠. 정신 똑바로 차리고 들으세요. 카라멜 프라푸치노에 카라멜 드리즐과 모카 드리즐 깔고, 헤이즐넛 시럽 1펌프와 자바칩 추가해서 간 다음에 휘핑 위에는 카라멜, 초코 드리즐과 자바칩 통으로 올려서. 오케이?"

고도의 집중력을 발휘해 메뉴를 외운 이 과장이 주문한 내용을 복기해 보고 있었다.

"제가 궁금해하는 메뉴인데, 여성분들 취향에 맞을 것 같아서 말입니다. 주문 안 한 두 사람 중 이유안 씨는 생각 없다고 하니 고 대리한테 먼저 품평 좀 받아 볼까 합니다. 괜찮죠? 고 대리?"

다른 사람들이 자신을 이상하게 바라보는 눈을 의식한 한별이 한마디를 덧붙였다.

"어휴~ 그럼요. 그리고 저 그 메뉴 되게 좋아해요."

은비가 씩 웃었다.

"자, 그럼 일단, 신입 인사부터 하죠."

분위기를 정비한 한별이 오전 미팅을 시작했다.

"이유안이에요. 아빠가 원그룹 이 회장님이시고요. 한별 오빠가 일을 워낙 잘하고 라임그룹이야 우리나라 쇼핑 업계의 최고 기업이니까, 뭐… 좀 배워 오라고 하셔서 오게 됐어요."

안 그래도 콩가루가 날리던 기획팀에 낙하산이 둘이나 들어온 상황이었다.

하나는 그나마 본인이 박박 닦아 빛이 나는 다이아 수저.

하나는 아빠가 박박 닦아 줘서 혼자 닦는 법을 모르는 금수저.

신입사원은 라임그룹에 뼈를 묻을 각오를 하고 어떻게든 살아남으려는 은비와는 처한 상황 자체가 아예 다른 여자였다.

반기기 힘든 신입이었다.

'지지리 복도 없지……. 어쩐지 느낌이 쎄하다 했다.'

은비는 신입사원의 정체를 알고 한숨을 내쉬었다.

"아이고! 그러셨구나. 어쩐지 귀티가 좔좔 흐르신다 했어요. 우리 기획팀에 오신 걸 환영합니다~! 박수!"

이 과장이 분위기를 선동해 환영의 박수를 이끌어 냈다.

"회의 시작하죠."

한별이 환영 분위기를 순식간에 사그라트리며 회의를 이어 갔다.

"으음, 당분간 기획전 시리즈는 이 과장님이 책임지고 하시는 걸로 하죠."

"캑… 컥……!"

안건이 다음으로 넘어가자마자 이 과장이 음료를 마시다 사레에 걸려 버렸다.

"요즘은 감성 마케팅이 필수잖습니까."

"그… 그렇죠, 팀장님."

"이번 상품으론 솔트를 좀 다뤄 보려고 하는데 말이죠. 이게 한 번쯤 다룰 때가 되었거든요. 생각보다 솔트 퀄리티가 중요한 문제인데 간과하는 경우가 많아서 말입니다. 하… 이 엄청나게 중요한 사안을… 이 과장님? 감성 돋는 스토리를 좀 만들어 오시죠. 이왕이면… 신안 앞바다 염전에서."

"……!"

사레에 걸려서인지, 정말 슬퍼서인지 이 과장 눈에서 눈물이 한 방울 톡 떨어졌다.

한별은 여러 안건들을 재빠르게 다루며 회의를 금세 끝냈다.

"팀장님, 내일 주말인데… 애인은 안 만나세요?"

자리를 정돈하던 이 과장이 슬그머니 강 팀장에게 물었다.

"그런 거 없습니다."

한별이 한 치의 망설임도 없이 대꾸했다.

"하… 이 오빠, 아니 강 팀장님… 모태솔로예요."

그때, 신입사원이 폭탄 발언을 해 버렸다.

그녀의 말에 한별이 눈을 한 번 질끈 감았다 떴다.

팀원들은 신입사원과 한별을 번갈아 바라보았다.

"오빠랑 저랑 미국에서 학교 같이 다녔거든요. 여자가 트럭으로 줄을 서도 쳐다도 안 보는 남자예요, 강 팀장님이. 그래서 완전 자발적 모태솔로."

신입사원이 뭔가 맺힌 거라도 있는 듯 묻지도 않은 이야기를 해 댔다.

"이유안 씨, 회사에서 그런 불필요한 이야기는 삼가 주시기 바랍니다."

한별은 유안을 한 번 째려보고, 은비 눈치 한 번 보고는 자신에게 쏠린 눈들이 부담스러워 얼른 자리에서 일어나려 했다.

그런데 이 과장이 그의 팔을 붙드는 것이 아닌가.

"그럼 내일 저랑 같이 산이라도 가시는 게 어떻습니까, 팀장님."

"하, 어쩌나. 이 과장님, 제가 6개월 내 비는 주말이 단 하루도 없어서 말입니다. 그럼 이만."

매몰차게 이야기한 후, 그가 자리를 박차고 제일 먼저 나갔다.

"와… 진짜 나로서는 이해가 안 되네. 여자들이 술을 섰는데 왜 마다해?"

한별이 나가자마자 한 대리가 고개를 절레절레 흔들었다.

"강 팀장이 모태솔로라니, 진짜 이거야말로 핫이슈다."

신 대리도 건수를 잡은 듯 신이 났다.

"그래서… 강 팀장님 옆자리 제가 노리고 있어요."

이유안이 매서운 눈빛을 하고는 자리에서 일어서며 말했다.

그때였다.

"이유안 씨?"

머리를 하나로 질끈 동여매고 흰 블라우스에 검은 정장 바지를 입은 8년 차 대리 고 대리가 카페 의자에 등을 기대고 금수저 신입사원을 불렀다.

그녀는 대답 없이 고 대리를 황당한 눈으로 바라보았다.

"첫 출근해서 들떠 있는 건 이해합니다만, 회의하고 난 자리는 같이 치우는 게 예의 아닐까요."

회의하고 난 잔재들이 너저분하게 놓여 있는 카페 테이블을 가리키면서 은비가 빙그레 웃었다.

유안이 얼굴을 찡그리고 마지못해 회의 자료를 챙기기 시작했다.

그때 은비의 휴대폰 진동이 요란하게 울려 댔다.

[고 대리, 점심 같이 하죠.]

한별의 메시지였다.

[아, 어쩌죠. 오늘 마케팅부 최 대리랑 같이 먹기로 해서요.]

은비는 혹시 어제 일 때문에 피한다고 생각할까 봐 자세히 고하는 중이었다.

[그럼 저녁은요.]

뭐 때문에 자꾸 그가 보자고 하는지 괜히 기분이 찜찜했다.

[아, 죄송해요. 마케팅부 최 대리랑 심야영화 보기로 했거든요. 오늘 불금이잖아요.]

[흠, 그럼 지금 이야기하죠. 라임몰 고 브랜드 콘셉트 관련해서 시장조사를 나가려고 하는데 말입니다. 영 시간이 나질 않아서 고 대리만 괜찮다면, 토요일에 함께 나갔으면 합니다. 휴일 근무라 시간 외 근무 수당도 나갈 거고요.]

일 이야기였다는 걸 안 은비는 식사 약속을 취소한 게 조금 미안해졌다. 처음부터 일 이야기를 했으면 고민하지 않고 약속을 취소했을 텐데.

어쨌든, 토요일이라고 약속도 하나 없는 상황이었는데, 휴일 근무 수당까지 챙길 수 있는 외근을 마다할 이유가 없었다.

[네. 토요일 외근 괜찮습니다, 팀장님.]

[오전 9시에 집 앞으로 데리러 가겠습니다.]

은비가 메시지를 보내고 나서 아직 남아 있는 음료를 쭉 들이켰다.

참 달았다.

어라?

그런데 음료를 들이켜다 보니 눈앞에 기이한 광경이 펼쳐졌다,

포 대리들이 어쩐 일로 회의 뒷정리를 자발적으로 하는 중인지? 유안은 그야말로 손만 얹고 있었다.

신입이 아니라 상전이 오셨네!

"휴… 개차반 신입이 들어왔어. 어째 매일 우환이 끊이질 않는다."

은비는 칼퇴근 후, 최 대리와 만나 저녁을 먹으며 오늘 있었던 일에 대해 풀었다.

회사 문밖에 나가면서 월요일이 되기 전까지 다시는 회사와 관련된 생각은 안 하려고 했는데, 오늘 있던 여러 가지 일들이 사라지지 않고 자꾸 둥둥 떠다녔다.

"벌써 소문 다 들었죠. 원그룹 둘째 딸이라면서요. 집안끼리도 친하고, 강 팀장 고딩 동창 동생이라던데… 게다가 강 팀장이랑 미국에서 같은 학교 나오고… 그리고……."

"그리고 뭐?"

한별과 신입이 같은 학교 나온 건 아까 들어서 알았는데, 친구 동생이라는 사실은 새로운 뉴스였다.

안 그래도 신입이 한별에게 어지간히 들러붙는다 싶었는데, 이야기를 들어 보니 둘의 관계가 생각보다 친밀할 수 있겠다는 생각이 들었다.

그러거나 말거나라고 생각했지만 은근 궁금한 건 사실.

"필라테스로 다져진 몸이라 몸매도 끝장이라던데? 진짜예요?"

"아… 옷발이 좋긴 하더라고. 그래서 그랬구나. 와… 소문 한번 디테일하게 난다."

"고 대리님, 기획팀 신입도 신입이지만, 요즘 이슈의 중심은 강 팀장이에요. 아주 어제와 오늘 소문이 극과 극을 달린다니까요?"

"응? 그건 또 무슨 소리야?"

"지난번에 한 대리님이 고 대리님 터치했다가 된통 당했다면서요. 기획팀 지나가다 본 직원이 강 팀장 미덕을 다 퍼트렸더라고. 그래서 여직원들 사이에 칭찬이 아주 자자~~"

"아… 그럼 오늘의 소문은?"

"풉! 강 팀장 모태솔로 사건! 보기와 달리 혹시 뭐가 문제가 있는 게 아니냐며 또 소문이 자자~"

"헐… 그건 생각도 못 한 포인트다."

"대체 뭐 때문에, 왜 여태껏 모태솔로였는지 다들 의구심을 품고 있다니까요."

"강 팀장이 공부를 열심히 했잖아. 그래서 그냥 연애할 시간도 없었을 것 같은데."

말은 이렇게 하면서도 조금 궁금하신 했다. 클럽을 드나들던 9년 전 전적도 있는데, 정말 여자에게 관심을 두지 않고 살아온 걸까?

근데 뭐, 그게 뭐.

어쨌든 자신과 상관없는 일이라며 고개를 저었다.

"그나저나 고 대리님은 왜 소개팅 한 번을 안 해요? 이러다 늙어 죽을 수도 있다니깐. 그러지 말고 다음 주 주말에 소개팅해요. 괜찮은 선배가 있거든. 응?"

"흠… 이러다 늙어 죽어도 뭐 어쩔 수 없지. 소개팅은 글쎄……."

아름답기는커녕 짠내 나는 첫 사랑의 아픈 추억이 은비에겐 자꾸 새로운 사랑을 망설이게 만들었다.

게다가 은비는 서른이 넘어서부터 웬만한 일에는 크게 연연하지 않으려는 습성이 생겨 버렸다.

사랑하고 결혼하고 아이를 낳고 기르는 것.

남들이 다 평범하게 거치는 인생의 수순 같은 것이 어째 자신에게는 쉽지 않고, 마음대로 되는 것도 아니었기에 세월을 보내며 이제는 그런 인생의 숙제 같은 것에 좀 덤덤해졌다고나 할까.

그래서 직장 생활이 힘들 때면 마음을 나눌 만한 사람이 있으면 좋겠다고 생각하기도 했지만, 이내 그 힘든 마음 나누자고 더 많은 것을 감내해야 하는 사랑이면 어쩌나 싶어 차라리 혼자인 편을 택하는 그녀였다.

뭐, 그러다 보니 또 그런대로 살아가졌다.

은비가 최 대리와 시간을 보낸 후 집으로 돌아왔다.

씻고 난 다음 편한 옷으로 갈아입은 그녀가 음악을 틀어 놓고, 그간 여유가 없어서 하지 못했던 집안일에 손을 대기 시작했다.

늦은 시각이었지만 조그마한 공간이라 얼마 걸리지 않는 일이었다.

"휴… 어쩌자고 여기까지 발을 들이게 한 건지……."

대충 물건들을 제자리에 돌려서 정돈한 다음, 빨래 건조대를 바라보는 그녀의 입에서 한숨이 절로 나왔다.

방바닥에 철퍼덕 앉아 걷어 놓은 빨랫감을 개기 시작한 그녀가 빨래를 개다 말고 손을 멈칫했다.

'어라?'

갠 빨랫감을 이리저리 다시 뒤집어 보던 그녀의 안색이 급히 어두워졌다.

"속옷 하나가 비잖아!"

설마… 이 변태 자식……!

📁

토요일 아침 8시 50분, 은비가 막 현관문을 나서려다 말고 거울 앞에 우뚝 섰다.

그곳에 평소답지 않게 원피스에 화장도 거하게 한 그녀의 모습이 드러났다.

뭐야, 왜 이렇게 열심히 꾸몄지? 한창 정신없이 외출 준비를 하고 나서 보니 데이트도 아니고 외근인데 좀 오바한 건 아닌가 싶어 다시 방으로 몸을 틀려다 시간을 확인하고는 어쩔 수 없다는 얼굴로 현관문을 열었다.

토요일이었다.

창을 통해 보니 날씨가 좋았다.

외근인데 괜히 데이트인 양 꾸민 것, 그래. 토요일에 날씨도 좋으니까. 기분 좋게 일하면 좋잖아.

합리화를 시킨 그녀가 총총 빌라 계단을 내려갔다.

10분이나 일찍 내려온 건데, 빌라 앞에 검은 세단이 세워져 있고 그곳에 한별이 비스듬히 서서 손을 까닥이며 자신을 기다리고 있었다.

라임몰에서도 저보다 일찍 출근하는 사람은 강 팀장이 유일했다. 까칠하긴 해도 약속을 허투루 지키는 법이 없는 사람. 그가 강한별이었다.

"좋은 아침입니다, 고 대리."

그가 비스듬히 기댄 몸을 똑바로 세워 은비를 맞았다.

평소엔 클래식한 슈트의 정석을 보여 주는 그였는데, 오늘은 좀 트렌디한 슈트를 입고 있었다.

그 모습 어느 하나 어긋난 곳이 없이 완벽해 은비의 눈이 저도 모르게 환해졌다.

그러다 입이 헤벌어지려는 것을 간신히 이성을 되찾고 표정 관리에 들어갔다.

토요일이 뭐라고, 아니 강 팀장이 뭐라고, 일하려고 만난 건데 이렇게 좋아하고 있나 싶어 스스로 놀랍기도 했다.

"고 대리, 오늘 외근 후에 약속 있나 봅니다?"

"네?"

"예쁘네요."

"아유- 아니에요! 얼른 가요, 팀장님."

아, 꾸민 게 또 다 티가 났나 보다 싶어 괜히 부끄러움이 솟구쳐 한별을 재촉했다.

"알겠어요, 고 대리. 알겠다고요."

한별이 살포시 웃으며 빠르게 차에 올랐다.

"오늘 브랜드 조사에 앞서 제가 미리 준비한 내용 좀 말씀드릴게요. 운전하시면서 편안하게 들으시면 좋겠습니다."
"네. 좋습니다."
그런데 그의 대답이 어쩐지 봄볕 아래 자는 고양이의 울음소리처럼 나른하게 들리는 건 기분 탓일까.
"지난밤 잠을 잘 못 주무셨나 봐요."
"네. 잠을 좀 설쳤습니다. 용케 알아차렸네요."
"피곤하시겠어요. 요즘 라임몰 고 프로젝트 때문에 바쁘셔서 그런 것 같은데, 제가 운전하고, 눈 좀 붙이실래요? 보고는 도착해서 말씀드려도."
"괜찮습니다. 어서 이야기해 봐요. 준비한 자료."
"넵."
그의 말에 은비가 가방에서 서류를 꺼내 보고를 시작했다.
나른해졌던 한별의 눈빛에 총기가 살아나기 시작했다. 그리고 보고를 듣는 도중 한 번씩 미소를 띠었다.
그의 반응을 살피던 은비는 보고가 마음에 드나 싶어 저도 모르게 흐뭇한 마음이 들었다.
브랜드 조사를 위해 몇 군데 장소를 들르면서 은비는 한별과 호흡을 잘 맞춰 일을 해나갔다. 어디든 사람이 많고, 즐거워하는 사람들 틈에서 이토록 일에 빠져 보는 것도 나쁘지 않다는 생각이 들었다.
이게 다 강 팀장 덕분이었다.
"후우- 목이 마르네요. 어디 들어가서 차라도 한잔할까요."

"네, 팀장님."

일을 거의 마친 두 사람이 근처 카페로 향했다.

"고 대리, 뭐 마실래요?"

"팀장님, 차는 제가 사겠습니다. 늘 얻어먹기만 하는 것 같아서 제 마음이 편치 않아서요."

매번 외근하고 밥을 먹을 때마다 회사 카드로 먹는 줄 알고 별생각이 없던 은비는 얼마 전 그가 사비로 밥을 사 주고 있었다는 걸 알게 되었었다.

"토요일인데 쉬지도 못하고 일하는 중 아닙니까. 나 때문에 고생하는데 어떻게 고 대리에게 사라고 하겠습니까."

"이게 왜 팀장님 때문이에요. 라임몰 때문이죠."

"내 사원은 내가 챙……."

"긴다고 말씀하시겠죠? 정 그러시면 커피만요. 오늘 점심은 제가 꼭 사겠습니다……."

"그래야 고 대리 마음이 편하겠다면, 그렇게 해요. 카페모카 먹을 거죠?"

"아, 네."

아직도 달달한 커피가 좋은 이 취향은 어떻게 또 아는지. 이게 뭐라고 은비는 그의 말에 살포시 감동을 받았다.

"여기-"

"잘 마시겠습니다."

외근 준비하는 데 평소보다 몇 배는 더 공을 들이느라 밥도 못 먹었던 은비였다. 커피를 마시자마자 텅 빈 몸에 달달한 기운이 몸 안에 구석구석 퍼지는 느낌이 들어 기분이 좋아졌다.

"커피가 맛있네요."

"고 대리가 맛있다고 하니 나도 맛있는 것 같네요."

한별도 그녀와 같은 것을 마시는 중이었다. 그가 자신의 커피 잔을 들어 보이며 빙그레 웃었다.

"기획팀이 요즘 같은 때가 없어요, 팀장님. 팀원들에게 잘해 주시니까 다들 이제 팀장님한테 길들여지고 있는 느낌이에요. 이러다 부사장님 되시면 그리워서 어떡하나 저희끼리 이런 이야기도 한다니까요."

"그래요? 그거 아닌데."

"네?"

"다 잘해 주는 거 아니란 말입니다."

"에이- 그게 무슨 또 겸손한 말씀이세요. 다른 팀원들도 은근 챙기시는 거 저 다 알거든요. 저야 워낙 프로젝트 때문에 특별히 더 챙겨 주시는 것도 잘 알고요."

"은근 챙기는 거 그런 거 아닌데."

은비는 몸에 맞지 않은 아부성 멘트를 괜히 했나 후회하고 있었다.

뭐가 다 아니래.

영 분위기가 묘했다.

"나는 다 잘해 주지 않습니다. 오로지 고 대리, 아니 고은비 씨에게만 잘해 주는 겁니다."

"네에? 서… 설…마요. 뭐, 제가 팀장님 일을 보좌하니까 잘해 주시는 거겠죠."

"나는 고은비 씨가 나를 도와주지 않아도 고은비 씨에게만 잘해 줬을 겁니다. 이러면, 내 말이 조금 이해가 됐으려나요?"

분위기가 이상한 게 확실했다.

매일 카페모카를 먹더라도 오늘은 그걸 시키는 게 아니었다. 담백한 아메리카노를 먹을걸. 몸에 당이 과하게 들어간 건 아닐까. 그렇지 않고서야 지금 그의 입에서 나온 말이 무엇인가.

"벌써 9년 됐네요."

"뭐가요?"

"고 대리가 일은 참 잘하는데, 내 말뜻은 도통 이해 못 하는 것 같네."

"……?"

"고 대리를 좋아한다고요. 9년 전부터 말입니다."

푸우웁!

방금 또 한 모금 쭉 빨던 음료가 밖으로 튀어나와 버렸.

한별이 테이블 위의 냅킨을 건넸고, 은비는 그것을 받아 들고 입가를 닦았다.

"각자 멋지게 살다가 만나자는 그 약속, 지키고 싶었습니다."

그녀의 대꾸가 없었지만 굴하지 않고 한별이 말을 이어 갔다.

"그 생각으로 더 열심히 살았거든요."

약속? 우리가 그런 약속을 했던가?

은비가 옛날 일을 곱씹어 보았다.

생각해 보려 했지만 머릿속은 이미 백지장처럼 하얬다.

방금 제게 고백을 건넨 사람은 라임몰 기획팀 강 팀장이었다.

9년 전엔 꼴통 과외 학생이었지만.

그리고 자신은 팀장 앞에 앉아 있는 말단 대리였다.

9년 전엔 그의 과외 선생이었지만.

"내 인생의 여자는 고 대리뿐이라서."

연타로 몰아치는 그의 고백에 그녀의 눈동자가 커졌다가 작아졌다를 반복했다.

진즉에 바닥이 드러난 카페모카를 의미 없이 쪽쪽 빨아 대면서.

본인 인생의 여자는 고 대리뿐이라고?

그의 말을 다시 되뇌 보니 은비의 심장이 알 수 없이 요동 쳤다.

마치 입이 달린 심장이 '아직 나도 두근거릴 수 있어요······!'라고 말하듯.

그런데 정작 진짜 입은 고장이 났는지, 도무지 대답해야 할 말을 밖으로 내지 못하고 있었다.

귀가 잘못된 게 아니라면 한별은 지금 자신에게 고백 중이었다.

그것도 토요일 정오 언저리에서.

그동안 조금이라도 그런 낌새가 있었다면 혹시라도 그의 마음을 헤아려 볼 수 있었을 텐데.

오히려 9년 전 일을 꺼내기 싫어했던 그였기에 이건 뭐 아주 새롭고, 놀랄 만한 이야기였다.

생각할수록 기가 막힌 상황이었다.

대체 나를 왜……! 왜?

"아……."

은비가 간신히 밖으로 내뱉은 말이 '아'였다.

"흠… 흠흠……."

그다음은 헛기침이었다.

자그마치 9년이라는 시간 동안 자신을 생각하며 살아왔다는 한별에게 어떤 말을 하면 좋을까.

그냥 막 가볍게 좋아한다고 고백했다면, '에이! 팀장님 뻥이 지나치십니다. 아무래도 저를 다른 사람으로 착각하신 건 아니에요?'라며 가볍게 대꾸할 수도 있었겠지만…….

어떤 대답도 쉽게 하지 못했던 이유는, 은비에겐 갑작스러운 이 고백이 그에게는 무려 9년 만의 고백이었다는 사실 때문이었다.

언뜻 생각하면 믿기지 않는 그의 고백이었다.

9년 동안 연락도 닿지 않았고, 재회한 지 얼마 되지도 않은 상황 아닌가.

게다가 9년 전에는 그렇게 갈구던 선생이었고, 지금은 파릇한 신입과 비교해 너무 늙은이인데.

심장이 빠르게 뛰고 있었지만, 이건 그저 정말 오랜만에 들어 본 고백이라 그런 것이리고 생각했다.

그는 오히려 길고 얇게 버텨 온 회사 생활에 위협적인 존재라면 존재였다.

웬만하면 회사에서 조용히 가늘고 길게 가고 싶다고!

자신의 의지와 상관없는 어쭙잖은 구설수의 주인공이 돼서 눈총을 사는 일은 없어야 했다.

따라서 그녀에겐 최대한 이 고백 사건을 잘 마무리할 의무가 있었다.

"강 팀장님, 지금 들은 말은 못 들은 걸로 하겠습니다. 점심은 제가 사기로 했으니까 식사하러 가시죠. 시간이 벌써 이렇게 됐네요."

최대한 신중한 모습으로 마음을 전했다.

"나도 방금 들은 말은 못 들은 거로 하죠. 밥 먹자는 건 빼고. 내 마음 그리 간단한 마음이 아닙니다. 못 들은 척할 만큼."

"팀장님."

"밥 먹으러 갑시다. 그럼."

한별이 은비를 따라 근처 해장국집으로 발걸음을 옮겼다.

"이런 데 와 보셨어요?"

해장국을 기다리며 은비가 한별에게 물었다.

"아뇨. 오늘 처음……."

"그럼 보통 해장은 어디서 해요?"

"아침을 나가서 먹게 되면 보통 호텔 브런치를 먹습니다."

때마침 뜨끈한 해장국이 모락모락 김을 내며 두 사람 앞에 도착했다.

"3천5백 원짜리 선지해장국과 3만 5천 원짜리 호텔 브런치. 바로 이게 우리의 차이예요, 팀장님."

"고 대리, 오늘 먹어 보니 선지해장국이 호텔 브런치 못지않습니다. 이렇게 맛있는 걸 혼자만 알고 먹었습니까? 으~ 시원하다."

"앗, 뜨거운데 조심……!"

한별이 뜨거운 해장국을 숟갈로 마구 퍼먹자 은비가 걱정스럽게 그를 바라보았다.

"크으… 괜찮습니다. 너무 맛있어서 그만."

역시나 그가 손으로 부채를 만들어 입 안을 부쳐 댔다.

못 말리게 어설픈 연기력이었다.

"집 반찬에 새우젓 오른 적 있어요?"

은비가 이번엔 해장국집 테이블 위에 얹어진 새우젓 반찬을 가리키며 물었다.

"아뇨. 영 생소한데요. 밥반찬으로 새우젓이라……."

"그럼 보통 밥반찬으로 뭐 먹어요?"

"음… 갈비찜이나 더덕구이… 대하찜… 뭐… 이런 거?"

"하… 전 새우젓 하나로 밥 한 공기 다 먹기도 하거든요. 특히 속 안 좋을 때는 소화가 쭉쭉 되죠. 평소 밥반찬이 갈비찜이라니… '새우젓과 갈비찜' 이게 우리의 차이예요."

"그 대리, 있잖아요. 오늘 저는 해장국 없이 새우젓만으로 밥을 먹겠습니다. 이게 먹어 보니 짜고 맛있네요. 밥도둑이 따로 없습니다. 라임몰에 론칭해도 될 것 같습니다. 으흠."

은비는 그의 넉살이 기가 막혀 당황스러울 지경이었다.

그녀의 질문 의도를 간파한 한별은 이제 그녀에게 맞춤형 대답을 하기 시작했다.

"팀장님, 지금 입으신 티셔츠 얼마 짜리예요?"

"오십… 아니! 5천 원짜리."

"팀장님, 신발은요. 딱 봐도 명품인데?"

"이거 짝퉁입니다. 만 원인가?"

"팀장님, 오실 때 뭐 타고 오셨어요? 기사 딸린 차?"

"걸어왔습니다. 한남동에서 망원동까지."

"팀장님, 지금 사시는 집 얼마 짜리예요?"

"흠… 2천만 원짜리 전세던가……?"

늦은 밤.

은비가 책상에 앉아 스탠드 하나만을 켜고 일기장을 펼쳤다.

고백을 받았······.

한 줄을 채 쓰다 말고 턱을 괴고 생각에 잠겼다. 아무리 생각해도, 아무리 따져 봐도 말도 안 되고 이해도 안 되는 그런 일이 일어나 버렸다.

9년 전부터 자신을 좋아해 왔다니. 그래서 열심히 살았다니. 세상에 이런 과분한 사랑이 있을까.

게다가 아홉 해 만에 만났고, 자신은 이미 서른셋.

막말로 넘쳐 나는 사내 커플들 사이에서 대시 한번 받아 보지 못한 인생 아니었나.

그런 자신에게 오래도록 좋아해 왔으며 지금도 좋아한다고 말하는 남자가 있다니.

그것도 무려 재벌 3세.

어후야-

자신의 마음엔 사랑이 없어도 그의 안에 있는 사랑이 참 대단하단 생각이 들었다.

"9년이나… 왜 그랬어, 강한별……."

📂

집에 돌아온 한별이 재킷을 벗어 던지곤 다이닝룸으로 직행했다.

차가워진 맥주 한 캔을 들고 푹신한 소파에 앉아 눈을 감았다.

아직도 눈을 감으면 차귀도에서 만난 고 선생이 생생하게 떠올랐다.

9년 전.

한별이 뉴욕행 비행기 안에서 이어폰을 꽂고 음악을 듣고 있었다.

감미로운 사랑 노래는 그의 귀로 들어와 다시 가슴으로 흘러가 은비가 되었다.

자신의 선생이었던 고은비.

함께 아웅다웅하며 하루하루 보냈던 지난날들이 주마등처럼 지나갔다.

스무 살에 기적처럼 그녀를 만나 삶이 아름다울 수 있다는 걸 처음으로 알았다.

그런데 그녀와 함께 있을 땐, 몰랐다.

그녀가 이 정도로 자신의 마음을 가져가 버린 여자인 줄.

막상 그녀를 볼 수 없다고 생각하자, 마음에 아주 큰 구멍이 뚫린 기분이었다.

어떻게 해도 채워지지 않는,

그 누구로도 채울 수 없는,

그런 마음 구멍.

이제야 자신에게 은비가 어떤 존재인지 깨달았다.

그러나 자신의 마음을 알게 된 그가 할 수 있는 것은 아무것도 없었다.

은비의 전화번호도 몰랐고, 안다 해도 상황이 달라질 건 없었다.

대한민국 서열 1위 라임그룹 회장의 외아들, 일명 재벌 3세.

자신의 의지대로 할 수 있는 것이 극히 적은 신분.

반강제로 미국에 있는 학교로 진학을 하게 되면서 상황은 더욱 그랬다.

뉴욕행 비행기 안에서 한별은 오롯이 그녀를 생각했다.

"어쩌냐… 나 완전 고 선생한테 꽂혔는데……. 후… 좀만 기다려, 고은비……."

한별의 기억은 그때에 이어 그녀를 찾아 헤맸던 시간에 머물렀다.

9년 전, 미국에 갔을 때, 그는 멋진 모습으로 은비 앞에 서겠다는 일념으로 미친 듯이 학업에 열중했었다.

이미 자신의 생각과 마음을 빼앗아 버린 그녀가 매일 생각나 너무 보고 싶고 소식이 궁금했지만, 회사 내에서 자리를 잡기 전까지는 연락을 하지 않을 생각이었다.

학업 도중 군복무 때문에 한국에 잠시 돌아왔을 때도 그녀가 보고 싶어 죽을 지경이었지만, 참고 참았던 그였다.

잘 갈고닦아 그녀 앞에 나타나는 것이 그의 최종 목표였다. 그 목표 하나를 위해 달려온 삶이었다.

그런데 웬걸, 생각보다 시간은 쏜살처럼 빠르게 지나 버렸다.

목표를 잊은 적은 없지만, 그것 때문에 눈코 뜰 새 없이 바빠 일말의 여유조차 허락되지 않는 상황이었다.

미국 지사에서 일을 시작하면서는 더했다.

이제 은비 앞에 나서도 되겠다 생각했을 때는 그녀를 찾기엔 늦어도 한참 늦어 버렸다는 사실과 마주했었다.

간신히 알아낸 그녀의 번호도 바뀌어 있었을뿐더러, 남들다 하는 SNS도 안 하는지 아무리 애를 써도 그녀의 소식을 알 수가 없었던 것이다.

자신도 신분이 베일에 감춰진 상태에서 과외를 했지만, 그녀에 대해서도 구체적으로 아는 것이 없었다.

세월도 많이 흘렀는데, 쉽게 찾을 수 있으리라 생각했던 것은 그의 오산이었다.

전에 미리 밑장 빼듯 빼 두었던 과외 계약서 어디에도 그녀의 신상 정보는 없었다. 달랑 사인만 있었을 뿐이었다.

김 실장에게 슬쩍 물어봤지만, 개인정보는 폐기했다는 것이 답.

그제야 놓쳐 버린 세월과 무지한 자신을 탓해 보아도 소용없는 일이었다.

"후……."

한별은 그때 앞이 깜깜했던 걸 생각하면 지금도 머리가 아찔했다.

아무래도 자신의 일거수일투족이 자유롭지 못했던 터라 괜히 오해를 살까 싶어 다른 사람의 도움은 받지 않고 혼자 휴가를 핑계로 한국으로 들어와 그녀를 찾아 헤맸었다.

그의 휴가는 늘 오롯이 은비를 찾는 데 썼다고 해도 과언이 아닐 정도였다.

그녀의 집에 갔던 기억을 되살리려고 제주도에도 가 봤지만, 술김에 갔던 곳이었고 깨어나서도 그녀만 졸래졸래 따라다녔기에 도저히 어디가 어딘지 알 수가 없었다.

한별은 이번에 한국 본사로 오면서 제대로 어떻게든 그녀를 찾아봐야겠다 결심을 했었다.

그런데 이렇게 한국에서 첫 출근 날 그녀를 만날 줄이야!

이건 운명이라는 말이 아니고서야 설명할 길이 없다고 생각했다.

그러나 자신도 여전히 과외를 받았던 학생의 모습으로 보여서는 안 되었다.

그래서 남자로 보이기 위해 꽤 진중한 상사로 보이기 위해 애써 반가움은 잠시 뒤로할 수밖에 없었고, 목소리에 힘을 더 줄 수밖에 없었다.

그래도 내 가슴은 얼마나 뛰었는지, 매일 너를 볼 수 있다는 생각에 하루하루가 얼마나 벅찼는지.

그럼에도 은비는 그게 서운했는지 첫 번째 회식 후, 호텔에서 귀여운 주사를 부리던 그녀의 모습도 또다시 떠올랐다.

한별은 9년 전에 이어 지금도 이렇게 그녀와 잊지 못할 추억을 쌓아 가고 있다는 사실이 못내 뭉클했다.

그녀에게 고백을 하기 위해 매일 마음을 다지고, 졸이며, 오늘에 이르렀다는 거 너는 알까.

'후… 고 대리… 예상은 했지만, 이 정도로 강하게 나올 줄은……'

그가 오늘 있었던 일을 곱씹어 보다 자신의 집을 휙 둘러보았다.

그녀의 말대로 두 사람이 살아온 환경은 너무도 달랐다. 좁혀지기 힘들어 보일 만큼 아주 큰 간극.

그러나 그런 것을 따지기에는 은비를 향한 마음이 너무도 컸다.

여전히 그때와 같은 모습으로 자신의 앞에 있는 그녀.

오롯이 자신의 여자로 만들고 싶은 그녀를 어떻게 하면 좋을까.

내내 그녀의 반응에 연연하지 않는 듯 대차게 행동했었지만, 그녀가 자꾸 밀어내는 것에 마음이 아팠던 것이 사실이었다.

쉽지 않을 건 알고 있었다.

그리고 얼마나 더 아파야 할지 그 기한과 깊이를 알 수 없어 마음이 영 좋지 않았다.

하지만 꽂히면 직진하는 남자니까, 이제 제아무리 고은비가 철벽을 쳐도 멈출 수가 없다. 아니, 절대 멈추지 않을 것이다.

[고 대리, 점심 같이 하죠.]

출근해서 오전 업무를 보고 있는 은비에게 사내 메신저로 메시지가 툭 떴다.

발신인 강 팀장.

예고하고 들이대는 중이었다.

[죄송합니다.]

회신인 고 대리.

예상대로 철벽 방어 중이었다.

[고 대리, 그럼 저녁은.]

은비가 회신에 전송 버튼을 누르자마자 다시 날아오는 메시지.

발신인 강 팀장. 다시 한번 들이대는 중.

[죄송.]

회신인 고 대리. 오는 족족 막는다.

[오늘 저녁은 팀 회식하겠습니다. 한 명도 빠지지 않도록 해 주십시오. 단 한 명도.]

마침표를 찍어 보내자마자 돌아온 것은 기획팀 전체 메시지였다.

이런……. 강 팀장… 그렇게 안 봤는데, 권력을 악용하다니……!

은비가 부들부들거리며 메시지를 노려보았다.

그때였다. 건너편에 앉은 유안이 벌떡 일어나 새초롬한 표정으로 강 팀장에게 다가갔다.

아는 만큼 보인다고 했던가.

힐끔 보니 최 대리의 말대로 군살 없이 늘씬한 몸매의 신입이었다.

"강 팀장님~ 제가 들어온 지 얼마 안 돼서 업무에 관해 모르는 게 많은데, 점심 같이 먹으며 궁금한 것 좀 여쭤 봐도 괜찮을까요?"

유안이 한별에게 다가가 코맹맹이 소리를 풀어 놓았다.

어쩌자고 사무실 인테리어를 이딴 식으로 해놔서 모든 이야기가 오픈되고, 모든 행동거지들이 눈에 띄는 것인지. 은비는 고개를 도리도리하다 괜히 귀마개를 찾아 귀에 쏙 집어넣었다.

"아니, 유안 씨. 그거야 내가 충분……."

"유안 씨, 내가!"

눈치도 없이 포 대리들이 유안의 이야기를 반기려 하자 그녀가 그들을 확 째려보았다. 그 탓에 사무실은 순식간에 잠잠해졌고 유안과 한별의 소리는 더 또렷이 들렸다.

"흐음……."

은비의 귀에는 한별이 바로 안 된다고 안 하고 헛기침을 하는 소리만 귀마개를 뚫고 들려왔다.

"점심 먹고 오겠습니다."

그녀는 더는 못 앉아 있겠어서 자리를 박찼다. 그런데 문을 향해 걸어가는데 이상한 소리가 등에 꽂혔다.

"흠흠… 그래요. 이유안 사원, 같이 점심 먹읍시다."

은비는 저도 모르게 괜히 모아진 입을 앞으로 비쭉 내밀었다.

5장. 기다릴게요. 나올 때까지

"고 대리님, 속 괜찮아요?"

"응? 왜?"

점심시간에 만난 최 대리가 은비에게 물어 왔다.

"너무 매워 보여서……."

"아… 괜찮아. 쓰읍… 괜찮아… 쏩…….."

오늘의 점심 메뉴는 얼큰이 칼국수였다. 매운맛을 단계별로 조절해 주문하는 것이었는데, 은비는 매운맛 최고봉을 택했다. 그리고 보기만 해도 혀가 얼얼하고 땀이 송골송골 맺히는 비주얼의 칼국수를 거침없이 먹어 댔다.

"고 대리님, 무슨 일 있어요?"

"아니. 왜?"

"매운맛 단계가 대리님 기분 따라 좌우되는 거 제가 모를까 봐요? 우리가 하루 이틀 밥 먹나요. 근데 요새 이 과장님도 없고… 대체 뭔지 감이 안 오네……."

"아… 내가 그랬어? 별일 없는데… 오늘 그냥 매운 게 당겼어. 신경 쓰지 마… 쓰읍……."

그녀는 이마에 흐르는 땀을 연신 손등으로 쓰윽 닦았다.

사실, 최 대리 말이 맞았다.

그토록 자신을 못 잡아먹어서 안달인 이 과장도 출장으로 며칠간 자리를 비우고 없는데 기분이 저기압이었다.

"고 대리님, 칼국수 너무 매운데, 우리 만두 하나 더 시킬까요?"

"아, 난 괜찮아. 최 대리 먹고 싶으면 시켜."

"고 대리님은 진짜 안 드실 거예요? 그럼 반 접시만 시킬게요."

"그래!"

사실 속이 타들어 갔다.

이것이 칼국수 때문인지 다른 이유인지 알 수가 없었지만, 만두 따위로 제압될 문제는 아니었다.

"저기요~! 만두 반 접시 주세요!"

최 대리가 홀을 돌아다니는 직원에게 추가 주문을 했다.

은비는 면발을 호로록거리며 아까 한별과 나눈 메시지를 떠올렸다.

"아니, 적어도 삼세번은 물어봐야 예의 아냐? 두 번 물어보고 땡이냐 어떻게……!"

"네? 고 대리님… 만두 더 시켜요?"

은비의 말에 화들짝 놀란 그녀가 물었다.

"어? 아냐, 아냐. 미안, 무슨 생각을 하다가……."

"어휴, 깜짝 놀랐넹……."

"미안해, 최 대리."

은비의 눈앞에 계속 아까 환한 얼굴로 강 팀장 앞을 휘휘 돌던 유안의 모습이 아른거리고 있었다.

키가 크고 몸매 또한 비현실적인 그 두 사람은 사실 참 잘 어울리는 선남선녀였다. 쓸데없는 상상을 해 보건대 한별은 자신과 둘이 서 있는 것보다 그녀와 더 잘 어울린다고 생각했다. 그것뿐일까, 여러 모로 말이다.

그런데 점심 먹자고 한 번만 더 물어봤어도 거절할 거였으면서 아쉬워하는 이 심리는 뭔가 싶어 그녀가 미간을 찌푸리고 머리를 흔들어 댔다.

"오늘 영 이상한데요. 고 대리님, 진짜 무슨 일 있죠?"

최 대리가 수상하다는 듯 그녀를 바라보았다.

"아… 아냐."

"흐음……."

"참, 최 대리, 그나저나 오늘 들어온 사내가 중계는 뭐 없어?"

"사내가 중계요? 흠… 고 대리님이 웬일로 먼저 물어보시고… 별일이 다 있네. 아무튼… 왜 없겠습니까. 있죠. 라임몰 여직원들의 희망을 절망으로 송두리째 바꾼 뉴우스!"

"엥? 그게 뭔데?"

"글쎄 강 팀장님이……."

"강 팀장님이 뭐?"

역시나 한별에 관한 이야기였다.

이런 핫한 남자.

은비는 침을 꼴깍 삼키고 최 대리의 입을 집중해서 쳐다보았다.

"이유안 씨랑 결혼할 수도 있다던데요."

"뭐?"

그녀가 자신도 모르게 젓가락을 탁 내려놓았다.

"진짜 놀랍죠? 원그룹에서는 이미 둘째 사윗감으로 강 팀장을 완전 찜해 놓고 있다더라고요."

"헐… 그럼 유안 씨도 라임몰에 뿌리를 내리게 되는 건가?"

이러다가 잠깐 신입이었다가 오래도록 상사로 있는 거 아냐?

이유 있는 불안감이 밀물처럼 밀려들어 왔다. 이 순간만은 한별과의 결혼보다 자신의 밥줄이 더 중요했다.

"글쎄요. 이게 재밌는 게, 강 팀장은 유안 씨한테 철벽을 치는 중이고 유안 씨 혼자 고군분투 중이라는 거예요. 강 팀장 다른 사람한테 뺏길까 봐 노심초사하면서 회사까지 들어온 거."

"철벽을 치면 뭐, 결혼 안 할 수도 있는 거래?"

"그야 모르죠. 일단, 집안끼리는 얘기가 오간 거라던데… 남녀 사이 우리가 다 알 수 없잖아요?"

"그렇구나……. 참 안됐네, 당사자들보다 집안끼리 오가는 혼담이 더 중요한 사람들이라."

그들 세계에서 집안끼리 이야기가 오갔으면 가능성이 큰 이야기라는 생각이 들었다.

보통의 집안들이 아니니까.

그런데 이 와중에 한별은 대체 무슨 생각으로 자신에게 고백했을까 의문이 들었다.

그냥 모태솔로로 결혼하기엔 억울해서 연애라도 한번 진하게 해 보고 하려는 건가?

그렇다면, 그건 상당히 언짢은 일이었다.

"내가 전생에 무슨 죄를 지었기에 이 과장에 이어 일에는 관심도 없고 연애에만 관심 있는 금수저 신입을 뒀는지… 진짜 암울하다."

은비가 칼국수 국물을 쭉 들이켜고는 울상을 지었다.

"유안 씨 들어오기 전에는 다들 강 팀장이랑 눈이라도 한번 맞을 수도 있을까 기대를 걸던 여직원들 심정도 암울 그 자체라니까요. 유안 씨 눈빛이 아주 서슬이 퍼래서 어후……. 역시 재벌들은 그들만의 세상에서 연애하고 결혼하고 그러는가 봐……."

최 대리가 막 도착한 따끈한 만두를 한 입 베어 물며 말했다.

"아무래도… 그래야겠지."

은비는 공허한 눈빛으로 그녀 말에 대꾸했다.

"고 대리님, 뭐예요. 지난번에는 재벌 3세와 평사원 간에 뭐 사랑 못 할 거는 또 뭐냐, 쿵짝만 잘 맞으면 되지 이러시더니… 이젠 그냥 인정하는 분위기?"

"내가 그랬어? …지금 생각해 보니 사랑이 쿵짝만 맞는다고 되는 건 아닌 것 같아. 우리가 물불 안 가리는 스무 살도 아니고……."

"그렇죠……. 아무래도 이 나이 먹고 연애만 할 것도 아니니까……."

"그런데 말이야… 사랑이라는 거… 대체 어떻게 오는 걸까……."

"사랑이요?"

최 대리는 은비에게 이런 이야기를 들어 본 적이 없는 터라 짐짓 놀랐다.

"설레 본 지, 연애한 지 너무 오래돼서 진짜 느낌도 없다……."

급기야 은비가 젓가락을 내려놓았다. 그런 모습을 최 대리가 딱 주시하고 있다 입을 열었다.

"고 대리님, 그래서 말인데, 지난번에 얘기한 그 소개팅 어떻게, 진행할까요?"

"소개팅? 흠… 글쎄……."

"또또… 망설이신다. 서른셋이면 소개팅도 이제 막차예요. 고 대리님, 한번 봐요. 또 혹시 모르잖아."

"최 대리, 서른셋에 소개팅 막차야? 정말 너무했다."

은비는 무심히 흐른 세월 앞에 먹을 대로 먹어 버린 나이를 인지하고 나니 조금 서글퍼졌다.

공허한 기분을 얼큰이 칼국수로 채울 수밖에.

점심시간이 지나고 사무실로 돌아와 보니 비어 있는 이 과장의 자리가 눈에 띄었다. 평소 같으면 입가에 미소를 띠며 좋아했을 테지만, 어쩐지 오늘은 별 감흥이 없었다.

양치질이나 할 생각으로 서랍을 열어 칫솔을 챙겨 화장실로 갔을 때였다. 그곳엔 손을 씻고 있는 유안이 있었다.

옆에 가기만 해도 진한 향수 냄새가 코끝을 찔렀다. 부하 직원임에도 불구하고 먼저 아는 체 한번 없이 늘 도도한 그녀였다.

화장실 세면대 앞에 미묘한 기류가 흘렀다.

"유안 씨, 점심 잘 먹었어?"

은비가 양치를 시작하기 전에 먼저 그녀에게 물었다.

"훗, 점심을 빙자한 데이트 잘했죠, 뭐."

그녀의 말을 들으니 은비는 괜히 이마에 힘이 들어가는 느낌이 들었다.

"저기 유안 씨, 강 팀장님 좋아하는 건 잘 알겠고, 이해도 하는데 업무에는 지장 없게 해 줘요. 아까 부탁한 일이 아직이라."

"아, 네. 알겠습니다~"

유안이 세상 발랄하게 대답했다. 기분이 참 좋은 모양이었다.

"고 대리님, 애인 없으시죠?"

"……!"

"말투 한번 딱딱하셔라. 그래서 어떻게 남자들이 좋아하겠어요? 그러니까 남자들이 우글거리는 기획팀에 썸 한번 못 타 보시지… 쯧……."

"탈 게 없어서 회사에서 썸을 타나. 그러려고 회사 다니는 거 아닌데? 뭔가 단단히 오해하고 있는 것 같네요."

"에이- 일도 하고 썸도 타면 좋지 뭘 그래요. 사내 커플이 괜히 생기냐고요."

"아무튼 나는 적어도 자기한테 마음 없는 남자한테 들이대는 짓은 안 해요. 그거 너무 자존심 상하지 않나? 이유안 씨."

"고 대리님이 뭘 안다고 그런 말씀을 하세요?"

"유안 씨가 본인 입으로 이야기한 거라 알고 있을 뿐인데요."

유안이 은비를 째려보고 손을 탈탈 털더니 화장실 밖으로 나갔다.

 그녀가 나가자 은비는 본격적으로 분노의 양치질을 시작했다.

 점심을 빙자한 데이트라니!

 몹시 기분 나쁜 그 말이 머릿속에 빙빙 돌아 다녔다.

 [최 대리, 나 소개팅 할게.]

 양치를 마친 은비가 자리에 도착해 최 대리에게 메시지를 보냈다.

 아무래도 감정이 오르락내리락하는 것이 정상은 아닌 것 같은데, 이게 강 팀장 때문인 것만 같아 뭔가 확인이 필요할 것 같았다.

 혹시라도 너무 오랫동안 남자를 만나지 않아서 이런 감정 상태인 것인지, 아닌지.

 [오~ 진짜죠? 말 바꾸기 없기! 바로 일정 잡습니다!]

 최 대리에게서 빠르게 회신이 왔다.

 [응.]

 은비는 입술을 꾹 다물고 키보드 자판을 꾹꾹 눌렀다.

 메시지를 보내자마자 포 대리들이 우르르 사무실로 들어왔다.

 "고 대리, 팀장님이 오늘 왜 갑자기 회식하자고 하시는 거지? 지난번 회식 분위기는 어땠어? 독대하는 분위기가 좀 그랬지?"

어수선한 분위기에서 한 대리가 의자를 쪼르륵 끌고 와 속삭이듯 물었다.

"지난번 회식이요?"

한 대리의 말에 은비가 지난번 회식을 떠올렸다. 뭐, 와인 두 잔 마시고 뻗어서 별 얘기도 못 해 봤던 그때.

"뭐… 그냥 밥만 먹고 헤어졌어요. 별로 말씀이 없으시던데……."

와인을 마시고 취한 바람에 기억나는 얘기가 전혀 없으니 애석하지만 그때 상황에 대해 할 수 있는 말도 없었다.

"그래? 일 얘기는 많이 안 하시나? 휴… 지난번엔 시간 되는 사람만 오라고 하시더니 오늘은 또 왜 저러시는 건지, 원. 오늘 여친 만나기로 했는데……."

"오래 안 걸릴 거예요."

은비는 괜히 한 대리한테 조금 미안해져 순한 얼굴로 대꾸했다.

그냥 저녁 같이 먹겠다고 했으면, 이런 일도 없었을 테니까.

때마침 들어온 한별이 은비와 한 대리를 힐끗 쳐다보다 자기 자리로 향했다. 그러고는 파티션 너머로 사무실을 둘러보는 척하며 귀를 쫑긋 세웠다.

은비와 한 대리가 속삭이듯 이야기하는 모습이 거슬렸다. 그런데 한 대리가 너무 작은 소리로 이야기하는 바람에 무슨 얘긴지 잘 들리지 않아 몹시 답답했다.

소머즈의 귀라도 대여할 수 있다면 간절히 하루 대여하고 싶은 심정이었다.

'밥? 헤어져? 긴장? 여친? 대체 무슨 얘기지……?'

강 팀장은 언뜻 들려오는 단어로 대화를 유추해 보지만, 무슨 얘긴지 영 감이 잡히지 않았다. 게다가 은비가 저렇게 착한 표정으로 대화하는 건 별로 본 적이 없었다.

그는 사무실에서 팀원들끼리 소통하는 것이 무엇보다 중요한 거라고 늘 생각해 왔지만, 오늘은 이성보다 감정이 앞섰다.

사실, 아까 점심도 먹는 둥 마는 둥 했었다.

"후우……."

유안이랑 같이 나가면 은비가 조금이라도 질투를 할까 싶었는데, 돌아와 보니 오히려 그녀의 기분을 상하게 한 건 아닌지 여간 신경이 쓰이는 것이 아니었다.

하지만, 살짝 김이 새게도 그가 보기에 은비는 평소와 다를 바 없는 모습이었다. 혼자 끙끙대는 자기 자신이 바보스러울 만큼.

하지만 어쩔 수 없었다.

사랑 앞에서는 좋아하는 사람이 을이 되어 버리는 것을.

"한 대리! 고 대리! 아까 부탁한 자료 좀 빨리 보내 주세요. 사내에서 자꾸 사담하느라 비효율적으로 시간 써서 야근할 생각입니까? 그런 거 내가 제일 싫어하는 거 아직도 모릅니까."

또 다른 갑의 위치를 이용해 그저 대화를 끊는 수밖에.

📁

"팀장님, 외국에서 오래 사셔서 매운 거 잘 못 드신다고 들었는데 장소가 의외네요."

신 대리가 강 팀장이 예약해 둔 매운 갈비찜 집에 들어서며 말했다.

"아, 지난 주말부터 좋아하게 됐습니다. 매운 거 의외로 매력적이더라고요."

"와… 한국에 빨리 적응하셨네요. 역시!"

한 대리도 옆에서 웃으며 엄지를 척 들어 보였다.

"매운맛 단계를 어떻게 해 드릴까요?"

모두 테이블에 앉아 메뉴를 살피고 있는데, 홀서빙 직원이 다가왔다.

"흠… 여기는 보통 맛, 저 테이블은 가장 매운맛으로 주세요."

한별이 자신 테이블과 은비의 테이블 매운 맛 정도를 달리해 주문했다.

지난 주말에 얻게 된 정보에 의하면 은비의 음식 기호도가 상당히 매울 것으로 파악됐었다. 그녀의 취향을 저격하기 위해 주문에 센스를 더했던 것.

'가장 매운 맛? 헐… 지금 자기 찼다고 나를 물 먹이려는 거? 여기 매운 맛 진짜 죽음인데……?'

그러나 은비는 그의 주문에 몹시 당황했다.

이 집 매운 갈비찜 중 가장 매운맛은 죽음의 맛으로 소문나 있어 아무리 매운 걸 좋아해도 섣불리 도전해 보지 못한 것이었다. 게다가 점심때도 얼큰이 칼국수를 먹은 탓에 속이 아직도 얼얼한 상태였다.

"한별 오… 아니 강 팀장님이 원래 적응력 하나는 끝내준다니까요. 미국에서도 누가 보면 현지인인 줄 알 정도였어요. 어딜 가든 늘 적응력도 생활력도 강한 편이죠. 후훗."

유안이 주문을 마친 한별에 대해 아는 척을 했다.

'맞아. 한별이 까칠한 면이 없진 않아도 특유의 긍정적인 성격이 있지…….'

그녀의 말에 은비가 처음으로 동의함의 끄덕거림을 보였다.

9년 전에 그가 마음을 다잡은 후에 의외로 차귀도에서 잘 적응하고 지냈었으니까. 그가 다이아 수저라는 게 이제 밝혀서 당황스러울 정도로 그땐 그런 느낌 하나 없이 거의 차귀도인이었다.

"미국에서 같이 학교를 다니셨나 봐요?"

이 대리가 유안과 한별을 번갈아 보며 물었다.

"네! 맞아요."

유안이 뿌듯한 표정으로 대답했다.

"2만 3천여 명의 뉴욕대 학생들과 학교를 같이 다녔죠. 이 유안 사원도 그중에 하나였고 말입니다."

한별이 팀원들 앞에서 유안과의 선을 딱 긋자 그녀의 얼굴이 붉으락푸르락 달아올랐다.

"흠… 제가 회사에서는 팀을 이끌어야 하다 보니 본의 아니게 대리님들께 좀 엄격하고 딱딱한 모습을 보일 수도 있겠습니다만, 다 여러분들의 능력을 최대치로 끌어올리기 위한 것이라고 봐 주시면 좋겠습니다. 여러분들 각자의 능력이 모여 함께 발전해 나가는 거 아니겠습니까."

그가 두 손을 모아 턱 아래에 대고 대리들을 바라보며 화제를 돌렸다. 분명 퇴근 후였는데, 그는 막 출근한 듯 깔끔하고 총기가 넘쳐 보이는 모습이었다.

"어휴, 그럼요. 저희가 퇴근 시간 지키면서 성과도 좋은 거 보고 다른 팀도 많이 고무됐다고 들었습니다. 역시 젊은 팀장님이 오시니까 뭔가 활력도 있고 좋은 거 같습니다."

평소 말이 없던 이 대리님이 어쩐 일로 팀장님의 말에 크게 동의했다.

"그리고 이번 라임몰 고 프로젝트도 왠지 대박 날 것 같아요, 팀장님. 회사 전체적으로 다 엄청 기대하는 분위기더라고요."

"라임몰 고는 단기 프로젝트가 아닙니다. 시스템을 구축하고 최소 1년간은 시범 운영을 해 봐야 하거든요. 긴 여정이니 각오를 단단히 해 두시는 게 좋을 겁니다. 아마 다들 잘해 주실 거라 믿습니다."

신 대리도 평소에 회사에서 하지 못했던 이야기들을 꺼내 놓으며 강 팀장과의 대화를 이어 갔다.

회식을 꺼리던 대리들이었지만, 막상 강 팀장과 사석에서 이야기를 나누니 꽤 즐거워하는 눈치였다.

은비는 대리들과 이야기 나누는 한별을 빤히 바라보았다.

말하는 것에 있어서 절제함이 있고, 카리스마가 있으며 사석에서는 직원들의 사기를 다독이는 그. 그녀가 주말에 만난 사람과는 또 영 딴판인 것 같았다. 그래서 주말에 있었던 일이 더욱 실감이 나지 않을 지경이었다.

토요일 정오에 고백한 남자와 이 남자가 같은 남자가 맞을까.

어쨌든 옛날 꼴통이 상남자로 돌아와 괜히 고백은 해 가지고 볼 때마다 그냥 넘길 말도 신경이 쓰이고, 그의 행동 하나하나까지 신경이 쓰여 죽을 지경이었다.

"갈비찜 나왔습니다."

일 이야기를 나누는 중에 음식이 나왔다.

보기만 해도 침이 엄청나게 샘솟을 만큼 매워 보이는 요리였다.

'후… 도전 정신을 좀 발휘해 봐?'

유안이 보통 맛 갈비를 앞 접시에 놓고 포크로 깨작거릴 때 은비는 시뻘건 갈비 하나를 손에 들고 야무지게 뜯기 시작했다.

"쓰읍- 크… 맵다……."

매워도 정말 매운 맛에 은비는 정신이 번쩍 났다.

"팀장님! 이거 하나 드셔 보세요. 먹을 만해요. 훗-"

은비는 매운 갈비 하나를 강 팀장 앞 접시에 놓아 주었다.

정녕 이 맛을 알고 시킨 게냐!

강 팀장은 잠시 망설이다 소주를 한 잔 따라 마시고는 갈비를 한 입 떼어 맛을 보았다.

그의 하얀 얼굴이 순식간에 붉게 타올랐다.

그래도 최대한 티 내지 않고, 손에 닿는 모든 것들을 마시며 타들어 가는 속을 달래고 있었다.

"참, 고 대리, 아직도 솔로지?"

"네?"

갈비를 뜯는 중에 별안간 한 대리가 은비를 바라보며 물었다.

"여자 나이 서른이 넘어가면 애기 낳기도 쉽지 않다던데… 얼른 좀 서둘러야 하는 거 아냐?"

한 대리 옆 신 대리의 말에 은비는 머리가 쭈뼛 섰다.

여기 있는 대리들도 모두 노총각들이면서 유독 자신만 가지고 뭐라고 하는 그들을 어쩌면 좋으랴!

"네. 아닙니다. 애기 낳으려고 결혼하나요, 뭐? 게다가 사십 대에 초산하는 여성이 늘어나는 추세에 무슨 그런 말씀을."

"그래? 그래도… 혼자 그렇게 일에만 매여서 사는 게 안타까워 그러지."

"그럼 신 대리님이 제 일 좀 가져가시면 되겠네요. 그럼 또 알아요? 연애할 시간이 좀 나겠네요."

"흠흠… 팀장님, 주변에 좋은 형님들이 있으면 고 대리랑 다리 좀 놔주세요. 진짜 입사해서 8년째 남친을 본 적도 얘기를 들어 본 적도 없다니까요. 어휴……."

"신 대리님!"

한별에게 몹쓸 말을 하는 신 대리를 뾰족하게 불렀다.

"응?"

"제 일은 제가 알아서 해요. 안 그래도 저 다음 주에 소개팅 잡혔다고요."

아뿔싸-

이런 말을 하려고 한 건 아니었는데, 신 대리가 주말에 자신에게 고백했다 차인 남자 앞에서 이상한 말을 하는 바람에 은비는 엉뚱하게도 소개팅 사실을 공공연히 알리고 말았다.

은비의 이야기를 들은 강 팀장의 낯빛이 점점 어두워졌다. 그리고 마시지도 않는 소주를 따라 한잔 들이켜는 것이 아닌가.

"고 대리는 눈이 얼마나 높기에 8년간 남친 하나 못 사귀어 본 겁니까?"

한별이 어렵사리 입을 떼 은비에게 물었다.

"눈이 높은 게 아니라 매력 어필이 안 되는 거 같은데?"

갈비를 뜯다 말고 잠자코 강 팀장 얼굴만 뜯어보고 있던 유안이 눈을 흘겨 고 대리를 보고는 말을 꺼냈다.

"맞아. 고 대리! 유안 씨처럼 예쁘게 좀 하고 다녀 봐. 사내에도 미혼 남사원들이 많은데, 아직 안 늦었다고."

"그런 거 보고 좋아할 것 같은 남자, 저도 별로거든요."

은비는 직원들의 시답잖은 외모 품평에 귀찮은 듯 대충 말을 하고 넘어갔다.

어떤 말을 한들 통할까.

그때였다.

"여러분……."

한별이 비장한 모습으로 갑자기 팀원들을 주목시켰다.

"고 대리, 예쁘지 않습니까? 저렇게 예쁜 여자는 제 평생 처음 봅니다."

강 팀장이 분위기를 평정하는 말 한마디에 모두 정지 화면이 되었다. 은비도 순간 심장이 멎는 줄 알았다.

아닌 밤중에 홍두깨가 딱 맞아떨어지는 경우를 살면서 처음 겪어 봤다.

"오빠!"

그러나 그의 말에 은비보다 더 기가 막혀 한 사람은 유안이었다.

"어이쿠, 우리 팀장님 벌써 취하셨네? 와, 근데 주사가 참 특이하시네. 고 대리 칭찬을 다 하시고… 하하."

한 대리가 유안의 눈빛이 예사롭지 않자 분위기를 무마시키는 이야기를 했다.

한별이 아까 은비 소개팅 얘기가 나올 때 소주 한잔을 연이어 몇 번 원샷하고 팀원들 사이에 이야기가 오가는 동안 또 홀짝홀짝 마시더니 벌써 취한 모양이었다.

"꽃은 그 자체로 아름다워 꾸밀 필요가 없는 것 아닙니까. 딸꾹!"

강 팀장의 말에 은비의 얼굴이 새빨개짐을 넘어 잿빛으로 변했다.

이 상황, 이 분위기 어떻게 할 거야? 아무리 취해도 그렇지, 나한테 왜 이러는 거야?

"강 팀장님, 왜 이러세요. 말씀이 지나치시네요!"

은비가 그의 입을 막으려 달려들었다.

"뭐가 지나칩니까. 딸꾹! 지나친 건 고 대리예요. 왜 지나치게 예쁘냐고요! 떽!"

"헛……!"

그의 예상치 못한 발언에 모든 직원이 어안이 벙벙했다.

"이 오빠! 아니 강 팀장님, 주사가 원래 이래요. 술자리에 있는 아무 여자 하나 걸고 막 칭찬 퍼붓는 거 주특기거든요. 와, 오늘은 재수가 좋은 건지 안 좋은 건지 고 대리님이 딱 걸렸네."

"팀장님, 정말 특이하시네……. 이런 말 하시면 우리 고 대리가 또 진심인 줄 알고 심쿵하는 거 아냐? 어휴, 어떻게… 고 대리! 강 팀장님 주사래. 주사……!"

유안이 말도 안 되는 이유를 지어내는데, 대리들은 또 그에 수긍하는 분위기였다.

'이 인간들 아주 나를 뭐로 보고…….'

은비는 취중진담하는 한별의 말을 맘대로 해석 중인 그들을 보니 어이가 없었다.

"심쿵은 무슨 심쿵이에요. 하. 아무튼 많이 취하신 것 같네요, 팀장님."

하지만 이 상황을 빠르게 수습하기엔 차라리 그들이 이렇게 생각하는 게 덜 골치 아프겠다 싶어 긁어 부스럼을 만들지 않는 것이 낫다는 생각이었다.

"나… 딸꾹! 안 취했습니다. 이 사람들이 사람 말을 못 믿네……. 못 믿는 게 고 대리랑 똑같네… 똑같아……!"

강 팀장이 잔에 소주를 또 부으려 했다.

"팀장님! 더 드시면 몸 상하실 것 같습니다. 이 대리님 얼른 최 기사님한테 전화 좀……!"

한 대리가 한별을 말리며 이 대리를 불렀다.

"고 대리… 난 고 대리밖에 없는데… 으흐흑……."

급기야 한별이 고 대리를 부르며 슬프게 흐느끼기 시작했다.

헐… 왜 저렇게 슬프게 우는 거야, 또?

은비는 한별의 행동에 정신을 차릴 수가 없었다. 때마침 최 기사가 들어와 그를 데리고 나갔다.

"저도 같이 갈게요."

내내 심기가 불편해 보이던 유안이 그의 뒤를 따라나섰다.

미국에서 같이 학교 다녔을 때를 떠올려 보면 그는 술을 자주 마시지 않았지만, 아주 가끔 마실 때면 취중에 진심을 꺼내곤 했었다.

그래서 더욱 몸이 달았다.

게다가 그가 술에 취하면 그렇게 '고 선생'을 찾았던 그 기억도 생각해 냈다. 대체 그 '고 선생'이 누군지 물어봐도 절대 말하지 않던 그.

'고 대리를 고 선생으로 착각한 거야 뭐야? 하… 암튼 기분 되게 나쁘네……!'

한별을 따라나서는 그녀의 얼굴에 불안함이 묻어났.

두 사람이 빠져나가고 회식 분위기는 금세 썰렁해졌다.

"저도 일어날게요."

은비가 가방을 챙겨 일어났다.

"아 참, 신 대리님, 하… 그냥 넘어가려고 했는데, 그냥 넘어갔다가는 사이다를 먹고도 목이 막힐 것만 같아서."

가방을 어깨에 걸고 막 비운 잔을 테이블에 탁 하고 내려놓으며 의미심장한 말을 했다.

모두들 그녀를 주목했다.

"뭐 그냥 하시는 소리겠지만, 서른이 넘으면 애가 어쩌고 저쩌고 그런 얘기 한 번만 더 하시면 사내 성희롱 센터에 확 신고해요. 신 대리님 같은 사람 때문에 회사 후지다는 얘기 나오기 전에 말 좀 가려 가며 하세요."

끝으로 할 말 한마디는 하고 가야지.

식겁하는 대리들을 뒤로하고 그녀가 밖으로 나왔다.

비가 오려는지 후끈한 바람이 몸을 감쌌다.

"덥네… 후……."

은비는 그길로 곧장 한강으로 향했다. 며칠 가지 못했던 그녀의 대나무 숲, 그녀의 일기장과 같은 그곳.

도착해 한참을 멍하니 걷다 보니 시원한 강바람이 볼에 스쳤다. 그제야 한강 풍경이 제대로 눈에 들어오기 시작했다. 여유롭게 산책을 즐기는 연인, 가족들이 제법 많은 밤이었다. 지금은 이곳을 즐기기에 아주 좋은 계절이었다.

은비는 행복한 표정의 사람들을 스쳐 지나가 비어 있는 벤치에 앉았다.

"응?"

그곳에 앉아 풍경을 바라보다 보니 지난주에 한별과 함께

보았던 풍경이 낮과 밤만 바뀌어 있었다.

지난번에 그와 함께 앉았던 벤치였다.

본의 아니게 그의 머리채를 잡았던 그때, 그곳.

한강에 한두 번 오는 것도 아닌데, 그 무수한 날들에 대한 기억은 온데간데없고 오자마자 머릿속에 떠오른 생각이 며칠 전 한별과 함께했던 시간이라니.

그녀의 얼굴에 씁쓸한 미소가 번졌다.

"후우……"

가만히 앉아 흐르는 강물을 바라보며 자신 안에 꽉 차 있는 생각들을 하나씩 풀어놓기 시작했다.

'남자한테 고백을 받은 여자 기분이 이러기도 참 쉽지 않겠다……. 게다가 보통 남자냐고… 하…….'

그리고 아까 팀원들 앞에서 했던 한별의 말을 다시 한번 떠올렸다.

아까는 당황함에 경황이 없어서 제 마음 하나 살필 겨를이 없었다.

지금에 와서 천천히 그 장면, 그 말을 곱씹어 보는 중이었다.

'고 대리 예쁘지 않습니까?'

예쁘다고?

'저렇게 예쁜 여자는 제 평생 처음 봅니다.'

심지어 평생 처음?

"픕."

아까는 갑자기 그런 말을 하는 바람에 그가 무례하게 여겨질 정도였는데, 지금 와서 생각해 보니 스르르 얼굴에 미소가 지어졌다.

내가 그렇게 예뻐 보이나?

가방에서 생전 묵혀 있던 손거울을 꺼내 얼굴을 들여다보았다. 그 안에 피곤에 절었지만 웬일인지 나름 괜찮은 자신의 모습이 보였다.

아직 살아 있네, 고은비!

"이게 기분 좋아할 일이 아니고… 후……."

그러나 기분 좋음도 잠시, 다시금 고민에 빠졌다.

뭐가 문제일까.

그의 고백을 받아들이지 못하는 이유를 하나씩 꼽아 보았다.

그가 회장님 아들이라서? 그가 말도 못 하는 부자라서? 그가 상사라서? 그가 연하라서?

이 모든 것이 분명 부담스러운 점이긴 했다.

하지만 가장 큰 이유는 아무리 생각해도 '사랑'.

그를 향한 자신의 마음에 사랑 같은 것은 없다고 여겼으니까.

　물론, 9년 전 인연으로 인해 정 비슷한 건 존재했다.

　그러나 사랑과 정의 감정 결은 매우 다른 것 아닌가.

　문제는 그가 고백을 한 후, 계속해서 그가 생각나고 신경이 쓰이는 건 사실이었다. 그래서 자꾸 자신의 마음을 돌아보게 되었다.

"이 정도로는 어림없지……."

　그녀가 중얼거리며 고개를 가로저었다.

　확신했던 '사랑'에도 배신을 당해 본 경험이 있지 않았던가.

　그렇기에 확신하지 못하는 '사랑'은 더욱 시작하기 두려운 것이었다. 혹시라도 지금의 마음이 '사랑'으로 바뀐다 해도, 이제 헤어짐을 염두에 두고 하는 가벼운 사랑 같은 것은 하고 싶지 않았다.

　사랑을 한다면, 제게 사랑이 허락된다면, 그것은 '끝까지 책임지는 사랑'이길 원했다.

　심지어 한별과 유안 두 집안끼리 혼담이 오고 간다는 이야기도 있지 않은가.

"이건 아니야."

　나지막하게 읊조리며 깊은숨을 내쉬고 휴대폰을 들어 어디론가 전화를 걸었다.

"엄마, 응… 그냥 했어. 잘 지내지. 응응……. 엄마… 근데 말야… 엄마는 어떻게 하다가 아빠를 좋아하게 됐어? 어떻게 사랑이라고 확신하게 된 거야? 응? …시답잖은 소리 하지 말고 얼른 선봐서 결혼하라고? 으휴, 엄마아~"

허무하게 전화를 끊고 까만 밤하늘을 바라보았다.

"최 기사님 저도 따라갈게요."

한별을 부축해 끌고 나오는 최 기사를 따라 나오며 유안이 말했다.

"아, 아닙니다. 제가 혼자 모셔다 드리면 됩니다."

"최 기사님, 저 오빠 집까지 잘 가는 거 보고 싶어서 그래요."

고작 술에 취한 것뿐인데 왜 그녀가 따라나서는 것인지 최 기사는 이해가 되지 않았지만, 그녀가 막무가내로 나와 어쩔 수 없이 두 사람을 뒷자리에 태웠다.

한별은 여전히 비몽사몽한 가운데 계속 무언가를 중얼거리며 말하고 있었다.

사실, 유안은 그가 끝까지 무슨 얘기를 하는지 놓치고 싶지 않아서 따라나선 것이었다.

"고 대리… 우리 고 선생……."

우물우물 말하는 그의 소리 가운데 명료하고 눈이 번쩍 뜨이는 이야기가 나왔다.

"고 대리가 진짜 고 선생이라고?"

그녀의 눈동자가 심하게 흔들렸다. 이건 뭐, 말도 안 되는 거였다.

어떻게 고 대리가 한별이 그토록 애타게 부르던 고 선생이냐고.

"오빠, 고 선생이 설마 진짜 고 대리야?"

아직 취중인 한별을 흔들어 물었다.

그러나 그가 대답 없이 고개를 그녀 어깨에 떨구었다.

대답을 듣지 못했는데 그는 잠이 들고 말았다.

"하필이면 고 대리 성이 고씨일 게 뭐야……. 아, 진짠가. 뭐지……."

유안은 뭔가 찜찜한 기분을 거둘 수가 없었다.

안 그래도 그와 결혼하고 싶다고 아빠를 졸라 대 이제 막 결혼 이야기가 오가려는 참인데, 한별은 늘 요지부동이었다.

저 좋다고 따라다니는 잘나가는 남자들이 십수 명은 되었지만, 그 누구도 한별에 비할 바는 아니었다.

재력이나 인성이나 여자관계나 모든 면에서.

저 좋다는 남자들과 한 번씩 놀 수는 있었어도, 결혼은 무조건 한별과 해야겠다는 생각을 했던 유안이었다.

자신에게 관심이 없는 그였지만 그래도 희망이 있었던 건 한별 옆자리는 늘 공석이었기 때문이었다. 언젠가 때가 되면 자신이 채울 수 있다고 믿은 자리였다. 그런데 오늘, 어쩌면 그리되는 것이 쉽지 않을 수도 있다는 예감이 들었다.

자신에 비할 바 없이 초라해 보이는 여자 때문이라면 그 분함은 어떻게 풀어야 할지 감조차 오지 않았다.

"진짜 뭐야. 그게 진짜 맞다면 어쩌지?"

유안은 자신의 어깨에 기대 거친 숨을 내쉬며 잠들어 버린 한별을 바라보았다.

그러고는 무언가 생각이 난 듯 눈빛을 반짝거렸다.

"도착했습니다."

한별의 집에 도착한 최 기사가 룸미러로 뒷자리를 보며 이야기했다.

"오빠, 도착했대."

유안은 한별이 들릴 둥 말 둥한 소리로 그에게 이야기했다.

그녀의 말에 깨어난 한별이 머리가 아픈 듯 인상을 썼다.

최 기사가 뒷문을 열어 한별을 부축했다.

"제가 오빠 데리고 들어갈게요."

"아닙니다. 제가 모셔야 합니다."

"아니요. 제가. 제가 데리고 들어가요."

눈에 힘을 주어 이야기하는 그녀의 말에 최 기사는 별수 없이 한별을 그녀에게 넘겨주었다.

"으~~ 머리 아파……."

한별은 유안과 함께 집으로 오르며 살짝 잠이 깼는지 괴로운 듯 관자놀이를 눌러 댔다.

집에 도착한 그가 습관처럼 다이닝룸에 들어갔다. 유안은 처음 와 본 그의 집 안을 둘러보느라 정신이 없었다.

그사이 한별은 냉장고를 열어 생수를 벌컥벌컥 마셨다.

한숨 자고 차가운 생수까지 마시니 이제야 좀 정신이 드는 그였다.

"어? 이유안, 너 뭐야. 네가 왜 여기 있어?"

아직 남은 생수를 들고 소파에 몸을 뉜 그가 자신의 집을 돌아다니는 유안을 발견하고는 깜짝 놀라 몸을 일으켜 세웠다.

"오빠 벌써 술 다 깬 거야?"

그녀의 표정에 뭔지 모를 아쉬움이 서려 있었다.

"네가 왜 여기 있냐고 묻잖아."

한별의 목소리에 힘이 들어가 있었다.

"아이, 왜 여기 있긴, 오빠 데려다주러 온 거잖아. 술 잔뜩 취해서 위험하니까."

"최 기사님은… 최 기사님은 어디 가시고?"

"퇴근하셨지. 내가 오빠 데리고 들어간다고 가시라고 했어."

"하… 이유안, 제발 제멋대로 굴지 좀 마."

"오빠아~~"

유안이 그를 향해 걸어왔다.

그리고 이내 슬픈 표정으로 몸을 비틀듯 숙여 그의 얼굴을 가까이 대고 바라보았다.

"이제 좀… 내 맘 알아주면 안 돼?"

"……."

 평소 같으면 한별의 입에서 제발 그만 좀 하라고 거칠게 말이 나왔을 이야기였다.

 그런데 어쩐지 그는 유안의 말이 가슴을 찔렀다.

 자신이 고 대리에게 하고 싶은 말을 그녀가 자신에게 하고 있었기 때문에.

 그래도 어쩔 수가 없다.

 정말 미안하지만…….

 내겐 고 대리뿐인걸.

"이유안, 내 마음은 백번이고 이야기했을 텐데."

 한별은 아까보다는 조금 나긋한 목소리로 그녀를 달랬다.

"치! 그거 말도 안 되는 얘기잖아!"

 유안이 이런 얘기를 꺼낼 때마다 그가 하는 이야기가 있었다.

 아니, 그녀뿐 아니라 그에게 달려드는 여자들에게 한별이 하는 말이었다.

"그게 왜 말이 안 돼……. 자기 인생은 자기가 계획하고 설계할 수 있는 거야, 이유안."

"믿기지도 않는 비혼주의! 그게 뭐냐. 그리고 비혼주의라고 연애도 못 하냐? 연애라도 하자고. 우리. 응?"

 연애 없이 비혼주의.

그것은 한별의 병기 같은 것이었다. 뭇 여성들에게서 자신을 지켜 내는.

게이로 할까 하다가 그건 정말 너무 순도 백 프로의 거짓이라 생각해 낸 계책이 그것이었다.

뭐, 비혼주의도 아주 거짓은 아니었다.

오래전부터 고 대리 아니면 비혼을 결심한 그였으니까.

"어. 못 해. 특히 나처럼 책임감 투철한 사람은 더욱더."

"연애하다 보면 비혼 생각 바뀌는 사람도 많대."

"확실한 건 너와의 연애에서는 아니라는 것."

"우와, 진짜 열 받네. 오빠 진짜 문제 있는 건 아니고?"

유안이 선을 넘어 남자의 자존심까지 건드렸다.

"확실한 건 네가 확인할 방법이 전혀 없다는 것."

"혹시… 고 선생이란 사람 때문이야? 오매불망 그 사람 기다리느라 그러는 거냐고."

그녀가 급기야 '고 선생'을 입에 담았다.

한별의 표정이 순식간에 굳어졌다. 이제 더는 대꾸할 필요가 없다고 여겨졌다.

"돌아가, 이유안. 진짜 내 말 안 들으면 회사에 발 못 들이게 하는 수가 있다. 그리고 혼자 계획하는 결혼 그것도 제발 그만둬."

그녀는 술에 취한 그를 어떻게 해 보겠다는 계획은 수포가 되었고, 오히려 된통 당했다.

'자꾸 그렇게 나오면 더 오기가 생긴다고!'
할 수 있는 건 씩씩거리며 이를 바득 가는 일뿐이었다.

"좋은 아침입니다."
출근하는 한별이 팀원들을 향해 힘차게 외쳤다.
어제 아무 일도 없었다는 듯 모두 제자리를 지키고 앉아 있는 사람들.
그중에는 은비도 있었다.
술에 취해 지껄였던 얘기들을 굳이 화제 삼을 필요가 없으니 모두들 제 할 일만 하기 바빴다.
만약 회식 때 한별이 벌였던 일이 다른 부서 직원들 귀에 들어갔으면 최 대리가 바로 은비에게 달려들었겠지만, 그런 일도 없었다.
아무래도 모두 그의 주사를 진짜 말도 안 되는 해프닝으로 여긴 모양이었다.
"다 오셨으면 잠깐 회의하죠."
"넵!"
"넵!"
한별이 사무실 가운데 통유리로 된 회의실로 팀원들을 소집했다.

"오늘 드디어 '라임몰 고'에 적용될 첨단 기술을 담당해 줄 업체가 선정되었습니다. 오늘 오후에 업체와 미팅이 있을 겁니다. 드디어 라임몰 고의 중요한 한 발을 떼는 시점입니다."

"와, 이런 대규모 프로젝트가 현실될 생각을 하니 벌써 두근두근합니다. 근데, 미팅은 팀장님만 참석하시는 건가요?"

그의 말에 한 대리가 물었다.

"나와 고 대리가 갈 겁니다."

'라임몰 고'의 숭주적인 기획을 은비가 맡았기 때문에 뭐, 특이사항은 아니었다.

"저도 갈게요. 그런 자리… 궁금해서요. 배워 볼까 하고……."

그런데 유안이 생글거리며 토를 달았다.

그녀의 말에 한별과 은비의 미간이 동시에 구겨졌다.

"배우는 자세는 좋습니다. 이따 같이 이동하죠."

그러나 배워 보겠다는데 안 데리고 갈 수도 없어 한별은 일단 허락을 했다.

"포 대리님들 일이 너무 진척이 없는 거 아닙니까. 능력이 안되면 더 노력이라도 해야죠. 대충 시간만 때울 심보라면, 그 시간 집에서 때우게 해 줄 수 있습니다. 열심히 하는 사람들 힘 빠지게 하지 말라고 말입니다."

"열심히 하겠습니다, 팀장님!"

강 팀장과 조금 친해졌다고 좀 느슨해졌던 포 대리들이 잔뜩 긴장한 모습으로 대답했다.

"회의는 이만 마치죠."

"팀장님, 오늘 점심 약속 없으시면 같이 하실까요?"

막 일어서는 강 팀장에게 신 대리가 물었다.

"아… 아닙니다. 오늘은 속이 좀 안 좋아서요."

그의 말에 은비의 눈이 강 팀장 얼굴에 꽂혔다.

헛.

순간, 그도 은비를 바라보며 슬프고 힘없는 표정을 지었다.

'으, 뭐야… 왜 또 저렇게 쳐다봐……. 고문은 니가 당하는 게 아니라 어째 내가 당하는 것 같다!'

그녀는 빨리 한별의 시선을 회피했다.

어쩐지 아침부터 힘차게 출근하는 듯해 보였으나 어딘지 모르게 창백해 보인다는 생각을 하긴 했었다.

그래도 뭐, 멀쩡히 출근은 했으니까 괜찮겠지 싶었다.

그런데 정말 어디가 안 좋은 거였다니. 괜히 마음이 좋지 않았다.

회의를 마친 한별이 급한 듯 사무실을 나섰다.

은비가 자신의 책상에 앉아 모니터를 보려는데, 그녀의 반려 식물이 축 늘어진 게 보였다. 요 며칠 신경을 못 써 줬더니 아주 꼴이 말이 아니었다.

어휴, 너무 미안하네……. 얼른 물 좀 줘야겠다.

그녀는 컵을 들고 화장실로 향했다. 빠른 걸음으로 화장실을 향해 가는데, 남자 화장실에서 나온 한별과 딱 마주쳐 버렸다.

 급한 일 있는 줄 알았더니 화장실이었어? 풉.

 은비는 자꾸 그의 행동거지 하나에 신경을 쓰고 있었다.

"고 대리."

 갑자기 그가 화장실로 이어진 좁은 복도에서 한쪽 팔로 벽을 치며 벽과 자신 사이에 그녀를 가두었다.

 때아닌 벽쿵을 당해 은비의 동공에 지진이 일어났다.

"뭐… 뭐예요, 팀장님."

 그의 돌발행동에 당황스러워 이유를 물을 수밖에 없었다.

 혹시라도 보는 사람이 있을까 봐 눈동자를 굴려 주위를 살폈지만, 화장실로 난 좁은 복도엔 다행히 파리 한 마리도 없었다.

"고 대리, 진짜 너무한 거 아닙니까?"

"네? 뭐가……."

 아무래도 차인 게 억울해서 저러나 싶어 어떻게 대처해야 하나 고민하고 있었다.

"내가 아무리 맘에 안 들어도 그렇지. 가장 매운맛 갈비를… 으헉……."

 그가 다시 화장실로 향했다.

 매운 것 좋아하는 그녀에게 회식 메뉴를 맞추다가 혹독한 현실을 감당하고 있는 중이었다.

"아… 어제 회식 때문이구나……."

은비는 이제야 상황 파악이 됐다.

매운맛에 단련이 된 자신이야 생각보다 아무렇지 않았지만, 한별은 안 먹어 보던 것을 먹었으니 아무래도 꽤 고생하고 있는 모양이었다. 괜히 미안한 마음에 얼굴을 찡그리고는 다시 화장실로 향했다.

그리고 사무실로 다시 돌아와 화분에 물을 주고 난 다음 사내 카페로 향했다. 아무래도 유산균 음료를 사서 한별에게 주는 것이 좋겠다는 생각이 들어서였다.

아마 자신이 먹을 것이었다면 가장 싼 것을 골랐겠지만, 한별에게 줄 것이니까 옛 정과 어제의 미안함을 담아 가장 비싼 것을 골랐다.

그녀가 자리로 돌아와 포스트잇을 하나 꺼내 메시지를 적기 시작했다.

팀장님, 본의 아니게 미안하게 됐네요. 이거 드시면 좀 나아질 거예요.

음료에 포스트잇을 붙여 화장실에 가느라 비워진 한별의 책상에 올려 두었다.

그리고 일에 열중하고 있는데 갑자기 그녀의 팔 옆쪽으로 해서 손 하나가 쑥 들어왔다.

침입한 손은 책상 위에 포스트잇 한 장을 붙이고는 사라졌다.

 미안하면 밥 사요. 준 거로는 안 될 것 같으니까.

 후…….
 은비는 손으로 이마를 한 번 짚은 다음 다시 포스트잇 한 장을 떼었다.

 죄송합니다. 그건 어려울 것 같네요.

 그러고는 그것을 들고 저벅저벅 걸어 그가 앉아 있는 책상에 붙여 놓았다.
 메시지를 확인한 한별이 다시 포스트잇을 꺼냈다.
 세상 진지한 얼굴이었다.

 오늘 저녁 7시. 한강 그 벤치. 나올 때까지 기다릴 겁니다.

 이번엔 쪽지를 과감히 그녀의 책상 모니터에 붙였다.

 아니, 매운 거 못 먹으면 못 먹는다고 이야기를 하시지요. 매운 갈비찜 집에서 매운 갈비 드린 게 뭐…….

에잇-

은비는 다시 쓰던 쪽지를 구겨 쓰레기통에 넣었다.

그녀에게 답이 없자 강 팀장은 손을 까닥까닥하다가 다시 포스트잇을 들었다.

메뉴는 '죽' 종류로 테이크아웃해 오면 좋겠네요. 아무래도 속을 달래기에는 그게 나을 것 같습니다.

지금 업무 중입니다, 팀장님.

'죽'은 고 대리가, 음료는 내가 사도록 하죠. 한강 편의점에서.

제 의사는 전달했습니다, 팀장님. 그럼 저는 일에 집중하겠습니다.

두 사람은 휴대폰도 있고, 사내 메신저도 있건만 굳이 종이에 펜으로 눌러쓴 쪽지를 007 작전을 하듯 비밀리에 날렸다.

은비의 마지막 메시지를 받은 한별이 파티션 너머로 그녀를 지그시 바라보며 양 볼에 바람을 불어 넣어 보았다.

강 팀장, 고 대리, 유안이 본사 1층 카페에서 업체와 있을 미팅 준비에 한창이었다.

은비는 중요한 미팅에 참석하는 건데 유안이 긴장감도 없이 실실 웃기만 하는 것도, 한별 옆에 붙어 그의 얼굴만 쳐다보는 것도 여간 신경 쓰이는 것이 아니었다.

그때였다.

"언니!"

카페에 막 들어서는 한 남녀를 바라보며 유안이 반갑게 소리쳤다.

은비는 그 소리에 깜짝 놀라 유안과 그녀의 언니라는 사람을 바라보았다.

"오랜만이다, 강한별."

하이힐을 또각거리며 걸어온 업체에서 나온 여자가 한별을 바라보며 손을 내밀고 포옹을 한 번 했다.

은비는 이 모든 상황이 너무 당황스러운데, 더한 건 그다음 상황이었다.

다른 한 사람의 얼굴은 그녀에게 낯이 익었다.

은비의 심장이 기분 나쁘게 뛰었다.

이수혁……!

네가 어떻게 여기에.

은비의 머릿속에 아픈 기억 하나가 스쳤다.

6장. 마음도 하나, 사랑도 하나라서

9년 전.

수혁과 은비가 오랜만에 만나 처음으로 한강 데이트를 즐겼다.

두 사람이 사귄 지 1년쯤 되었으나 학업에 아르바이트에 바빴고, 은비가 휴학을 하고 고향 제주도로 내려가는 바람에 좀처럼 만나기 힘들었던 두 사람이었다.

연락도 간신히 닿곤 했었다.

그날은 모처럼 그녀가 상경한 날, 봄바람처럼 설레는 마음으로 데이트를 즐기던 때, 그가 뜻밖의 말을 꺼냈다.

"은비야, 우리 교수님 말이야. 올해 안식년이시래."

"그래? 하긴… 정말 쉼 없이 달려오셨잖아……."

"그랬지. 교수님들은 안식년을 갖고 나면 더 새로운 마음으로 연구랑 강의에 매진하게 된다네."

"음… 아무래도 그렇겠지. 사람이 좀 쉬기도 해야지……."

"그래서 말이야."

은비는 수혁의 말에서 이상한 느낌이 들었다.

"그래서 뭐?"

그러나 담백하게 되물었다.

"은비야, 우리가 사귄 지 1년 조금 지났으니까, 잠시 안식하는 시간을 가져도 좋을 것 같아."

"……!"

"물론, 최근엔 네가 제주도에 가 있어서 자주 못 보기도 했지만 연락은 계속하고 있었고… 무언가 좀 마음에 부담이 있어. 서로 연락을 하지 않는 안식기를 좀 가지면 어떨까."

"……!"

은비는 그의 말에 뒤통수를 한 대 세차게 얻어맞은 것처럼 얼얼한 기분이 들었다.

연애에 안식기라니. 교수님이 강의하듯, 연구하듯 그리도 열심히 사랑했나? 양심은 있니, 이수혁?

"차라리 헤어지자고 하질 그래, 이수혁."

은비가 싸늘히 말했다.

어쩐지 하루 종일 기분이 최고다 했다. 마무리가 이렇게 최악이려고 그랬던 거였나 싶었다.

이 말을 하려고 그 비싼 스테이크도 사 주고, 가고 싶다는 한강도 데려온 거야? 내 비위 맞춰 주느라?

"하… 내가 언제 헤어지쟀어? 난 네가 그런 식으로 극단적으로 말하는 게 싫어. 넌 매번 강아지처럼 달려들었다가 고양이처럼 매정해지잖아."

"안식하는 연애는 내 생전 처음 들어 봐서 말이야. 어느 나라 연애법이야? 이런 건."

'나'라는 존재가 본인이 갖긴 짐스럽고, 버리긴 아까워서 어떻게 할지 쉬면서 한번 생각해 보자는 거야?

은비는 양쪽 코에서 쌕쌕거리는 바람이 나오려는 것을 간신히 막았다.

"좀 오롯이 자신에게 집중하는 시간을 갖자고. 그러다 보면 다시 새로운 마음으로 서로를 대할 수 있지 않을까. 난 희망을 가지고 말하는 거야."

"그건 네 생각이지, 이수혁."

"헤어질 생각은 없어, 은비야."

"그거보다 더 심해. 이건."

"한번 생각해 봐."

"나, 간다."

"고은비! 제발! 쫌!"

"이 세상에 내가 없다 치고 어디 한번 잘 안식해 봐, 재수 똥 같은 놈아."

그것이 그의 얼굴을 마지막으로 보는 날인 줄 알았다.

그러나 어느 클럽에서 다른 여자와 입을 맞추는 것을 한 번 더 볼 줄 모르고.

"안녕하세요. HT 대표 이수혁입니다."

유안의 언니 옆에 서 있던 남자가 한별을 향해 먼저 손을 내밀었다.

두 사람이 본 적이 있으나 서로를 바로 기억할 리 없었다. 현란한 클럽 조명을 받으며 몇 분 정도 본 게 다였으니.

은비는 그가 졸업 후에 벤처 회사를 차렸다는 이야기는 익히 들어 왔었다. 일에 관한 한 완벽주의를 추구하는 그였으니, 아마 잘하기도 했을 것이었다.

그런데 진짜 이 정도였어?

라임몰의 협력 업체가 될 정도로?

그러고 보니 그 옆에 있는 어여쁜 여인도 왠지 낯설지가 않았다.

"네. 반갑습니다."

한별도 예의를 차려 그가 내민 손을 잡았다.

"반갑……? 습…니다."

이번에는 수혁의 시선이 은비에게 향했다. 그제야 그녀를 알아보고 당황스런 심정을 숨기고 의연히 인사를 건네는 그였다.

그도 그녀가 라임몰에 다닌다는 것을 모르는 바가 아니었다. 하지만, 직원이 오죽 많은 회사인가. 그의 파트너로 설마 그녀가 나올까 싶었다.

"유빈아, 오랜만이다."

한별이 유안의 언니 유빈을 보고 손을 내밀어 악수를 청했다.

"그러게. 소문은 들었지만 진짜 옛날 강한별이 아니네. 와… 신기해! 졸업식 전에 네가 미국으로 가 버렸으니… 한 9년 만인가?"

은비는 유안의 언니가 한별과 고등학교 동창이었다는 이야기를 최 대리로부터 들었던 생각이 났다. 서로 동창인 것이었다.

"응. 세월 참 무심하지. 앉아서 이야기 나누시죠."

한별이 유안의 언니와 수혁에게 자리에 앉으라고 권했다.

"사실, 이 대표님이 내 남친이야. 9년째 연애 중. 대단하지?"

유빈의 이야기에 은비와 한별이 동시에 수혁을 바라보았다. 그는 늘 있는 일이라는 듯 별 요동이 없었다.

그런데 수혁을 바라보는 유빈의 얼굴은 마치 사귄 지 백일밖에 안 된 양 꿀이 떨어졌다.

9년째 연애 중이라…….

은비는 그녀의 말을 곱씹다 유빈과 수혁을 번갈아 바라보았다.

두 사람이 헤어지고 나서도 1년은 족히 넘은 기간 동안 그녀에게 질척댔던 수혁이었다. 그런데 9년째 연애 중이라니, 뭔가 조금 이상했다. 그러고 보니 9년 전 강남 클럽에서 수혁과 입 맞추던 앳된 아이의 얼굴이 이 여자와 겹쳐졌다. 아무리 오래된 일이라도 보통 인상에 깊은 장면이 아니었으니 뇌리에 박혔던 얼굴이기도 했다.

연애에 안식을 운운하더니, 장기 연애를 한 걸 보니 아주 연애를 쉬다 하다 쉬다 하다 완급을 조절하며 잘했나 봐?

그리고 이 여자와의 연애는 유지하면서 나한테 질척댈 거 다 질척댔구나…….

은비는 다 지난 일이라 이제 아무렇지 않은데, 그저 좀 어이가 없어 실소가 터졌다.

그가 질척댄 건 은비가 한별과 키스하는 걸 본 다음부터였다.

그도 그럴 것이 1년간 사귀었던 은비와 수혁 사이에 키스는 없었다. 그가 시도했어도 은비가 허락하지 않았을 수 있었겠지만, 사실 그는 시도조차 하지 않았다. 그런 그녀가 다른 남자와 키스하는 걸 봤으니, 묘한 오기라도 발동했던 것 같았다.

하지만, 생각보다 오래 질척대는 통에 은비가 그에게 남은 감정이라고는 꼴 보기 싫음이었다.

그런데, 이렇게 일로 만날 줄이야.

"우리 고 대리랑 저도 9년 지기입니다. 특별한 인연이 있었죠."

그의 말에 수혁의 표정도 묘해졌다.

"어쩐지, 이 대표님 낯이 좀 익네요."

한별이 한마디를 더 덧붙였다.

"강 팀장님께서 뉴욕에서부터 활약하신 걸 업계에선 모르는 사람이 없어 저도 알고 있습니다만, 저처럼 작은 회사를 운영하는 사람과 어디서 마주치셨을까요."

수혁이 찜찜한 기분으로 대꾸했다.

"이 대표님, 겸손이 지나치시네요. 라임몰과 손잡으신 이상 HT는 더 이상 작은 회사가 아닙니다. 그 말씀은 협력 관계에 있는 저희에게도 별로 달갑지가 않네요. 훗- 그럼 회의 시작할까요."

너무 변한 한별을 유빈은 신기한 듯 바라보고 있었고, 수혁은 묘하게 좋지 않은 기분을 숨기고 있었다.

유안은 한별이 고 대리와 9년 지기라는 말에 잠시 이마에 힘이 들어갔지만, 곧 세상 밝은 얼굴로 한별 옆에서 노트를 펴고 회의 내용을 받아 적고 있었다.

은비는 복잡한 심경을 접어 두고 회의에 집중했다.

라임몰 고의 기획자로서 최대한 담담히 제 일을 해 나가는 것이 무엇보다 중요했다. 정신을 한 곳으로 모으면 무슨 일인들 이루어지지 않을 게 없었다.

오로지 일에만 집중하는 그녀였다.

미팅은 생각보다 길어져 퇴근 말미가 돼서야 끝났다.

"강 팀장님, 선약 없으시면 저녁 같이 하시는 건 어떨까요."

"그럼 좋겠다, 팀장님! 언니네랑 우리랑 넷이 같이 저녁 먹어요!"

수혁이 한별에게 저녁 식사를 제안했고, 유안의 얼굴은 벌써 신이 난 상태였다.

미팅이 끝나자 은비는 순간 꿔다 놓은 보릿자루처럼 그들 사이에 끼어 있는 느낌이 들었다.

"오늘은 아주 중요한 약속이 있어서 어렵겠네요. 고 대리도 마찬가지고요. 그럼 다음을 기약하죠. 고 대리, 갑시다."

강 팀장이 유안은 안중에도 없고 은비의 팔만 잡아끌었다.

"오빠!"

유안이 한별을 흘겨보며 외쳤다.

"이유안 사원, 여기서 바로 퇴근하세요. 팀장 권한으로 허락하죠. 그럼 다음 미팅 때 또 보겠습니다."

그의 말에 어안이 벙벙한 유안 그리고 유빈과 수혁을 뒤로 하고 한별과 은비가 먼저 카페에서 나왔다.

수혁은 알 수 없는 표정으로 그들의 모습이 보이지 않을 때까지 바라보고 있었다.

사무실로 향하는 은비의 머릿속엔 갑작스레 만난 옛 연인에 대한 복잡한 생각으로 가득 차 있었다.

뭐, 그간 그가 질척대는 것 때문에 오만 정이 떨어진 것은 사실이었지만, 오늘은 그가 아니라 그의 옆에 있는 자신과 모든 것이 달라 보이는 그 여자의 존재가 괜히 머리를 어지럽혔다.

돈 많은 집의 어리고 예쁜 여자.

수혁이 자신과 헤어지고 그녀를 만난 이유가 그것 때문이었을까. 게다가 투자자라고까지 하질 않았나.

야망이 있던 그에게 필요한 건 어쩌면 별 볼 일 없는 배경에 나이도 많고 여자 여자하게 꾸밀 줄도 모르는 이렇게 초라한 자신이 아니라, 모든 것이 눈에 띄게 화려한 그녀였던 것일까. 그에게 사랑이라는 것은 그렇게 필요에 따라 움직이는 것이었을까.

참, 슬프다.

괜히 울적한 기분마저 들었지만, 이럴 필요 뭐 있나 싶어 고개를 흔들어 필요 없는 생각을 털어 냈다. 그리고 자신 옆에 한별이 있다는 사실도 잊고 빠른 걸음으로 혼자 사무실을 향해 걸었다.

좀 전까지 한별의 머릿속엔 은비가 어떤 생각을 하고 있는지 그에 대한 궁금증으로 가득 차 있었다.

하지만, 그녀의 모습을 보니 이젠 대충 알 것 같았다.

약간의 차이를 두고 두 사람이 차례로 4층 기획팀 사무실 앞에 다다랐다.

시곗바늘은 6시, 퇴근 시간이었다.

대리들은 퇴근을 서둘렀고, 한별도 천천히 책상을 정리한 다음 재킷과 가방을 챙겼다.

자리로 돌아간 은비는 그가 나가면서 내심 '한강에서 봅시다.'라는 말을 자신에게 던지고 퇴근할 줄 알았는데, 그가 그냥 퇴근하는 모습이 의아했다.

"흐음……."

잠시 그가 없어진 문을 바라보다 다시 자신의 책상으로 시선을 옮긴 그녀가 아직 마무리 짓지 못한 일에 손을 대었다.

한 시간쯤 지났을까. 이제야 겨우 하던 일이 끝나 퇴근 준비를 했다. 그리고 어디론가 전화를 걸었다.

"여보세요. 네. 배달 주문 좀 하려고요. 네, 네……. 음… 제일 비싼 거로요……."

은비는 책상 위에 엎어져 있는 작은 손거울을 들어 잠시 외모 점검을 했다. 퇴근 때라 아주 먹을 대로 다 먹어 버린 화장도 조금 고치고, 입술에 립스틱도 덧발랐다.

그녀는 회사에서 나와 갈림길에서 잠시 망설였다.

"흐음……."

한쪽은 집으로 가는 길, 한쪽은 한강으로 가는 길.

그때였다.

"고은비."

어디선가 가슴을 찌르는 듯 기분 나쁜 목소리가 들려왔다. 아직까지 그 목소리의 주파수를 왜 기억하고 있는지 자신이 원망스러웠다.

그러나 무시하면 그만이었다.

은비는 못 들은 척 걸음을 옮겼다.

"고은비!"

시궁창에 집어치워 넣고 싶은 목소리가 자꾸 귓가에 가까워졌다.

"고은비!"

마침내 그 소리는 그녀의 어깨를 짚은 그의 손을 타고 귀 옆까지 들렸다.

은비는 미간을 찌푸리고 어깨를 움직여 먼저 그의 손을 치웠다.

"잠깐 얘기 좀 해."

그녀는 그와 격렬히 말을 섞고 싶지 않았다.

아까 미팅도 정신력으로 간신히 했다면, 믿어 줄래?

결국, 수혁이 은비 앞을 가로막았다.

"우리… 오랜만이잖아."

역겨운 그의 목소리가 아름다운 퇴근길을 더럽히고 있었다.

그녀는 여전히 걸음을 멈추지 않고 걸었다.

"어디 조용한 데라도 가서 이야기 좀 하자."

"HT 이수혁 대표님, 저는 사적으로 드릴 말씀도 듣고 싶은 이야기도 없습니다."

"아까… 반가웠어."

"별말씀을요. 저는 좀 재수가 없다고 생각했는데."

"여전하네. 고은비 성격."

"아, 한마디만 할게요. 유빈 씨를을 어떻게 구워삶아서 라임몰까지 진출했는지 모르겠지만, 이번 건 굉장히 중요한 거라서요. 최선을 다해 주시길 바랍니다."

"유빈이랑은 비즈니스 관계일 뿐이야……."

은비는 그의 말을 듣는 순간, 아까 꿀을 떨어뜨리며 말하던 수혁의 투자자이자 여친이라는 여자의 얼굴이 떠올랐다.

화려한 그녀가 순간 안쓰럽게 여겨졌다.

어쩌다가 이런 쓰레기를 만났는지.

그것도 9년 동안.

"역시 한번 나쁜 놈은 영원히 나쁜 놈이구나. 다시 한번 말해 봐. 그거 녹음 좀 해서 이유빈 씨 들려 드리게."

은비가 더는 참지 못하고 그를 노려보았다.

"뭣……."

수혁이 짐짓 당황해서 말을 아꼈다.

"역시… 고은비. 내가 여태껏 만나 본 여자 중에 너처럼 이렇게 화끈한 여자가 없었어. 어릴 때 안목이 부족해 이런 너를 놓쳤지. 그게 내 인생에 가장 후회되는 일이야. 믿어 줘."

화끈한 여자 좋아하시네. 그땐, 감정 따라 움직이는 조울증에 악바리처럼 막 나대는 게 싫다고 했던 거 잊고 싶어도 잊히지가 않는다고.

"이 말씀 하시려고 사람 세우셨습니까? 어휴, 아까보다 더 신선한 얘기가 녹음되었네. 더 할 말 있으면 해 보세요."

은비가 코웃음을 쳤다.

"고은비……!"

그녀는 여전히 걸음을 멈추지 않고 있었다.

수혁도 끈질기게 그녀를 쫓아가고 있었다.

걷고 있는 두 사람의 배경이 빽빽한 여의도 빌딩 숲을 지나 마침내 하늘이 가슴에 닿을 듯 트인 곳으로 바뀌었다.

"강 팀장… 맞지?"

"뭐가."

"전에 클럽에서 봤던……."

"그게 무슨 소리야."

기억력도 시력도 좋구나. 용케 맞혔네, 이수혁.

"강 팀장, 미국에서 돌아온 지 얼마 안 됐다던데… 둘이 무슨 관계야?"

"팀장과 대리 관계."

"널 보는 강 팀장의 눈빛이 예사롭지 않던데. 남자는 남자가 좀 알거든."

"팀장님이 원래 눈빛이 진중해. 사람 자체도 그렇고."

너랑은 다르지. 너무나.

"이쪽 세계 사람들 생각보다 맞추기 쉽지 않아. 시작하지 않는 게 차라리 나을 거야……."

은비는 그의 조언이 참 기가 막혔다. 그와 자신은 그들과 다른 사람이라고 말하는 저 자격지심. 참, 별로다.

"남의 일에 상관할 바 아닌 것 같은데."

"흠… 암튼, 나는 너를 이렇게 만나면서 어쩌면 우리의 인연이 아직도……."

"자꾸 따라오면서 개소리할 거면 나 신고할까 봐."

"고은비… 나한테 한 번 더 기회를 줄 수 있을까……."

"미친 새끼."

"나 아직도 너한테 마음 있어."

"너 사람 열 받게 하는 데 여러 재주 있다?"

"은비야……."

"이수혁, 진심으로 충고하는데 사람 그렇게 가볍게 보지 마. 나 그리고 이유빈 씨를 포함해서."

"나, 솔직히 사랑보다는 일이 먼저라고 생각했어. 그런데 이제 와 보니 그 애와 통하는 게 하나도 없어. 그래서 내 마음은 언제나 공허했어…… 숨통이 죄이고 매일매일 괴로웠다고. 적어도 우리는 대화가 잘 통했잖아."

그랬지…….

쥐뿔 없는 배경이 우리에겐 늘 공통분모였으니까…….

하지만 이젠 너와 그랬던 시절조차 나에겐 지우고 싶은 기억이야.

"지금, 대화가 이렇게나 안 통하는 거 못 느끼겠어?"

"고은비……! 쫌……!"

수혁이 급기야 은비 앞에 서서 그녀의 팔을 강하게 잡았다.

그들의 걸음이 어느새 한강 둔치에 가까워졌다.

제법 길어진 해도 이제는 서산으로 넘어갈 준비를 하고 있었다.

"이수혁 대표님!"

어디선가 귀에 감기는 초콜릿 바른 목소리가 들려왔다.

두 사람이 소리가 나는 쪽을 바라보았다.

그곳엔 한별이 손에 쥐었던 숟가락을 죽 그릇에 꽂으며 일어나 두 사람을 응시하고 있었다.

"강 팀장님!"

수혁이 당황해 은비를 잡은 손을 급히 놓았다.

한별이 죽 그릇을 벤치에 내려놓고 두 사람을 향해 걸어왔다.

"지금 뭐 하시는 겁니까."

하…….

목소리에 이런 형용사가 가능하다면, 붙이고 싶은 심정이었다. 든든한 목소리라고.

그의 듬직한 목소리에 은비의 심장이 두근거렸다.

막 노을 지는 배경 앞에 서 있는 그의 모습이 마치 영화 속 아름다운 장면 같았다.

수혁과 한별을 나란히 두고 보니 이건 뭐, 게임이 되는 비주얼도 아니었다.

"아… 사실 고 대리님과 제가 오랜 지인입니다. 반가워서 그만."

수혁이 위기를 모면할 말을 지어내고 있었다.

"저기… 고 대리님에게 붙은 티끌 하나에도 손대지 않도록 주의해 주세요. 흠… 이거 고 대리도 모르는 사실인데, 저한테는 고 대리님 몸이 제 몸보다 중요한 사람이거든요."

"……!"

한별의 말에 수혁이 할 말을 잃어버렸다.

은비의 심장은 터질 듯이 빠르게 뛰었다.

"이만 가 보시죠. 유빈이한테 지금 본 거 다 이야기하기 전에."

수혁이 쭈뼛거리다 뒤를 돌아 한강을 빠져나갔다.

분명 회사에서 나와 갈림길에서 고민하던 은비였다.

그녀는 수혁 때문에 정신없이 길을 걷는다는 게 무의식중에 이곳까지 걸어와 버렸다.

한별이 기다린다고 했던 이곳까지.

"고 대리 늦는 줄 알고."

멍하니 있는 은비를 향해 그가 배시시 웃으며 먹다 만 죽 그릇을 가리켰다.

"아, 괜찮아…요."

사실, 아까 죽 배달을 미리 시켜 둔 은비였다. 그녀가 가든 못 가든 아무래도 뒤집어진 그의 속은 달래야 할 것 같아서.

"종일 고 대리가 준 음료 말고는 먹은 게 없어서 배가 너무 고파서 말입니다."

"괜찮아요."

"그래도 좀 남겨는 놨습니다. 고 대리도 저녁 전일 테니까."

"괜찮아요."

"음… 근데 고 대리가 좋아하는 맛은 아닌 것 같아요. 전혀 맵지 않고 심심해서……."

"괜찮아요."

"흠… 그럼 나는 어때요."

"괜……?"

"에이… 하던 대답 그대로 해 주면 안 됩니까."

"아……."

은비는 그제야 한별을 만나 한 이야기가 몽땅 '괜찮아요.'라는 것을 인지했다.

이제야 당황스러운 상황 때문에 잠시 나갔던 정신도 좀 돌아오는 것 같았다.

"이제 속은 좀 괜찮아요?"

"네. 근데 계속 그렇게 서 있을 겁니까."

그러고 보니 그녀는 한강 잔디밭에 세워진 여느 나무들처럼 꼿꼿이 서 있었다.

수혁과 헤어진 모습 그대로.

두 사람의 대화도 한 3미터는 떨어진 곳에서 이루어진 것이었다.

한별은 그녀를 향해 손짓했다.

얼른 이쪽으로 오라고. 그리고 벤치에 앉으라고. 자신의 옆자리에.

"근데… 이 대표가 회사에 이상한 소문이라도 내면 어쩌려고 그랬어요, 팀장님."

은비가 걸음을 옮기며 이야기했다. 이제 속도 제법 풀렸는지 그의 표정이 밝아 보였다.

"흠, 차라리 내 주면 좋겠는데? 혹시 압니까. 서동요처럼 사람들 입에 오르내리다가 고 대리가 회사에서 쫓겨나기라도 하면 내가 딱 기다리고 있다가 낚아채 갈지."

그의 말에 은비의 얼굴이 찡그려졌다. 이런 무시무시한 이야기가 어디 있단 말인가. 내가 이 과장을 어떻게 견디며 버텨 온 회사인데!

구설수에 휘말리는 거 좋을 게 없다고!

"그건 절대 안 될 일이에요."

은비가 왕방울처럼 커진 눈으로 대답했다.

"근데 내가 딱 보니까, 배알이 작아서 그러지도 못할 겁니다. 남자는 남자가 알거든."

"후……."

그제야 그녀가 마음을 놓았다.

어느새 벤치까지 온 은비가 한별의 옆자리에 앉았다.

나란히 앉아 눈앞에 펼쳐진 한강 풍경을 바라보았다.

서산으로 넘어가던 해가 빠르게 모습을 감추고 강 위에 떠 있는 하늘엔 금세 어둠이 찾아오고 있었다.

두 사람은 말없이 흐르는 강을, 하늘에 떠 있는 별을 번갈아 가며 바라보았다.

한강 공원에는 늦은 줄 모르고 여전히 노느라 신난 아이들의 싱그러운 목소리가 곳곳에서 들렸다.

은비는 이곳은 언제 와도 늘 기분 좋은 곳이라고 생각했다.

"그런데 여자의 마음은 정말 모르겠네요."

"네?"

아까부터 불규칙적으로 뛰고 있는 심장을 간신히 진정시킨 은비에게 한별이 또 돌을 던졌다.

"사실, 나 고 대리 아니면 결혼 안 한 채로 늙어 죽기로 결심했거든요."

"왜 그런 쓸데없는 결심을 하셨어요……."

"나한테 다른 여자는 의미가 없어서 말입니다. 그러니까 제발 부담 좀 가져 주세요, 고 대리."

"강 팀장님."

"네."

"저, 솔직히 말할게요."

"네. 무슨 말이든 다 가슴에 새겨듣겠습니다."

"강 팀장님이 많이 신경 쓰이기 시작했어요. 심지어 아까는 조금 두근대기까지 했고. 이 감정이 사랑이란 걸 분명히 알게 되면 그땐 내가 직진할 테니까, 조금만 기다려 줘요."

"아……."

"오래 걸리진 않을 거예요."

누군가를 사랑하기 위해 제 마음에 백이라는 숫자가 채워져야 한다면, 한별을 향한 마음이 백 중 이미 절반 조금 넘게 넘어간 것 같았다.

은비는 나머지가 다 채워지면 이제 자신도 어쩔 도리가 없다고 생각했다.

"고 대리……!"

자신을 부르는 강 팀장의 눈에 환희가 차 있었다.

"네?"

왜 그러는 건데?

"이토록 치명적인 희망 고문은 난생처음 들어 봅니다."

풉……!

그의 말에 은비가 웃음을 터뜨렸다.

두 사람이 벤치에 나란히 앉아 다 식어 빠진 죽을 먹기 시작했다.

"아 참, 아까 물어본 말에 제대로 대답을 못 했네요. 이제 속은 아주 괜찮아졌습니다. 죽이 정말 최고네요."

"다행이네요. 근데, 식어도 맛있네. 이 죽은."

은비가 죽을 맛있게 퍼먹었다.

"참, 이거. 자-"

이번엔 한별이 그녀에게 준비한 음료를 건넸다.

자양강장제였다.

"와, 이거 제가 제일 좋아하는 거예요."

"알고 있습니다. 그래서 지난번에도 줬는데. 점수 따려고."

"아, 그런 거였어요?"

그제야 은비는 언젠가 결재 서류에 그가 자양강장제 스틱을 꽂아 주었던 걸 떠올렸다.

그녀는 함박 미소를 지으며 그것을 받아 들었다.

사실, 이것을 좋아하게 된 데는 이유가 있었다. 매일이 자양강장제가 필요한 피곤한 날들이었기 때문에.

그런데 오늘은, 지금은, 사실 그것 없어도 조금 괜찮은 것 같았다.

혹시, 강한별 때문일까?

그녀가 자양강장제를 마시지 않고 고이 받아 든 채 흐르는 강물에 시선을 두었다.

이 강물은 어디서 시작돼서 어디로 흐르는 것일까.

오랜 세월이 지나도 마르지 않고 흐르는 이 강물처럼, 이 남자는 어째 오랫동안 나를 생각해 왔다는 걸까.

그리고 내 감정은 어떻게 흐르는 것일까.

여러 가지 생각이 물결을 따라 흘렀다.

"아니 근데, 어떻게 9년 동안… 내 생각만 했다는 거예요? 도통 이해가 안 돼서……."

은비가 제 옆에 앉아 함께 강물을 바라보는 한별에게 툭 물었다.

"궁금합니까?"

"뭐… 조금요……."

"사실… 처음 고 선생을 만났을 때는 내가 이렇게 될 줄 몰랐습니다."

"그러게요. 서로 원수 보듯 하지 않았나요. 그때."

"그런데 알수록 고 선생에 대한 호감이 생겼어요. 사랑인 줄까진 몰랐고."

"으음……."

"그래서 그땐, 단순히 고 선생한테 과외비를 주기 위해 열심히 공부했었죠. 힘든 환경에서도 씩씩한 고 선생이 참 멋지고 좋아 보였거든요. 뭔가 힘이 되고 싶다는 막연한 생각도 들었고……."

"나 때문에 공부를 했다고? 이런!"

은비는 생각지도 못한 그의 대답에 흠칫 놀랐다. 9년 만에 밝혀진 충격적인 사실이었다.

"내가 그런 놈입니다. 꽂히는 거 하나만 박살 내는. 고 선생 도와주고 싶어서 공부한 거였습니다."

"하아……."

은비가 너무 어이가 없어 이마를 짚었다. 이런 그를 두고 제가 공부를 잘 가르친 덕이라고 소리깨나 쳤으니. 알고 보니 저를 더 깊이 생각하고 있는 그였다.

"근데 고 선생이랑 헤어지고 난 뒤, 내 옆에 있던 고 선생의 빈자리가 너무 크게 느껴졌어요. 그리고 너무너무 보고 싶은 겁니다. 그때 알았죠. 내가 고 선생을 사랑하게 됐구나. 그래서 이런 거구나……."

한별의 말을 들은 그녀의 가슴이 뭉클해졌다.

"돌아보니 고 선생과 함께한 날 중에 즐겁고 행복하지 않은 날들은 없었더라고요. 이런 사람과 함께 걷고 싶다. 내 인생의 길을……. 그런 생각이 들었습니다."

제 나이 서른셋을 살며 이런 멋진 고백은 처음 들어 본 것 같았다.

자신을 스물넷 살랑대는 어린 날의 가슴으로 만드는 이야기.

"그리고 좋았어요. 고 선생과의 첫 키스. 두고두고 생각 날 만큼."

"……!"

"내가 원래 좀 단순해서 하나밖에 모릅니다. 운동도 턱걸이만 하거든요. 그리고 마음도 하나, 사랑도 하나, 사랑하는 사람도 하나."

"근데… 왜… 연락 한번 없었을까요."

아무래도 이게 가장 답답한 포인트였다.

"우리 쪽에 고 선생 기록이 폐기돼서 찾기가 힘들었어요. 백방으로 나름 노력은 했지만, 못 찾았어요. 그래서 이번에 한국에 아예 나오게 되면서 제대로 찾아보려고 벼르고 있었다고요……."

"그랬던 거였군요."

"그런데, 그간의 정성이 먹히기라도 한 듯, 너무 쉽게 만나게 되었네요. 고 대리가 된 고 선생을."

"와, 정말 놀랐겠네요. 나만큼이나. 티를 하나도 안 내서 몰랐는데 말이죠."

"고 대리를 라임몰 기획팀에서 처음 본 날, 밤에 잠 한숨도 못 잤다면 이해할 수 있겠습니까."

"이런……. 연기력이 아주 출중하시네요. 배우 하셔도 되겠어요! 그런데 내 나이가 벌써 서른하고도 셋인데……. 혹시 결혼이라도 했으면 어쩌려고?"

이왕 이렇게 된 거 궁금한 거 다 물어보자는 심정으로 은비가 물었다.

"매일 기도했어요. 고 대리가 솔로이길."

"이런……!"

갑자기 설레었던 은비의 마음에 찬물이 확 끼얹어진 느낌이었다.

신께서 기도를 아주 기가 막히게 잘 들어주셨네……!

그간 솔로 생활이 그의 기도 때문이라는 생각이 들자 좀 기가 막혔다. 그러나 동시에 오랫동안 자신을 생각해 온 그의 마음을 알고 나니 자신이 무척 소중한 존재가 된 느낌도 들었다.

"더 물어보고 싶은 거 있습니까?"

한별이 미소를 지으며 은비를 바라보았다.

"다시 만났을 때, 뭐… 내가 폭삭 늙어 버려서 실망스럽진… 않았나요?"

"음, 좀 놀라긴 했습니다. 각오는 했었는데……."

"봐 봐, 이럴 줄 알았어. 내가."

그의 대답에 은비는 생각보다 마음이 내려앉는 기분이 들었다.

역시 늙어 버렸지?

이대론 안 될 것 같은데?

지금이라도 늦지 않았으니까 돌아서도 돼.

"예상과 달리 그때 그 모습 그대로라 놀랐다고요."

"네에."

그의 예상외의 대답에 은비의 눈이 커졌다.

설마 그럴 리가 있냐고.

눈가의 주름만 봐도 그때랑은 다른데. 이놈이 사람을 비행기 태우는 데 재주가 다 있었네.

"에이, 거짓말……!"

"진짭니다. 뭘 먹고 이렇게 변하질 않은 겁니까?"

나이 먹고 많은 것이 변했지만, 니 마음이 그대로라서 그런 것 같은데… 꼴통?

"음… 이건가?"

은비가 장난스런 눈짓으로 그에게 손에 든 자양강장제를 들어 보였다.

"하하하하!"

"하하하하!"

둘이 마주 보고 웃음을 터트렸다.

어느덧 한강에는 더욱 짙어진 어둠을 밝히는 별들이 총총 떠 하늘을 빛내고 있었다.

강에서 부는 밤바람도 기분 좋게 선선했다.

시간이 깊어졌는데 두 사람은 일어날 기미가 없었다. 그저 아무것도 하지 않아도 그냥 이렇게 앉아만 있어도 기분 좋은 이 느낌을 온몸으로 느끼고 있었다.

이렇게 함께 한강을 바라보고 있자니 차귀도에서 함께 노을을 바라보던 그때로 돌아간 것 같은 기분도 들었다.

마치 타임머신이라도 탄 것처럼.

호젓하게 추억을 되새김질하고 있을 때였다.

"으응?"

힐끗 한별을 바라보던 은비가 갑자기 그의 귓 방망이를 세차게 쳤다.

"악- 왜 그래요, 고 대리."

무방비 상태에서 갑작스럽게 공격을 당한 그가 깜짝 놀라 고개를 돌려 은비를 바라보았다.

"아니, 여기 모기가……."

그녀가 아직 피를 토하지 않은 모기 사체가 붙은 손바닥을 그에게 보였다.

"이런, 고마워요, 내가 덩치는 이래도 세상에서 제일 무서워하는 게 벌레거든요. 모기 물리면 병원에 갈 정돕니다."

한별이 진심으로 십년감수했다는 듯 안도의 한숨을 쉬었다.

위잉- 위잉-

밤이 찾아오자 여기저기에서 숨어 있던 한강의 벌레들이 모습을 드러내기 시작했다. 그때 은비의 머릿속에 재밌는 생각 하나가 떠올랐다.

"어? 팀장님! 거기 발밑에 뭔가 꾸물대는데요?"

갑자기 장난기가 발동해 있지도 않은 벌레가 있다고 말하는 중이었다.

"으아악!"

한별이 겁에 질려 발을 흔들면서 옆에 있던 은비를 꼭 안아 버렸다.

'악! 뭐야, 이 겁쟁이 애송이!'

그가 덜덜 떠는 게 은비의 온몸에 느껴졌다.

"팀장님! 장난이에요. 장난! 어휴!"

그녀가 당황해 그를 떼어 내려고 애썼다.

"후……."

한별은 그제야 안도의 한숨을 내쉬었다.

그런데 그뿐이었다.

몸은 요지부동이었다.

그는 얼떨결에 안아 버린 그녀를 풀어 줄 생각이 없어 보였다.

"아이… 팀장니임……!"

"잠깐만. 잠깐만요, 고 대리……."

"아이익……."

"좋습니다. 고 대리 냄새."

"어후, 팀장님."

"계속 이렇게 안고 싶은데, 우리 잠깐만, 잠깐만 이대로 있으면 안 되겠습니까."

"어휴… 진짜!"

힘으로 밀어내려고 해도 꼼짝달싹 안 하는 그가 '잠깐만'이라고 하자, 은비는 포기한 듯 잠시 전투 의지를 잃고 경직됐던 몸을 스르르 풀었다.

운동 많이 한 남자에, 한참 어린 남자 아닌가!

힘으로는 당해 낼 수 없는 그였다.

장난치려다가 되레 당한 꼴이었다.
그런데 은비가 온몸에 힘을 풀고 보니, 그의 품이 생각보다 넓고 포근하게 느껴졌다.
그리고 이렇게 꼭 갇혀 버린 이 느낌이 썩 나쁘지 않았다.
얼마나 지났을까.
한별이 스르륵 그녀와 자신 사이에 공간을 벌렸다.
그리고 미소를 띤 얼굴로 그녀를 지그시 내려다보았다.
"왜… 왜요?"
좀 전의 한껏 겁을 먹었던 사람 맞나 싶게 여유 넘치며 그윽하고 진지한 눈빛으로 바라보는 그의 모습이 오글거리기도 하고, 어떻게 해야 좋을지 모르겠는 은비였다.
난 분명 다 넘어갔다고 안 했다? 조금 더 남았다고. 더 채워야 할 내 마음!
이런…….
그런데, 자칫 잘못하다간 그 눈빛에 빨려 들어갈 것 같았다.
심장이 제멋대로 뛰고 있는 느낌이었다.
그래도 이런 설렘이 아직 가능하다는 것을 증명하는 뜻깊은 순간이었다.
한별이 은비의 흔들리는 눈동자를 보며 씩 웃었다.
두 사람은 약간의 공간만 벌렸지 여전히 서로에게 꼭 끼인 상태였다.
"고은비."

"왜…요……."

"내 앞에 있는 니가 신기루인지 진짜인지 확인해 보고 싶어. 확인…해 봐도 될까요?"

애송이에서 상남자로 돌변하는 데 걸리는 시간이 얼마 안 되는 그였다.

은비는 한별이 말한 '확인'이라는 것이 무엇인지 분위기상 느낌이 왔다.

"아니요."

은비가 평소답지 않게 들릴 둥 말 둥한 목소리로 의사를 전했다.

"정말입니까."

"아니요."

네라고 말해야 하는 걸, 순간 뭐가 씌었는지 아니요라고 말해 버렸다.

그녀의 대답을 들은 한별이 그녀의 입술을 향해 아찔하게 날아들었다.

1년 넘게 사귀었던 수혁과는 맞춰 보지도 못한 입술이었다. 그때는 그가 자신을 지켜 주는 멋진 남자라고도 생각했다.

기다림을 아는 남자라고.

하지만, 시간이 지나며 알게 된 것은 그에게 자신이 여자가 아니었다는 씁쓸한 사실이었다.

고작 절반 조금 넘게 넘어간 한별에게 선뜻 입술을 내주는 날이 오리란 생각은 못 해 본 것이었다.

어쩌면 한강이었기 때문일까.

야경이 아름다운 한강의 밤 때문일까.

왜 난 그가 아니라는 말이 정말이냐고 물었을 때 '네'라고 하지 못하고 '아니요'라고 했을까.

명백한 실수였을까, 의도된 실수였을까.

이런저런 생각으로 어지러운 가운데 은비는 저도 모르게 스르르 눈을 감아 버렸다.

두 사람 귓가엔 제 세상을 만난 듯 떠들어 대는 이름 모를 풀벌레 소리들이 아름다운 음악 소리로 들려왔다.

은비는 누군가의 세계를 잠시 탐해 본다는 것이 얼마나 달콤한 것인지 처음 알았다. 서로의 머릿속이 서로를 향한 생각으로 가득 차 있는 이 순간이 특별하다는 것도 처음 알아 버렸다.

사랑은 때때로 예기치 못한 순간에 찾아오고, 아무리 신중히 따져 보려 해도 그 노력이 한순간에 무색해지는 때가 있다는 생각이 들었다.

지금 이 순간처럼.

"…여기까지. 고 대리 마음 다 채우면 진짜 제대로 합시다."

입을 뗀 한별이 짓궂은 표정으로 은비를 바라보았다.

100퍼센트! 다 왔다. 다 왔어! 강 팀장. 그러니까 더 하자!

라고 말할 뻔한 자신의 입을 틀어막는 은비였다. 과한 솔직함은 감당할 수 없는 일을 만들리라.

뱉은 말이 있는데, 그래도 조금 체통은 지키자며 애써 절제하는 그녀였다.

그 와중에 '진짜 제대로…'라는 말이 괜히 기대되는 이유는 뭔지.

"하! 팀장님! 사람 홀리는 재주가 있네! 자꾸 이런 식이면 곤란해요."

이렇게 빨리 불을 지피면 어뜩하냐고.

"아까 벌레 있다고 장난쳐서 받은 벌이라고 생각하세요……."

그가 눈을 가늘게 뜨고 말했다.

벌이라고 말하지만 상처럼 느껴지는 이유는 뭘까?

은비는 자신의 이 기막힌 느낌이 참 어이없었다.

"후우- 저 집에 가야겠어요. 늦게 자고 출근에 지장 주고 막 그러는 거 제가 제일 싫어하는 거거든요."

은비가 혼자 주저리주저리 말하더니 짐을 챙겨 쌩하니 벤치를 벗어났다.

"혼자 가면 어떡합니까!"

한별이 얼른 일어나 그녀를 서둘러 따라나섰다.

한별이 은비를 데려다주고 집으로 돌아왔다.

"오늘은 파이퍼 하이직으로."

그는 매일 그렇듯 다이닝룸에 들러 와인 냉장고에서 샴페인을 꺼냈다.

한별은 샴페인을 머금은 채 눈을 감았다.

별을 마시는 기분이었다.

그래도 이마저도 그녀와의 키스만은 못했다.

샴페인을 쭈욱 들이켜니 온몸에 청량감이 감돌았다. 하루의 피로가 가시는 기분이었다.

"얼마나 더 채워야 하지······."

제 마음은 온통 그녀로 가득한데, 그녀는 아직 좀 더 시간이 필요하다고 한다.

그래도 오늘은 제 뜻대로 짓궂게 입을 맞춰 버렸지만, 언젠간 오롯이 같은 마음이길.

한별은 바라고 바랐다.

"흠... 오늘은 이걸 입어 볼까?"

출근 준비를 하던 은비가 옷장을 보며 이 옷 저 옷을 들춰 보다 몇 안 되는 투피스 중 하나를 골랐다.

베이지색 투피스.

흰색 블라우스와 검은 정장 바지 일색인 옷 중에 그나마 다른 색상 옷은 이것뿐이었다.

이마저도 몇 년 만에 입어 보는 거라 좀 어색한 느낌이 들었지만, 다른 옷으로 바꿔 입지 않았다.

그리고 평소 같으면 5분이면 끝났을 화장을 10분도 넘게 했다.

출근 준비가, 출근길이 이렇게 설렌 건 입사 이래 처음이었다.

은비는 늘 그렇듯 출근 시간보다 좀 빠르게 사무실에 도착했다.

그녀 말고 출근한 사람은 아무도 없었다.

다 비어 있는 책상이건만, 은비는 유독 강 팀장의 자리에 오래 시선을 두었다.

"아니, 내가 왜 신경 쓰는 건데."

순간 그녀는 자기 자신의 모습이 낯설어 고개를 저으며 자리에 앉아 정신을 차리려 애썼다.

그때였다.

툭-

예쁘게 포장된 선물 꾸러미 하나가 책상에 놓였다.

은비가 고개를 돌아보니 자기 뒤에 한별이 서 있는 것이 보였다.

"깜짝 놀랐네. 뭐예요?"

"뇌물."

"뇌물?"

"고 대리, 그 채워야 하는 마음 수치 좀 깎아 봅시다."

"좋은 아침입니다!"

그때, 포 대리들이 마치 약속이라도 한 듯 한꺼번에 들이닥치고 있었다.

"고 대리! 나 출장 다녀오는 동안 지금 지시한 일 허투루 하는 것 없이 완벽하게 처리해 놓으세요. 비효율적으로 두 번씩 하는 일 없게 말입니다. 네?"

한별이 대리들을 의식해 부러 큰 소리로 은비의 꺼진 모니터를 가리키며 열변을 토했다.

"아… 네네……."

출장이라고?

은비는 그게 무슨 소리인가 싶었지만, 일단 장단은 맞추고 보자 생각하며 대답했다.

대리들이 업무 준비로 분주한 동안, 궁금증을 참지 못하고 한별이 내민 선물 꾸러미를 살짝 풀었다.

선물의 정체는 강아지 인형이었다.

한별과 교묘히 닮은 그것.

'내가 스물넷인 줄 아나? 아니, 열넷인 줄 아는 거 아냐? 무슨 이런 선물을……. 수치가 줄어들기는커녕 늘어날 판인데? 흠, 누구 닮아 귀엽긴 한데…….'

은비가 속으로 생각하며 인형을 들어 올리는데 무언가 하나가 툭 떨어졌다.
"어? 뭐지?"
강아지 인형 밑으로 툭 떨어진 것은 조그만 카드 봉투였다.
은비가 천천히 봉투를 열었다.
그곳에 든 메모에 한별의 글씨가 보였다.

고 내리, 출장 다녀올 동안 이 녀석 보면서 나 잊지 말아요. 그리고 이건 우리 집 카드 키. 혹시라도 필요할 일이 생길지도 몰라서. 그리고 오늘 예쁩니다. -강한별

예쁘다는 문구에 의지와 상관없이 잠시 설렌 것도 잠시, 은비는 메시지가 적힌 카드 뒤를 살펴 빳빳한 검은색 카드를 발견했다.
어머.
은비는 그것을 보자마자 괜히 마음이 덜컹거렸다.
카드의 정체는 한별의 집을 마음껏 열고 들어갈 수 있는 키였다.
강아지 인형에 이것이 숨어 있을 줄은 전혀 예상 못 했던 것이었다.
남자가 집 키를 준다는 것의 의미는…이라고 생각한 은비가 두 손으로 눈을 감쌌다.

자꾸 몇 발 앞서 나가는 이 남자, 어쩌면 좋지?

이걸 돌려줘? 말아?

그녀는 카드 키를 받아 들고 엉큼한 생각이 들어 혼자 얼굴이 붉어졌다.

"고 대리님!"

등 뒤에서 자신을 부르는 최 대리의 소리에 깜짝 놀란 은비가 허겁지겁 카드 키를 업무 수첩에 끼워 넣었다.

"어! 왔어?"

"뭐야? 무슨 생각을 하고 있었기에 얼굴까지 빨개져서는 놀래요?"

"어? 내… 내…가? …아, 아니야……."

"에? 말까지 더듬고. 흠… 수상한데?"

"아니래도……. 근데 웬일이야?"

"아 참, 나, 물류 창고에 뭐 확인하러 가려는데, 고 대리님은 혹시 그쪽 갈 일 없어요? 있으면 같이 가려고요."

"어휴, 갈 일이 왜 없겠어. 다음 시즌 대비해서 또 아이템별 데이터 만들어야 하거든. 같이 가자, 최 대리."

두 사람이 나란히 물류 창고 쪽으로 발걸음을 옮겼다.

"옴마! 고 대리님 오늘 치마 입고 오신 거야?"

"어어……."

"와, 사람이 달라 보인다. 화장도 좀 했네? 오늘 무슨 날이에요?"

"아니~ 그냥. 이제 날도 더워지고 하니까 옷도 좀 가벼운 색으로······. 근데··· 평소보다 좀 낫긴 해?"

은비가 기대에 찬 목소리로 물었다.

"으응! 완전 예뻐요."

"흠··· 훗······."

"참, 고 대리님, 강 팀장님 미국 출장 가신다면서요?"

"어, 프레스트 고 시찰 때문에."

"와, 그렇구나. 나도 따라가고 싶다아······. 출장으로라도 좋으니까 미국 공기 한번 맡아 보고 싶네요."

"어휴, 난 일로 가는 거라면 몰디브라도 싫다."

"진짜? 몰디브라도?"

"으응. 여행은 온전히 여행으로만 가야지, 일로 가면 오히려 그 장소에 대한 이미지만 안 좋아진다니까."

"그런가······. 암튼 강 팀장님 추진력과 카리스마는 대단한 것 같아요. 기획팀에서 김이 나도록 열심히 일하는 거 입사 이래로 처음 봐요. '라임몰 고'도 잘될 것 같고."

"그래? 강 팀장이 좀 잘나긴 했지······."

은비는 한별의 이야기에 저도 모르게 얼굴이 환해졌다.

"재벌들은 사는 것도 우리랑 달라도 너무 다르겠죠?"

"그렇겠지······. 근데 뭐, 집이 발 쭉 뻗고 잘 수 있고, 물 콸콸 나와서 깨끗하게 씻을 수 있고, 볼일 잘 볼 수 있고 그러면 되지. 뭘 그렇게까지 좋은 집이 필요할까······."

"그게 클래스죠. 고 대리님이 워낙 소박하시니까 그렇지, 요즘은 내 집에 대한 로망들이 얼마나 많은데요. 강 팀장님 집은 한남동 고급주택인데, 그 넓은 데를 혼자 산대요. 막 정원에 수영장 있고… 대박이죠?"

"진짜? 미국도 아니고 집에 웬 수영장? 그런 식으로 하수도를 마음껏 소비하니까 일각에서는 물 부족 현상이 일어나는 거라고. 이런."

은비가 고개를 가로저었다.

"큭큭, 어쨌든, 그런 데서 사는 느낌은 어떨까요? 딱 하루만 바꿔서 살아보고 싶다니까요."

언제 또 강 팀장 집은 파악한 건지 역시 정보통 최 대리다웠다.

가만히 생각해 보니 처음 한별이 고백했을 때만 해도 서로의 배경이 너무 다름에 대해 운운했었지 않나.

그런데 막상 그와 둘이 있을 때는 서로 얼마나 다른 환경에서 자라고 다른 배경을 가진 사람이라는 것을 잘 느끼지 못했다는 생각이 들었다.

그저 서로의 대화가 물 흐르듯 잘 흘러갔고, 잘 맞았기 때문이었을까?

그런데 이렇게 다른 사람들의 입을 통해 그의 존재를 들을 때면, 그가 참 낯설게 느껴졌다.

'집이 그렇게나 좋아?'

그 집의 키가 자신에게 있다는 사실을 최 대리가 알면 얼마나 기함을 토할까. 자신도 믿기 어려운 일이 벌어진 것에 또 한 번 놀라운 순간이었다.

그리고 더욱 궁금해졌다. 서민을 주눅 들게 하는 강 팀장 집의 정체가.

최 대리와 함께 물류 창고에 다녀온 은비가 다시 제자리에 앉았다.

"삼산 회의하죠."

한별이 팀원을 불러 모았다.

은비는 어쩌다 보니 그의 옆자리에 앉아 있었다.

그가 늘 그렇듯 깍지 낀 손을 턱 아래에 대고 이야기를 시작했다.

그 때문에 하얀 셔츠의 팔 부분에 그의 근육이 잘 드러났고, 깔끔하고 고운 손, 날렵한 코, 비장하게 강렬한 쌍꺼풀 없이 큰 눈에 저절로 시선이 갔다.

그가 팔을 내리자 두툼한 그의 가슴 근육이 셔츠 위로 존재감을 드러냈다.

바라만 보고 있어도 숨 막히는 비현실적인 자태였다.

"아시다시피 이번 미국 출장이 2주나 되는 관계로 부득이 회의를 소집했습니다. 길지 않게 하죠. 일단, 한 대리님은 이 과장님 돌아오시는 대로 다음 시즌 기획전 최종 보고서 함께 준비해 주시고요."

"넵!"

"신 대리님은 이번 분기 라임몰 매출 분석 보고서 최대한 빨리 마무리 지어서 저에게 보내 주세요. 이 대리님은……."

"넵!"

"넵!"

차례로 업무 분장이 끝나고, 이제 은비만 남았다.

"고 대리님은 다음 주에 라임몰 고 시범 운영 매장 보고서 작성해 놓으시면 됩니다. 그리고 이 과장님 오시면 제가 따로 말씀드릴 지시 사항 좀 전해 주시고요."

"네!"

"저는 비행시간이 얼마 안 남아서, 회의 끝나고 바로 공항으로 갑니다. 그럼 업무에 차질 없게 잘 좀 부탁드리겠습니다."

"팀장님, 걱정하지 마시고 잘 다녀오십시오."

은비는 이렇게 회의를 마치고 나니 한별이 출장 때문에 2주 동안 회사에 나오지 않는다는 사실이 실감이 났다.

강 팀장 없는 회사라니, 웬일인지 벌써부터 허전한 마음이 들었다.

그녀가 돌아보니 한별은 재킷과 가방을 들고 급히 사무실을 나섰다.

제대로 인사도 전하지 못하고 아쉬운 마음으로 허무하게 그가 나간 문을 바라보고 있었다.

Rrr-

'뭐지? 강 팀장님?'

그녀가 진동이 울리는 휴대폰을 켰다.

[출장 마지막 날 만납시다. 우리 집에서. 먼저 기다려 주면 좋을 것 같은데……. 뭐… 허튼수작은 안 부립니다. 변태는 더욱 아니니까. 그냥 너무 보고 싶을 것 같아서.]

그의 문자를 받은 은비는 누가 엿볼까 싶어 휴대폰을 얼른 눌러 껐다.

Rrrrr-

[답장 좀…….]

Rrrrr-

[비행기 타면 메시지 못 봅니다. 얼른. 애간장 녹기 전에.]

후…….

답장 안 보내면 뭔가 더 곤란해질 것 같아, 은비가 마지못해 답을 보냈다.

[넵.]

후…….

어쩌려고…….

보내 놓고는 손으로 이마를 짚는 그녀였다.

Rrrr-

[후… 이제 숨 좀 쉬겠네. 2주 뒤에 봅시다, 고 대리.]

강아지 인형은 빅 피처였다.

출장 마지막 날을 위한.

은비가 이제야 그의 뇌물의 의도를 간파했다.

📁

"두별아… 이제 일주일 남았다……."

은비가 침대에서 누워 강 팀장이 선물한 강아지 인형을 붙잡고 이야기 중이었다.

한 달 같은 일주일이 지나고, 또 일주일이나 남았다.

"두별아… 니 원래 주인님은 손가락이 부러지셨나 보다. 그렇게 내가 좋다는 사람이 연락 두절이 말이 되는 소리냐!"

강아지 인형을 격하게 흔들던 그녀가 두 팔을 놓아 버렸다.

인형은 그녀의 가슴팍으로 떨어졌다.

"보고… 싶네… 강…한별……."

은비는 인형을 다시 두 팔로 꼭 안고 스르르 잠이 들어 버렸다.

이번 일주일은 그의 빈자리가 그녀에게 어떤 의미인지 차근차근 알려 주었다.

처음엔 신경 쓰이는 변태였던 그가 없으면 허전한 놈이 되었고, 급기야 보고 싶은 사람이 되어 버린 이 사실을.

📁

은비는 늘 그렇듯 일찌감치 출근해 업무를 시작했다.

그런데 복도에서부터 심상치 않은 발걸음 소리가 들려왔다.

'혹시……?'

예상대로 그 발걸음은 더욱 커졌고 급기야 은비가 있는 기획팀 문 앞에서 멈췄다.

잠시 뒤 문을 열고, 누군가 들어왔다.

"누구……?"

그녀가 기획팀 사무실을 연 그 사람에게 말을 걸었다.

"고 대리! 나 벌써 잊었어?"

은비의 팔에 소름이 쫙 돋았다.

얼굴은 달라졌는데, 목소리만큼은 이 과장이 확실했다.

"아니, 얼굴이 왜 이렇게 되신 거예요? 진짜 못 알아봤어요……."

이 과장의 얼굴이 타도 타도 너무 탔다. 알아볼 수도 없을 만큼.

"어. 염전에 그늘이 없더라고."

"이런. 고생 많으셨네요, 과장님."

은비는 이 순간 진심으로 그가 좀 안됐다는 생각이 들었다. 살다 보니 이런 날이 다 오다니.

"나 없는 동안 잘 지냈어?"

"어휴, 그럼요. 저 살찐 거 안 보이세요?"

"그랬구나……. 근데… 전화번호는 왜… 바꾼 거야?"

이 과장이 슬픈 눈빛으로 물었다.

은비는 순간 뜨끔했다.

출장 중에도 하도 말도 안 되는 전화를 주야장천 해 대는 이 과장 때문에 번호를 아예 바꿔 버리고 알려 주지도 않았다.

진정 전화번호 바꾸기가 이 과장 전화 받기보다 쉬웠다.

이 과장과 대화를 나누는 사이 막 출근한 대리들도 이 과장을 보고 모르는 사람 대하듯 데면데면했다.

은비가 '이 과장님'이라고 알려 주자 다들 손으로 입을 막으며 놀라워했다.

"아… 통신사 바꾸다가 여차저차 그렇게 됐어요, 과장님."

"그랬구나……. 근데… 사무실로 걸어도 내 전화 안 받더라?"

"이 과장님 없으시니까 기획팀 일이 좀 바빠야죠. 아 참! 이거요."

은비는 한별이 이 과장 오면 시키라고 준 일 다발을 넘겼다.

"어휴… 고 대리, 이건 무슨 자료야?"

"제목 그대로예요."

"오랜만에 사무실 일 하려니 도통 감이 안 오네. 흠… 이건 또 어떻게 하는 거지?"

"하던 대로 하시면 되죠. 5년째 똑같은 프로세슨데 뭘 이렇게 생소하게 보세요."

"고 대리! 나 물 좀."

"고 대리! 전에 우리 회식했던 장소가 어디지? 예약 좀 해줄래? 이따 친구랑 가게."

"고 대리!"

"고 대리!"

징글징글한 이 과장이 제대로 등판했다.

하지만, 은비는 아랑곳하지 않았다. 오늘은 그녀가 외근하는 날이니까.

"과장님, 저는 이번 주 내내 라임몰 고 시범 매장에 가야 돼서 말입니다. 전 빠르게 나가 보겠습니다."

"고 대리! 고 대리!"

은비는 애타게 그녀를 부르는 이 과장을 뒤로하고 당당한 발걸음을 옮겼다.

이런 강 팀장!

이번 주에 나를 외근으로 돌린 이유가 있었어!

은비가 쾌재를 부르며 사무실을 나섰다.

그녀가 업무용 차를 타고 외근의 목적지로 향했다.

-초여름이지만 폭염이 예상되고 있습니다. 전 세계적으로 이상기후가 관측되는 가운데 특히 서울의 낮 최고 기온은 35도, 체감온도는 41도에 육박하는 가마솥······.

라디오 뉴스를 틀어 놓은 은비의 귀에 폭염이라는 이야기가 들어왔다.

"어쩐지 아까부터 계속 땀이 난다 했다. 벌써 이렇게 더우면 한여름엔 어떻게 사나… 휴……."

그녀는 중얼거리며 에어컨 버튼을 눌렀다.

'라임몰 고'는 유동 인구가 가장 많은 도심 노른자 땅에 세워질 것이지만, 1년간 시범 운영을 해 볼 곳은 서울 외곽에 있었다. 이제 막 시스템을 설치하는 단계였고, 체크할 것이 많았다.

은비가 도착해서 보니 시범 운영이라고는 하지만, 규모가 거의 실제 매장처럼 컸다. 그래서 그런지 생각보다 많은 인부가 나와 작업을 하고 있었다.

그중에는 수혁의 회사 이름이 새겨진 옷을 입고 있는 사람들도 적지 않았다.

'직원 수도 만만치 않은가 보네……. 이수혁 진짜 니가 정녕 남자 꽃뱀이다.'

수혁이 이렇게 큰 회사를 이끌기 위해서 그 유빈이란 애가 얼마나 뒤에서 힘을 써 줬을지 안 봐도 뻔했다.

은비는 입을 삐쭉거리며 매장을 돌아보았다.

그녀는 일주일 동안 이곳에서 체크해야 할 것들의 아웃라인을 잡아 놓고, 오늘 필요한 부분에 대해서 집중적으로 점검하고 조사를 했다.

'후… 이제야 다 된 것 같네.'

오전에 나와 매장팀 직원 몇 분과 간단하게 점심을 먹고, 오후까지 내리 일을 하다 보니 어느덧 퇴근 시간이 되어 버렸다.

은비는 그 넓은 매장을 오가며 작업장의 먼지를 흠씬 맞았고, 갑자기 들이닥친 폭염 때문에 꼴이 말이 아니었다.

점심을 적게 먹어서인지 배도 몹시 고픈 상태였다. 그래도 억울한 표성으로 이 과장 수발을 돕는 것보다는 훨씬 만족도가 높은 하루였다.

"얼른 집에 가서 씻고 열무김치랑 고추장 팍팍 넣고 비빔밥 해 먹고 싶네!"

그녀는 짐을 챙겨 차에 올랐다.

어느덧 어슴푸레 하늘엔 어둠이 찾아왔다. 은비는 회사에 차를 갖다 놓고 다시 버스를 타고 집으로 돌아왔다.

하루 만에 보는 집인데도 외근을 나갔다 와서 피곤했던 탓인지 집이 참 반가웠다.

딸깍-

도어락을 열고 집에 들어간 그녀가 깜깜한 어둠 속에서 손을 더듬어 전등 스위치를 눌렀다.

"엥?"

그런데 방에 불이 들어오질 않았다.

7장. 네가 없는 시간 속에서

"전구가 나갔나?"

은비가 가방을 뒤져 휴대폰을 찾아 조명을 켠 다음 집 안을 밝혔다. 그리고 주방 등 스위치를 눌러 보았지만 역시나 마찬가지였다.

화장실 불도 깜깜무소식이었다.

"하… 뭐지……? 정전인가?"

일단 그녀는 손이 너무 씻고 싶어 조명을 켠 휴대폰을 한쪽에 내려놓고 화장실로 들어가 수도꼭지를 틀었다.

이런……!

밑에 대고 있는 손이 민망하게 꼭지에서 물이 한 방울도 나오질 않았다.

뭔가 이상하다고 생각한 은비가 다시 가방을 챙겨 밖으로 나왔다. 나와 보니 원룸에 사는 사람들 몇몇이 나와 웅성대고 있었다.

"지금 전기랑 수도랑 문제 있는 거 맞죠?"

은비도 그들 틈에 끼어 궁금증을 해결하고자 했다.

"네. 지금 건물주랑 얘기했는데, 뭐가 문젠지 알아보겠다고 말한 지 몇 시간째예요. 어휴… 진짜 열불 나서……. 다른 데로 이사를 하는지 해야지, 원……."

"건물 관리 회사에 전화해 봤는데, 일단 오늘 해결되긴 어려울 것 같대요. 다들 하루 묵을 곳을 찾아봐야 할 듯하네요."

전화 통화를 하고 있던 다른 이웃이 휴대폰을 들었던 팔을 내리며 말했다.

"아휴……."

은비는 눈앞이 캄캄했다.

한강과 가까운 원룸 중 가장 싼 곳을 찾아 이사했던 그녀였다.

아주 오래된 연식의 건물.

그렇다 보니 여기저기 하자도 많았고 전기, 수도 문제도 빈번히 일어났었다.

그래도 이렇게 한꺼번에 문제가 된 적은 처음이었다.

"아… 어떡해……."

은비는 땅이 꺼져라 한숨을 쉬었다.

"미치겠네… 씻고 싶어 죽겠는데……."

그녀가 눈에 힘을 주고 동네 찜질방으로 향했다. 하루쯤 묵기에는 그곳만 한 곳이 없다고 생각했다.

그러나 찜질방 앞에 선 그녀가 절망에 휩싸인 표정을 지었다.

〈정기 휴일〉

그녀는 당황스러워 어찌할 바를 모르고 있다가 이내 불굴의 정신으로 휴대폰을 켜 어디론가 전화를 걸었다.

"어, 최 대리, 나야. 혹시… 아! 맞다. 최 대리 휴가 갔지? 헐? 부산? 그렇게 멀리 갔어? 그랬구나……. 아니야, 아무것도……."

전화를 끊은 은비의 어깨가 축 늘어져 버렸다.

어쩌지……?

이럴 땐 엄마 집이 제주도인 게 참으로 아쉬웠다. 서울 아닌 다른 지방이라면 밤늦게 도착하더라도 엄마 집으로 가면 될 텐데.

보고 싶다… 엄마…….

괜히 서글픈 마음에 눈물마저 핑 돌았다.

아……!

순간, 은비의 머리에 반짝하고 불이 켜졌다.

그녀는 급하게 가방 안에 들어 있는 업무 수첩을 꺼내 휙 훑었다. 수첩은 명확하게 두 갈래로 갈라졌다. 그 사이에 딱 딱하고 반짝이는 그것이 빛나고 있었다.

'어서 와. 남자 집은 처음이지?'

라고 무언의 시그널을 보내는 카드 키. 은비가 지체 없이 큰길로 나가 택시를 잡았다.

"어디로 갈까요?"

"한남동 7* 번지요!"

그리고 한별이 준 메시지 카드 뒤에 적힌 주소를 읊었다.

이건 우리 집 카드 키. 혹시라도 필요할 일이 생길지도 몰라서.

그녀는 그가 남긴 쪽지를 다시 한번 읽어 보았다.

강 팀장, 대박! 혜안이 있네! 있어!

메시지를 다시 읽으며 미소를 지었다.

어느덧 화려한 철문이 떡하니 서 있는 한 저택 앞에 다다랐다.

"그럼 최 대리를 통해 들은 소문이 맞는지 한번 확인해 볼까?"

은비가 고급의 극치를 달리는 도어락에 카드 키를 대니, 꼭 닫혀 있던 비밀의 문이 스르륵 열렸다.

"우와……."

은비가 철문 안으로 들어서자 어두웠던 정원에 조명이 앞에서부터 차례로 켜졌다.

철문 안과 밖은 전혀 다른 세상이었다. 부지도 넓고, 담벼락을 워낙 잘해 놓아 이곳은 어디서도 볼 수 없는 프라이빗한 공간이었다.

"세상에……."

잘 가꿔진 정원에 난 길을 따라 올라가다 보니, 저택 왼쪽에 진짜 수영장이 있었다. 수영장 한쪽엔 자쿠지도 있었고, 선베드도 여러 개 있었다.

"최 대리 소식통이 믿을 만한 거 맞네!"

그녀가 좀 가까이 가서 보려고 발걸음을 옮기자 또 수영장을 밝히는 조명이 하나둘 켜지기 시작했다.

"이게 집이야? 호텔이야?"

아직 안에는 들어가 보지도 못했는데, 은비의 벌어진 입은 다물어지지 않고 있었다. 클래스를 운운할 정도가 아니었다.

그냥 이건 아예 다른 세상.

조명발을 받긴 했지만, 이곳은 한눈에 보아도 깨끗한 수질에 관리 잘되어 있는 수영장이었다. 오랜만에 수영장을 보니 막 뛰어들어 헤엄치고 싶은 생각이 솟구쳤다.

어릴 땐, 매일 집에서 엎어지면 코 닿는 제주 바다를 개인 수영장 삼아 물장구치고 놀았던 그녀였으니까. 더욱이 오늘은 폭염에 열대야까지 겹친 날 아닌가.

수영장을 가만히 바라보고 있자니 그 탄탄한 상체를 드러내고 수영하는 한별의 모습이 상상되었다.

"훗-"

생각만 해도 흐뭇한 장면이었다.

은비는 그 상상 속에 자신의 모습도 살짝 끼워 넣었다. 그러더니 머리를 절레절레 흔들어 댔다.

'안 되겠다. 살부터 좀 빼자!'

그녀는 몸을 틀어 집 쪽으로 향했다. 손에 쥐고 있던 카드 키를 현관 도어락에 다시 대니 문이 스르르 열렸다. 그리고 그녀가 발을 내디딜 때마다 조명이 반짝하고 켜졌다. 깊은 굴속으로 들어가는 것처럼 멋진 그림들이 장식돼 있는 복도를 지나니, 모던하면서도 아늑하게 꾸며진 거실이 나왔다.

센서로 에어컨이 작동되는지 집 안은 시원하고 뽀송뽀송 그 자체였다. 라임몰 본사로 오자마자 인테리어 어쩌고 하더니 원래 이런 센스가 보통이 아니구나 싶었다.

보기만 해도 푹신거리는 소파들을 보니 벌써 아아- 몸이 사르륵 녹을 지경이었다.

고개를 돌려 보니 거실 반대편엔 마치 영화 세트장처럼 꾸며진 화려한 다이닝룸이 있었다.

'와인을 되게 좋아하나 보네……'

스틸 일색으로 꾸민 주방 기기들 사이에서 아주 커다란 와인 셀러가 유독 눈에 띄었다.

와인 딱 한 잔이면 오늘의 피로가 풀릴 것 같은 생각에 입맛을 다시며 그곳을 바라보았다.

"휴, 아니야! 진짜 피치 못해서 온 거니까 씻고 자는 것만 신세 지다가 가자!"

은비는 아무도 없는 빈집에서 혼자 다짐하듯 말을 밖으로 내뱉었다.

"어? 뭐지?"

욕실이 어딘지 찾아보려고 발걸음을 옮기려는데 그때 다이닝룸 바에 붙은 메모지 한 장이 눈에 띄었다.

고 대리, 혹시 우리 집이면 내 집이다 생각하고 편안하게 있다 가요.

꼭 은비가 이곳으로 올 걸 알고 있었다는 듯이 태연히 적힌 메모를 보고 그녀는 흠칫 놀랐다.

분명 미국에 있을 텐데…….

은비는 괜히 어디선가 그가 이곳을 바라보고 있는 양 섬뜩해 주변을 돌아보았다.

아님, 이 남자 뭐 미래를 보는 남자? 막 이런 요상한 남자 아냐?

그녀는 별생각을 다 하면서 다이닝룸을 정리한 다음 그곳을 나섰다. 좀 안쪽으로 들어가니 심상치 않아 보이는 방 하나가 나왔다.

언뜻 보면 쇠파이프, 자세히 보면 금은이라도 입힌 듯한 엄청나게 화려한 턱걸이 전용 철봉이 높은 곳에 수놓듯 걸려 있었다. 이곳은 그의 근육들을 담당하는 곳이었다.

은비의 상상은 이곳에서 다시 이어졌다.

철봉에 매달려 턱걸이를 하는 한별의 모습. 아름답도록 화난 등 근육이 눈에 선했다.

아, 실제로 보고 싶다.

만지고 싶다.

하! 미쳤구나, 고은비!

그녀는 그곳에서 나와 남은 투어를 이어 갔다.

빈티지하게 꾸며진 그의 서재를 둘러보는데 재밌는 게 하나 눈에 띄었다.

"어머, 이걸 안 버리고 가지고 있었네?"

서재에 삥 둘린 책장 한 칸엔 한별이 차귀도에서 공부하던 교재가 잔뜩 끼어 있었다. 은비는 그곳에서 문제집 한 권을 뺐다.

아, 배고파. 바비큐, 화덕피자, 장어구이… 먹고 싶다…….

숙제 좀 작작 내라…….

하… 탈출, 탈출, 탈출.

할머니, 삶은 감자는 좀 그만 주세요. 현기증 난단 말이에요.

기름진 거 좀 주세요. 아니면 케첩이라도 좀 주시든지요… 흑 흑…….

그가 곳곳에 해 놓은 낙서를 보며 아련한 그 시절이 떠올라 웃음이 절로 났다.

고 선생, 어제 뭐 했기에 이렇게 내 앞에서 졸고 있냐. 과외하랴… 식당 일 도우랴… 많이 힘들지?
우리 고 선생… 예쁘다…….

스르르 넘겨보다가 한별이 적은 낙서를 보고는 그녀의 얼굴에 미소가 번졌다.
왠지 모를 행복한 느낌이 들었다.

고 선생, 내가 그거 꼭 사 줄게.

은비는 이 낙서에서 잠시 시선을 멈췄다.
응? 뭘 사 준다는 거지?
낙서를 쭉 살펴봐도 그게 무언지 몰라 궁금증을 자아냈다.
그녀는 고개를 갸우뚱하며 책을 다시 꽂아 놓고 그곳에서 나왔다.
마지막으로 뭐 하나 흐트러짐 없는 욕실, 화려함의 극치를 달리는 드레스룸, 아늑하고 편안하게 꾸며 놓은 침실까지 돌아보며 투어 대장정을 끝냈다.

벌써 12시가 훌쩍 넘은 시간이었다.

"이제 좀 씻어 볼까?"

은비는 이제야 피곤한 몸을 풀기로 했다.

물이 콸콸 잘도 나오는 곳에서 씻고, 그곳에 비치되어 있던 한별의 커다란 목욕가운을 걸쳤다. 하도 커 그것을 질질 끌며 침실로 들어갔다.

눕자마자 잠이 들 것 같았는데, 낯선 곳이라 그런지 쉽게 잠이 들지 않아 다시 종종걸음으로 다이닝룸으로 나왔다.

아까 보았던 쪽지를 다시 한번 확인한 은비가 와인 셀러 앞에서 섰다. 그리고 조심스레 한별의 물건에 손을 댔다.

내 집처럼 지내라고 했지? 아마도…….

그녀가 와인 하나를 꺼내 잔에 따라 한 모금 머금었다.

"와아, 하루의 피로가 싹 가시는 느낌이네? 훗……."

두 눈을 감고 행복한 표정을 지었다.

다시 침실로 돌아와 포근포근한 침대에 누우니 갑자기 어디선가 자장가처럼 느릿하고 편안한 연주 소리가 들려왔다.

대체 센서가 몇 개야? 이 신비로운 집의 정체가 뭐지?

라임몰 고에 설치될 시스템을 이곳에 미리 설치한 것은 아닌지 의심이 들 정도였다. 몹시 궁금했지만, 그것이 피로함을 이기진 못했다.

[강 팀장님, 미국에서 잘 지내시죠? 오늘 저희 집이 전기랑 수도가 말썽이어서… 하루 신세 졌습니다. 신세 진 건 꼭 갚을게요.]

라고 메시지를 보내자마자 바로 곯아떨어져 버렸기 때문에.

은비는 그날 밤 침대 때문인지 한별에게 꼭 안겨 잠드는 꿈을 꾸었다.

다음 날 아침, 알람 소리에 잠에서 깬 그녀가 알람을 끄려다가 확인하지 못한 메시지를 발견했다.

일주일 만에 온 한별의 메시지였다.

[최 기사님께 부탁드려서 문 앞에 옷 몇 벌 갖다 뒀습니다. 예쁘게 입고 오늘도 좋은 하루 보내세요, 고 대리. 일주일 뒤에 봅시다. 참, 인증샷 보내 주면 더 좋고 말입니다. 그냥… 너무 보고 싶으니까…….]

어제 먼지를 그렇게 뒤집어썼으니, 입었던 옷을 또 입을 수도 없는 상황이긴 했다. 하지만 어제는 너무 피곤해 그런 생각을 할 여력도 없이 잠이 들어 버렸으니 말이다.

그의 넘치는 센스가 참 고마웠다.

은비가 설레는 마음으로 달려 나가 현관문을 열었다.

집이 하도 넓어 나가는 데만 해도 한참이 걸렸다. 현관에 도착해 잠시 숨을 고르고 문을 열었다.

문 앞에 1미터 남짓한 행거 빽빽이 끼워 있는 옷들이 그녀를 반겼다.

"어후……."

그런데 딱 봐도 고급스러운 옷들이라 건들기도 부담스러웠다. 그렇다고 어제 옷을 입을 수도 없으니, 그중에서 가장 무난해 보이는 옷을 골랐다.

씻고 난 다음, 보통 때면 한별이 서서 옷을 고르고 입었을 드레스룸에서 옷을 갈아입었다. 그리고 전신 거울 앞에 서서 휴대폰을 들고 요리조리 사진을 찍어 보았다.

그러나 영 마음에 들지 않는 눈치였다.

'안 되겠다…….'

출근 시간이 가까워져 마음이 급해 얼굴이랑 다리 빼고 옷을 입고 있는 몸통만 대충 찍어 한별에게 보내 버렸다.

[고마워요. 잘 입을게요.]

은비네 집 전기랑 수도는 다음 날 퇴근 전에 해결이 되었는데, 매일 말도 안 되는 문제들이 꼬리를 물고 이어졌다.

도어락이 문제가 되어 아예 교체해야 한다는데, 건물주와 말이 잘 안 통해 문도 안 잠기는 집에서 잘 수도 없는 상황이 생기질 않나. 폭염인데 족히 20년은 돼 보이는 낡은 에어컨까지 고장 나 집이 절절 끓는다거나…….

거짓말처럼 말도 안 되는 상황이 일주일간 지속되어 그녀는 자의 반, 타의 반으로 한별의 집에서 계속 신세를 지게 되었다.

"강한별… 수프도 좋아하고, 고기도 좋아하고… 책은 경제에 관련된 것도 많고, 인문학 책도 좀 있고……. 설마 관상용은 아니겠지?"

그녀는 그의 집에서 지내며 그의 취향이 어떤지, 그의 관심사는 어떤 건지, 그가 어떤 사람인지에 대해 알게 되었다.

집에 한별은 없었지만, 그의 숨결이 묻어 있는 공간에서 지내며 꿈을 꾸듯 보낸 일주일이 이렇게 지나고 있었다.

은비의 마음이 아침부터 두근두근했다. 드디어 오늘 한별이 돌아오는 날이었다. 귀국 예정 시간은 저녁 8시쯤이었다.

은비는 오늘 외근을 마치고 칼퇴근을 한 다음, 장을 봐서 그에게 대접할 맛있는 요리를 만들 작정이었다.

이 정도로 그간 신세 진 것을 다 갚을 수 있을지 모르겠지만, 이렇게라도 해야 마음이 좀 편할 것 같았다.

한껏 치장한 그녀가 오전에 회사에 들러 처리할 업무를 마치고 오후가 돼서야 라임몰 고 시범 매장으로 향했다.

이곳은 일주일 전과는 또 확 달라진 상태였다. 제법 많은 것들이 자리를 잡았고, 그럴싸해졌다. 오늘을 마지막으로 또 한참 뒤에나 이곳에 올 예정이라 막바지 작업에 열을 올렸다.

매장의 동선 구성을 어떻게 하는 것이 효율적일지 여러 안을 준비하고 아이템별, 테마별, 브랜드별 구성을 짜다 보니 시간이 금세 지나 버렸다.

"아, 맞다. 그걸 놓고 왔네."

매장을 돌아다니던 그녀가 매장 한쪽에 마련된 임시 사무실로 걸어갔다. 매일 현장을 마무리 지을 때마다 작성하는 체크리스트를 놓고 온 것이 생각나서였다.

시범 매장에서는 벌써 인부들이 하나둘 오늘 작업을 마무리하고 있었다. 은비도 얼른 일을 마치고 가야 된다는 생각에 사무실에 들어가 급히 서류를 챙겨 나오려고 했는데, 누군가 자신을 바라보는 느낌에 기분이 싸했다.

"고은비……!"

뒤를 돌아보니 몹쓸 놈의 수혁이 그곳에 서 있었다.

"무슨 일이시죠? 이수혁 대표님?"

수혁 회사 직원들이 일주일 동안 열심히 일하고 있을 때, 코빼기도 안 비치던 그였다.

그래서 얼마나 다행이라고 생각했는지.

그런데 지금 그 다행이 불행으로 바뀌는 순간이었다.

"나 좀 잠깐 봐."

"일 얘기 아니면 사양하겠습니다. 제가 급한 일이 있어서요. 얼른, 매장 잠깐 돌아보고 일찍 퇴근해야 하거든요."

"같이 가."

"아뇨. 혼자 가는 게 편해서요."

"아니. 결제 시스템 위치 건 때문에 나도 너랑 상의할 것도 있고."

안 그래도 은비는 매장 동선의 마지막에 올 결제 시스템 때문에 수혁 회사 관계자와 이야기를 하려고 했던 참이었다.

"그럼 같이 가시죠, 이 대표님."

일 때문이라는 그의 말 때문에 어쩔 수 없이 그와 함께 나란히 걸었다.

두 사람 사이에 이런저런 사무적인 이야기들이 오갔다.

그녀는 마지막으로 할 일을 다 마치고, 퇴근할 일만 남은 상황이었다. 그런데, 둘러보니 어느덧 매장에서 일하던 직원들도 썰물 빠지듯 다 빠지고 한 명도 없었다.

"은비야."

사람들이 빠져나간 매장에 수혁의 소리가 유난히 섬뜩하게 울려 퍼졌다.

"현장에서는 고 대리라고 부르시죠, 대표님."

"진짜 안 되겠어?"

"네? 무슨 말씀이신지?"

"나랑 다시 시작하는 거……."

이수혁 주특기가 나왔다.

밑도 끝도 없이 질척거리기.

"대답할 가치가 없는 질문이네요. 그러고 보니 유빈 이사님은 안 보이시네요? 늘 동행하시는 줄 알았는데."

"동생이랑 휴가 갔어. 몰디브로."

"아……."

그러고 보니 은비는 유안이 회사에 나오지 않은 것이 생각났다. 알고 보니 한별 출장에 맞춰 휴가를 쓴 것이었다.

어쨌든 수혁은 또 그 틈을 타 은비에게 들이대고 있는 중이었다.

"이수혁, 이 정도로 여자 쪽에서 지원을 해 줘서 회사가 컸으면, 너도 인간적인 도리는 다해라, 인간아. 어떻게 그렇게 빼먹고 여자를 9년이나 기다리게 만드냐……."

은비가 짜증 섞인 목소리로 그에게 말했다.

"나도 이런 도움 안 받고 진작 끝내고 싶었어. 근데 그 애가 안 놔줘. 나도 미치겠어. 제발 니가 나 좀 꺼내 줘."

하는 소리마다 영 거슬려 더는 듣고 싶지 않았다.

"나 회사고 뭐고 다 포기할 수 있어. 그러니까 은비야… 우리… 다시……."

순간, 수혁이 은비의 손목을 덜컥 잡아 버렸다.

"이거 놓으시죠, 이수혁 대표님."

갑작스러운 그의 행동에 당황한 그녀가 손을 뿌리치려 했다. 그러나 그의 힘은 생각보다 강했다. 붙잡힌 손목이 쉽게 빠져나오지 않았다.

은비는 손에 오물이라도 묻은 듯 불쾌한 느낌이 들었다.

철컥!

그때, 매장 전체의 문이 닫히는 소리가 났다. 그리고 세상이 온통 깜깜해졌다.

불길함이 은비를 엄습했다.

수혁이 이곳의 최첨단 시스템을 기획한 장본인이라는 사실에 소름이 돋았다.

"뭐야. 문은 왜 닫아."

"이런 거… 짜릿하지 않아? 모두들 돌아가고 난 텅 빈 창고형 매장에서……."

"아찔하네. 묶어 놓고 각목으로 칠까 봐."

"설마……. 그래도 우리 한때는 사랑했었잖아."

"영혼 없는 말로만 그랬었지. 너는."

그때의 나는 아니었었지만… 등신같이…….

"그땐 네가 이렇게 섹시한지 몰랐어."

하필이면 외근임에도 불구하고 한별의 귀국 날이라 한껏 꾸미고 나온 은비였다.

"하자. 우리."

"낮술 했어? 하긴 뭘 해."

수혁의 눈은 이글거렸고, 은비는 드러내지 않으려 했지만 겁을 먹은 상태였다. 아무래도 그도 남자라고 힘이 좀 센 게 아니었다.

"한 번만 하고 끝낼게. 원래 내 거였잖아. 너."

"뭐어?"

"너, 네가 아직도 스무 살인 줄 알아? 서른셋이나 먹어서는 한 번 즐기는 것도 못 해? 너 솔직히 한 번도 안 해 봤지?"

그녀는 이제야 그의 속셈을 알아차렸다.

더러운 남자의 속내.

정작 사귈 때는 관심도 없던 그녀의 몸을 탐하고 있었다는 것.

왜? 너보다 잘나도 한참 잘난 남자가 관심을 보이니 네가 경험 못 한 내 몸이 궁금해?

그래서 한번 먹어 보고 거하게 트림이라도 해야 속이 시원한 거야?

이런 개사이코.

"이거 놔, 이수혁."

그의 눈빛은 이미 이 구역 미친놈으로 돌변했다.

수혁이 은비의 허리를 꽉 움켜쥐고 나머지 손으로 그녀의 블라우스에 손을 대려 했다.

내 성격을 네가 잊었구나?

덮치면 당할 줄 알아?

그녀는 필살기로 그의 아랫도리를 걷어찰 생각이었다.

끼익-

누군가가 나타나기 전까지의 계획은 그랬다.

"어이-"

깜깜하게 닫힌 매장에 한 줄기 빛이 새어 들어왔다.

사람 소리에 수혁이 당황해 급히 은비를 풀고 고개를 돌아보았다.

임시 사무실 쪽에 누군가 서 있었다.

"어떻게……."

수혁이 보안 시스템을 작동해 매장 전체를 닫았다고 생각했는데, 사무실에서 밖으로 난 문은 생각하지 못했던 것이었다.

"시스템이 후지네. 구멍도 많고. 게다가 사람은 더 후져. 하지 말라는 건 하지 말지 말도 되게 안 들어요. 이래서야 어떻게 이 대표 회사를 신뢰하고 같이 일하겠습니까."

그 누군가가 굉장히 냉소적인 말투로 수혁에게 쏘아붙였다.

은비는 갑작스러운 빛줄기에 눈이 부셔 찡그렸던 눈을 서서히 떴다.

절묘한 타이밍에 등장한 남자.

내가 좋아하는…….

그런데 일단, 할 건 하자.

그녀는 정신을 차리고 그 남자의 등장에 당황해하는 수혁의 아랫도리를 세차게 찼다.

"이렇게라도 안 하면 두고두고 후회돼서 밤에 잠이 안 올 것 같아 그런다. 이수혁, 잘 가라, 이 등신아."

그다음, 그 남자를 향해 전속력으로 달려갔다.

내가 사랑하는…….

"강 팀장니임~!"

사랑 게이지가 100퍼센트로 꽉 채워지는 순간이었다.

은비가 전속력으로 직진해 강 팀장에게 안겼으나, 그는 일말의 흔들림 없이 그녀를 품에 안고는 번쩍 들어 그 어두컴컴한 곳을 빠져나갔다. 필시 이때를 위해 그간 몸을 다져 놓았다는 듯.

아랫도리를 움켜쥐고 괴로워하는 수혁이 그 두 사람의 뒷모습을 바라보고 있었다. 흡사 패배자의 모습과 같았다.

매장을 나온 두 사람이 막 노을이 지는 주황빛 하늘 아래에 섰다. 아직 다 저물지 않은 해가 잠시 구름 밖으로 나와 좀 더 밝은 빛을 냈을 때 두 사람의 그림자가 마치 한 사람의 그림자인 것처럼 땅에 그려졌다.

해는 다시 구름 사이로, 그리고 산 너머로 천천히 향했다.

지나다니는 이 하나 없는 서울의 외곽, 광활한 '라임몰 고시범 매장 바깥 부지엔 두 사람뿐이었다.

쥐새끼처럼 빠져나간 수혁마저 사라지고 난 다음이었다.

노을 지는 하늘 위로 산새들이 떼를 지어 지나갔다. 마치, 오롯이 두 사람만 남겨 두기 위한 것처럼.

두 사람 곁에서 한여름 저녁의 더위를 잠시 식혀 줄 선선한 바람이 불었다 멈추기를 반복했다.

"고 대리, 괜찮아요?"

은비를 땅에 내려놓을 생각이 없는 한별이 여전히 그녀의 다리를 자신의 허리에 두르고 있었다. 그리고 팔이 의자인 양 그녀를 받친 채 얼굴 사이만 띄고는 물었다.

"아뇨."

눈에 수분기를 머금은 은비가 고개를 절레절레 흔들었다.

"이런……."

제아무리 열혈 고 대리라도 이런 상황은 분명 위협적이었을 테니 얼마나 놀랐을까 싶어 한별은 가슴이 아려 와 다시 그녀를 꼭 안고 말았다.

그런데 이내 은비가 팔로 그를 쭉 밀었다.

"보통을 넘어서는 감정이라, 그냥 괜찮다고 말할 수가 없네요."

"응?"

그녀의 대답에 한별이 어리둥절한 표정을 지었다.

"지금… 키스해도 될까…요?"

은비는 파르르 떨리는 입술의 끝을 살짝 올렸다.

마침 바람이 불어와 그녀의 눈 끝에 맺힌 눈물이 흩날렸다.

한별은 그제야 은비의 감정, 그녀의 눈물이 무서움 때문에 비롯된 것이 아니라 반가움에서 비롯됐다는 것을 알았다.

"그럼."

그가 한껏 인자한 표정으로 사랑스런 그녀의 얼굴에 자신의 얼굴을 가까이 대려고 했다.

"아니."

은비가 한별의 얼굴을 살짝 뒤로 밀었다.

그리고 두 팔을 그의 목에 감았다.

"내가 간다고. 다 채웠으니까."

"고 대리……!"

한별이 감격에 겨운 목소리를 내뱉었다.

직진한다고 했잖아…….

100퍼센트 채우면… 내가 말야…….

참 좋다.

너의 살결과 맞닿아 있는 느낌…….

그 새끼와 내 남자의 차이. 하나부터 열까지 헤아릴 수가 없구나.

은비가 그의 입술에 자신의 입술을 대고는 눈을 꼭 감았다. 입술과 입술이 닿자마자 한 공간으로 이어진 그 안에서는 격렬한 소용돌이가 몰아쳤다. 한강에서 잠시 맛보았던 것과는 차원이 다른 그것.

네가 좋아.

너를 사랑해.

좋고 또 좋고, 사랑하고 또 사랑해.

그에게 황홀한 입맞춤으로 이런 이야기를 건넸다. 한별도 오롯이 그녀의 이야기에 집중하려 애썼다. 입에서 코끝까지 전해지는 장미 향에 아찔해진 머리로.

좀 전까지만 해도 노을 지던 하늘은 해가 금세 떨어졌다. 깜깜한 밤이 찾아오기 전 어스레해진 하늘에서도 유독 밝은 별 하나만큼은 존재감을 드러내고 있었다.

하늘의 색이 변하는 줄도 모르고 둘만의 세계에 빠져 있던 두 사람이 다시 서로의 눈을 바라보았다.

"많이 보고 싶었습니다."

"저도 팀장님 생각 많이 했어요."

그의 이야기에 은비의 얼굴이 발그레해졌다.

"그럼 우리 이제 갈까요? 못다 한 이야기 나누러."

"콜!"

한별이 자신의 차에 은비를 태웠다.

두 사람의 심장은 여전히 급박하고 불규칙적으로 뛰고 있었다.

"고 대리."

"네?"

"좋다. 같이 있어서."

"으흣. 아, 참! 어떻게 된 거예요? 지금이 8시인데!"

그의 귀국 예정 시간이 8시인 걸 기억해 낸 그녀가 의아한 듯 물었다.

"마지막 일정이 생각보다 빨리 마쳐서 좀 당겨서 비행기 표를 바꿨어요. 귀국하자마자 고 대리 보고 싶어서 이쪽으로 왔어요."

"이런, 수수료 많이 까였겠는데요?"

표를 바꿨다는 말에 은비가 깜짝 놀랐다.

제주도 집에 갈 때마다 눈이 빠져라 최저가 표를 알아보던 그녀 아니던가.

"뭐, 좀 비효율적이긴 했지만, 고 대리의 남자는 사랑엔 효율을 안 따지는 놈이라."

"악."

은비가 무릎 위에 가지런히 놓였던 손가락을 오므렸다.

"좀 더 할까요? 표정이 너무 사랑스러워서."

"아… 아니에요! 이렇게 오글거리는 대화는 처음이라."

"사실, 나도 처음입니다. 생각보다 이런 멘트가 술술 나와서 스스로도 신기하게 여기고 있습니다."

"저도 그럴까요? 제가 모르는 제 모습?"

"아무렴요. 기대되네요."

"에이, 그럼 너무 부담스러우니까 기대 말고 궁금 정도로 하면 어떨까요."

"아니, 기대돼요."

"팀장니임-"

"몹시 기대됩니다."

"팀장니임……."

은비가 기어를 잡느라 쭉 뻗어 있는 그의 팔을 살짝 터치했다.

"벌써 시작했네요. 애교스러운 고 대리라니. 이런 상상도 못 할."

그녀도 스스로 한 짓에 대해 놀라는 중이었다.

"아, 맞다."

"네?"

"팀장님 집은 돈을 얼마나 쏟아부었기에 사람 움직임에 반응해서 전자기기들이 작동하고 막 그래요? 와, 진짜 집 전체가 인공지능이라 미래에서 사는 느낌이었다니까요."

"아, 그냥 스마트 홈 시스템일 뿐이에요. 요즘 많이들 보편화된 거로 알고 있는데? 누구야, 뭐 좀 해 줘~ 이런 광고도 못 봤습니까."

"흠… 보긴 봤죠. 근데 전 한마디도 안 했는데, 팀장님 집이 막 알아서 움직이니까. 그건 또 다른 차원이잖아요."

"아, 컨트롤은 제가 한 겁니다. 원격으로. 휴대폰에 고 대리의 움직임이 다 포착되거든요."

"네에? 설마 다 지켜보고 있었던 거예요? 나를? 헐! 변태!"

어쩐지 막 잘 때마다 자장가가 나오고! 드레스룸 조명이 다른 곳보다 밝고!

"CCTV 보듯 보는 게 아니라, 동선 정도만 파악하는 것뿐입니다. 하… 누누이 말하지만, 난 막 뭐 몰래 보고 그러는 변태는 아니에요."

"흐음……."

은비가 눈을 가늘게 뜨고 아직 풀리지 않은 듯 의심의 눈초리로 그를 바라보았다.

"참, 근데, 정말 감사했어요. 그리고 팀장님이 키 안 주셨으면 저 진짜 곤란할 뻔했거든요. 집이 와, 말썽도 보통 말썽이 아니었거든요. 그럼 이번 주는 아예 눌러 산 것도 다 아셨나요?"

"그럼요. 그거 내……."

"네?"

"음, 이따 고 대리 집에 돌아가 보면 그 이유를 알 겁니다. 아, 아니다. 오늘 말고 내일 들어가면."

"내일요?"

"오늘은 우리 집에서 자고 갈 거니까."

"네에?"

"놀라지 말아요. 손만 잡고 잘게. 나 믿어요."

"하… 팀장님, 정말 손만 잡고 자려고요? 정말? 진심으로요?"

아침부터 한별을 만날 생각에 분명 들떠 있던 은비였다.

그가 없는 공간에서 그를 느끼며 어쩌면 그의 사랑이 믿음직할 수 있겠다고 생각했었다.

빈부의 격차가 정도를 지나치긴 했지만, 그걸 따지기보다 그의 향기가 밴 그곳이 그녀의 마음을 따뜻하게 했기 때문이었을까.

물론, 집이 진짜 좋기도 좋았고.

내내 그녀의 마음속에서 노닐던 그와 만날 날을 손꼽아 기다리기도 했었다. 그런데 오늘 거하게 한 상 차려서 한별을 맞이해 그간 진 신세를 갚아 보려 했던 그녀의 계획은 완전히 꼬여 버렸다.

하지만, 마치 히어로처럼 등장한 그로 인해 더욱 흥미로운 시나리오가 완성되었다. 사랑하고 있다는 것을 확신하게 되었으니까.

이제 그에게 다가감에 있어 더 망설이고, 고민할 것은 이제 아무것도 남아 있지 않았다. 그런데, 손만 잡고 잔다는 그의 말에 저도 모르게 욱해 버린 그녀였다.

강한별! 내가 마음을 정했다고!

"고 대리가 하도 나한테 변태 타령을 해서 말입니다. 적어도 사랑한다면 여자를 지······."

"지켜 주고 싶다는 말이라면, 사양할게요."

한별의 입에서 '지'라는 말이 나오기 무섭게 은비가 그의 입을 틀어막았다.

그 말에 내가 아주 질렸거든.

징글징글했거든.

그것 때문에 내 몸이 아주 영구 보존될 지경이었거든.

"네?"

"지켜 주지 마세요."

"에? 고 대리······! 아니, 내 말은······."

"정 지켜 주고 싶으면, 아! 아까처럼 그런 위기 상황 때, 그럴 때 지켜 주는 거죠. 그럴 때만 쓰세요. 지금 그 문장은 듣고 싶지 않아서요."

"우리 고 대리 성격 되게 급하네. 내 말은 적어도 사랑한다면 여자를 '지'구에서 가장 행복한 사람으로 만들어 주고 싶다 이 말입니다. 지…구에서!"

"지…구요?"

지금 이렇게 로맨틱한 말을 내가 막 혼자 엎어 버린 거야?

그녀는 지레 그의 말을 오판한 자신이 창피해 얼굴이 확 달아올랐다.

"이렇게 사랑스러운 고 대리랑 손만 잡고 자는 거, 그거 나도 되게 말도 못 하게 괴로운 일입니다. 9년이나 지나 겨우 만났는데 말입니다. 다만, 고 대리가 가장 원하고 행복해하는 순간에, 그때."

그가 은비를 향해 눈을 가늘게 뜨고 찡긋거렸다.

나 지금 막 굶주린 하이에나처럼 강한별한테 달려든 건가?

그녀는 머리를 빠르게 굴려 이어진 그의 말에 대꾸할 말을 찾고 있었다.

"아… 하하… 그렇군요……!"

아, 그렇군요라니. 참, 실속 없고 의미 없네!

적당한 말이 떠오르지 않아 대충 에둘러 말해 버렸다.

"적어도 지켜 준다는 말 따위로 고 대리를 그저 바라만 보진 않을 겁니다. 너무나 사랑스러워서. 하, 근데 이런 말까지 해야 믿겠습니까? 내가 남자라는 거?"

"네네. 그렇게 이야기를 해 줘야 안심이 되고 참고가 될 것 같아요."

두 사람이 서로를 바라보며 씽긋 웃었다.

심장을 들었다 났다 하는 한별과 즐거운 대화 끝에 이젠 은비에게도 익숙해져 버린 한별의 집 앞에 다다랐다.

"아, 포근한 느낌."

집에 들어선 한별이 얼굴에 미소를 띤 채 눈을 감고 고 대리의 향기로 가득한 자신의 집 안의 온기를 느꼈다.

"우리 집에서 고 대리 향기가 나네요. 고 대리가 있어 주지 않았더라면 싸늘한 느낌만 있었을 텐데."

한별이 은비를 보고 씩 웃었다.

"내 냄새가 나요? 집에서? 대체 무슨 냄새지?"

그녀는 코를 킁킁거렸다.

"로즈 향. 내가 제일 좋아하는 향입니다. 고 대리한테 나는 향기."

"아, 그거 빨래 섬유유연제……."

두 사람이 또 눈을 마주치며 웃었다.

너와 함께 있으면 사소한 대화에도 웃음이 끊이질 않는다……

고 대리…….

한별이 그에게 너무나 사랑스러운 은비의 얼굴을 섬섬옥수로 쓰윽 만져 내려갔다.

"팀장님……."

은비는 그저 얼굴을 만지는 그의 손길이 부끄러우면서도 좋았다.

그러나 이런 사랑받는 느낌이 익숙지 않아 괜히 장난기 가득한 눈을 가늘게 뜨고 그를 바라보았다.

두 사람이 거실로 이어진 복도를 걸었다.

한별은 한별대로, 은비는 은비대로 혼자서 걷던 그 공간에 함께하는 느낌이 참 새로웠다.

머릿속에서 했던 상상이 현실이 되는 순간일까?

이 공간에서 함께 밥을 먹고, 함께 운동하고, 함께 티브이를 보고, 함께 잠드는 그런 상상.

"어? 이게 다 뭐지?"

다이닝룸을 바라보던 은비의 눈이 왕방울만 해졌다.

오늘 그녀가 거하게 차리려던 그 테이블 위에 고급스러운 프렌치 요리들이 차려져 있었다.

"아는 셰프님께 부탁 좀 드렸습니다. 오늘 같은 날 나가서 먹긴 싫을 것 같아서……. 잘했죠?"

"우와, 오늘 저녁은 제가 만들려고 했는데. 아무튼 지금 배 무지 고픈데 너무 잘됐네요."

두 사람이 마주 앉아 아직 열기가 식지 않은 요리들을 맛봤다.

"좋네요. 고 대리랑 같이 밥 먹어서."

"저도 좋습니다."

"참 좋습니다. 고 대리가 나 좋아해 줘서."

"저도요."

은비가 민망한지 눈을 꼭 감고 대답한 다음, 실눈을 슬쩍 떴다.

참 따뜻하고 맛있는 식사였다. 차려진 음식도, 함께한 사람도 좋았던 식사.

"다 먹었습니까?"

"네. 제가 좀 치울게요."

"그냥 놔두죠. 이따 내가 다 할게요."

"이렇게 맛있는 식사를 대접받았는데, 이 정도는 제가 해도 됩니다, 팀장님."

"아니, 안 됩니다."

"그럼 뭐… 할까요?"

화기애애한 식사 시간이 끝나자, 두 사람 사이에 미묘한 기류가 흘렀다.

"고 대리는 좀 쉬고 있어요. 나는 아무래도… 좀 씻는 게……."

한별이 먼저 입을 열었다.

은비가 침을 꼴깍 삼키고 그를 바라보았다.

"그게 비행시간만 열다섯 시간……."

"아… 네네! 좀 씻으세요. 저도 종일 매장에서 먼지 맞아서… 음… 씻어야 되는데! 팀장님 씻고 난 다음에 씻을게요."

그녀는 그를 기다리는 동안 집 안을 왔다 갔다 하며 벌렁대는 심장을 부여잡고 손톱을 물어뜯고 있었다.

'이 큰 집에 욕실이 하나였네… 거참……!'

은비는 괜히 긴장되고 초조했다.

얼마나 지났을까,

1분이 한 시간 같던 시간이 흐르고 한별이 욕실에서 나왔다.

"어후- 팀장니임~"

아니, 멀쩡한 가운은 놔두고 왜…….

허리춤에 아슬아슬하게 수건 하나만을 두른 모습으로 나온 그였다.

아직 젖어 있는 머리카락을 수건으로 터는 그의 얼굴엔 미소가 번져 있었다.

은비는 두근대는 심장을 잡고 재빨리 그가 나왔던 그곳으로 들어갔다.

한별의 심장도 정상은 아니었다.

사랑해 마지않는 은비와 함께하는 시간.

이건 기적이자, 어쩌면 이룰 수 없을지도 몰랐던 꿈이 현실이 된 시간.

"후우- 1분이 한 시간 같네……."

한참이 지나 그녀가 드디어 욕실 밖으로 나왔다.

긴 머리는 아직 촉촉했고, 화장기 없는 얼굴은 더없이 깨끗하고 순수했다.

커다란 목욕가운을 입은 그녀의 모습이 너무 귀여웠다.

"고 대리……!"

"으응? 어! 어!"

한별이 더는 참을 수 없어 막 욕실에서 나온 그녀를 번쩍 안았다. 그리고 침실로 직진했다. 포근하고 부드러운 이불 위에 그대로 두 사람의 몸이 던져졌다.

그는 그녀의 눈에 빨려들어 갈 것처럼 바라보았다. 그리고 이내 눈을 감고 그녀의 이마에 입술을 대었다.

그다음은 코,

그다음은…….

Rrrr-

차례로 갈 곳을 찾아가는 한별의 여정에 누군가 잡음을 넣었다.

하지만 아랑곳하지 않으리라.

Rrrrr-

않으리라……?

"전화 받아야 되는 거 아니에요? 급한 문제일 수도 있잖아요……."

귀에 거슬리는 휴대폰 소리에 은비가 입을 뗐다.

"그런 거 없습니다."

Rrrrr-

"팀장니임……."

은비가 자신의 팔을 힘줘 누른 그에게 미간을 찌푸려 말했다.

"꺼 두죠."

막 달아오르는 기분을 잠시 끊어야 한다는 생각에 아쉬움이 가득한 한별이 침대 옆 사이드 테이블 위에 놓인 휴대폰을 들었다.

"이런……."

막 끊어진 전화의 발신인은 유안이었다.

[오빠, 나야. 왜 이렇게 연락이 안 돼. 나 막 몰디브에서 왔다고. 좀 만나자, 오빠.]

[나 지금 오빠 집으로 간다.]

[불 켜져 있는데 왜 전화 안 받는 건데?]

[수혁 오빠한테 들었는데, 오빠 설마 지금 고 대리랑 같이 있어?]

유안이 메시지도 잔뜩 보낸 상태였다.

하… 이수혁… 쥐새끼가 끝까지 말썽이네.

네가 그렇게 나오면 나도 어쩔 수 없다.

"한별 오빠! 오빠!"

동시에 희미하게 그의 집 바깥 철문이 흔들리는 소리가 들렸다.

"밖에 누가 왔나 봐요……."

은비는 별안간 무슨 일인가 싶어 옷매무새를 다듬으며 누워 있던 몸을 세웠다.

한별이 휴대폰을 들고 그녀가 있는 침대에 털썩 앉았다.

[하… 불까지 껐다 이거야? 마지막 경고야. 문 안 열면 바로 강 회장님께 연락해서 같이 들어간다.]

유안이 방금 보낸 메시지를 슬쩍 보게 된 은비가 손으로 입을 막으며 놀랐다.

화들짝 놀라 컴컴한 한별의 방에 우뚝 서서 왔다 갔다 했다.

"팀장님, 강 회장님까지 이야기 나오는데, 나가 보시는 게 좋을 것 같아요."

"강 회장 무섭습니까?"

"그런 게 아니라 이런 식으로 만나서 좋을 건 없으니까요. 난 내가 알아서 숨어 있을게요."

"이런, 귀찮은 녀석 해결하고 와야겠네. 잠깐, 이리 와 봐요."

한별이 괴로운 듯 이마를 짚다 침실 한쪽에 세워진 책장을 쓱 밀었다.

그가 쓱 민 곳에 작고 아담한 공간이 나타났다.

"우와……!"

그곳엔 눈이 휘둥그레질 만큼 작고 귀여운 피규어들이 잔뜩 전시되어 있었다.

한쪽엔 그것들을 직접 도색하는 작업 책상이 있었고, 그 뒤에 아주 푹신한 소파가 있었다.

"내 작업실이에요. 마음 같아서는 고 대리랑 같이 있는 거 차라리 유안이한테 보여 주고 싶은데."

"아니요! 저는 일을 크게 만들고 싶지는 않아요. 괜히 회장님 눈 밖에 나서 당장 잘리고 싶은 생각 없다고요. 어떻게 버틴 회산데……. 여기에 잘 있을 테니까 얼른 빨리 다녀오세요."

은비가 그의 가슴을 밀었다.

"진짜… 하필……. 미치겠네……. 조금만 기다려요."

자신의 가슴에 닿은 그녀의 손을 꽉 움켜쥐는 한별이었다. 은비의 마음이 불편하다면 제멋대로 할 수 없는 일이었다.

"흐읍-"

한시가 급한데 한별이 은비의 목을 바짝 끌어안고 키스를 퍼부었다.

은비는 온몸에 전기가 퍼지듯 짜릿한 느낌이 들었다.

키스를 할 수 없는 상황에 키스하는 이 느낌이 말할 수 없이 짜릿했다. 하지만, 불안했다.

"팀장님- 얼른."

한별을 떼 놓고 재촉했다.

짧고 굵은 입맞춤을 뒤로하고 한별이 대충 옷을 걸친 다음 현관문을 열었다.

그는 이 멋진 시간을 완벽히 방해한 그녀에 대한 분노가 한껏 차오른 상태였다.

"쳇!"

현관문이 열리자마자 유안은 한별을 본척만척하며 발을 쿵쿵거리고 가슴을 씩씩거리며 들어와 집 안을 샅샅이 뒤지기 시작했다.

"이유안, 지금 뭐 하는 거야? 남의 집에서."

"찾고 있잖아. 지금."

"뭘 찾는지, 그런 행동 되게 무례한 것 같은데."

"어디다 숨겼어?"

유안도 화가 날 대로 나 붉어진 얼굴로 그에게 따져 댔다.

그는 시크한 표정으로 대답 대신 어깨를 으쓱하고 팔을 양쪽으로 벌렸다.

아무리 둘러봐도 고 대리의 흔적을 발견하지 못한 그녀가 다시 한별 앞에 와서 섰다.

"흑흑… 엉엉… 진짜 뭐야, 강한별……!"

급기가 그녀는 울음을 터뜨렸다.

한별은 시계를 바라보며 속절없이 흐르는 시간에 속이 타들어 갔다.

"수혁 오빠가 그랬다고… 오빠가 고 대리 좋아하는 것 같다고……. 오늘도 외근 현장에서 같이 돌아갔다고……!"

"으음……."

이 대표가 아주 스스로 매를 버는구나. 본인 약점 잡힌 건 생각 안 하고… 머리가 아주 나쁜 놈이네…….

"내가 그 얘기 듣고 열불이 안 나게 생겼어? 지금 결혼 얘기가 오가는 마당에 이게 뭐냐고. 진짜 나는 오빠한테 뭔데. 내가 그렇게 하찮아?"

"이유안, 너의 인간적인 가치에 대해 논하고 싶진 않다만, 분명한 건 난 널 좋아하지 않아. 결혼은 말도 안 되는 사안이고. 이런 이야기 몇 번만 더 얘기하면 백번을 채울 정도 아닌가? 후… 애처럼 굴지 말고, 어서 돌아가."

"오빠아… 힝……. 나 여기서 자고 갈 거야."

그녀가 바짝 다가와 그의 허리에 자신의 팔을 두르고 안기려 했다.

"이유안!"

그가 화난 표정으로 유안의 팔을 잡아뗐다.

"진짜 너무해!"

그녀의 얼굴이 금방이라도 터져 버릴 것 같았다.

"돌아가는 게 좋을 것 같다. 너나 나나 비행기 오래 타고 온 피곤한 몸일 텐데."

"그럼 한 가지만 대답해 줘."

"뭔데."

한별은 수시로 시간을 확인하며 건성으로 대꾸했다.

"고 대리가… 진짜 고 선생이야?"

"대답하면, 바로 돌아갈 거야?"

한별이 피곤한 듯 손으로 이마를 짚었다.

"어……. 그거랑 하나 더!"

"하나만 하는 게 좋겠는데. 나 정말 피곤하다."

"그럼 질문 바꿀게. 고 대리… 고은비 대리, 진짜… 좋아해?"

그녀가 질문을 던진 다음 눈을 부릅뜨고 뚫어져라 그를 바라보았다.

"어."

"이씨!"

깔끔하고 단호한 그의 대답에 유안의 얼굴이 붉으락푸르락했다.

"아니야! 말도 안 돼!"

"또박또박 한 문장으로 만들어서 이야기해 줄까?"

"아니! 됐어."

유안의 눈에 분노가 가득 찼다.

다시 듣는다면 더욱 견딜 수 없을 것 같았다.

그녀는 한별의 대답을 들은 즉시 자신의 질문을 후회했다.

늙고 평범한 외모에, 옷은 교복에, 말솜씨 또한 남자 저리가라 할 정도로 투박하며 이를 악물고 회사에서 버티며 사는 고 대리. 지금 내가 그런 여자 때문에 강한별한테 까이는 거야?

유안은 자존심이 미치도록 상해서 죽을 지경이었다.

"오빠 연상 좋아하는 스타일이었어? 그것도 완전 평범하다 못해 지루하게 생긴 연상?"

그녀가 기가 막힌다는 듯 물었다.

"아니. 그냥 고 대리만 좋아하는 스타일."

"헐… 대박……. 고 대리 같은 여자 참 신기하고 새롭지? 우리랑은 다른 부류니까. 근데, 그런 기분이 얼마나 갈까? 그런 여자랑 어떻게 수준을 맞추고 살려고……."

"너무 갔다, 이유안. 고 대리에 대해 함부로 말하지 마."

"뭐어?"

유안이 한껏 눈썹을 모아 얼굴을 찡그리며 말했다.

"얼른 돌아가. 너랑 무슨 얘기를 하겠니."

한별이 현관문을 열고 유안에게 나가라는 손짓을 했다.

다 됐고, 그냥 빨리 좀 나가라……! 제발!

"내 앞에서 다른 여자 두둔한 거 후회하게 될 거야."

그녀가 쌩하니 그를 지나쳐 밖으로 나갔다.

"후… 이제야 갔네……!"

유안에게 말해 버린 고 대리를 향한 자신의 마음. 후폭풍이 크겠지만, 어차피 각오한 일이었다. 오히려 그녀를 단념시키기 좋겠지. 어쨌든 지금 중요한 건 스피드였다.

"어후, 벌써 한 시간이나 지나 버렸네… 이런……."

그는 기다리고 있을 은비에게 미안해져 얼른 그녀가 있는 곳으로 달려갔다.

침실에 도착한 한별이 책장을 쓰윽 밀었다.

"으응?"

은비가 달려 나와 자신을 반길 줄 알았는데 아무 반응이 없었다. 방엔 정적만이 감돌았다.

가까이 가 보니 그녀가 소파에서 잠자코 누워 있었다.

"이런……."

은비가 두 손을 포개 베개를 만들고 소파에서 쌔근쌔근 코 자고 있었다.

"고 대리……! 나 왔어요. 고 대리……!"

몇 번을 불러 봤지만 돌아오는 반응이 없었다.

"후우……."

그녀 옆에 앉아 한숨을 내쉬었다. 너무 많은 일이 일어난 하루였다. 피곤할 만도 했다. 게다가 한 시간이나 실랑이다 들어왔으니, 기다림에 지쳤을 것이었다.

식사도 하고 와인도 한잔씩 했으니 노곤하기도 했을 것이다.

"고 대리… 잠은 편하게 자야지."

한별이 여전히 불타고 있는 자신의 심장을 어쩔 수 없이 부여잡고 그녀를 번쩍 안아 침대에 눕혔다.

얼마나 잠이 깊이 들었는지 아무리 사부작대도 그녀는 일어날 기척이 없어 보였다.

그가 은비 옆에 누워 그녀를 지그시 바라보았다.

"예뻐……."

눈코입이 오목조목 귀엽게 붙은 생김새를 바라보니 미소가 절로 지어졌다.

먼저 잠이 든 건 야속하지만, 그토록 찾아 헤매던 고은비가 눈앞에서 자고 있다는 사실은 몇 번을 생각해도 참 감격스러운 일이었다.

그가 쿨쿨 자고 있는 은비의 귀여운 코를 톡톡 건드렸다.

"전체적인 사이즈도 어쩜 이렇게 앙증맞은지… 참 사랑스럽네……."

그가 자신 옆에서 세상 편안한 얼굴로 자고 있는 그녀를 머리부터 발끝까지 쭉 자신의 시선 안에 가두었다.

예쁜 손가락도, 예쁜 발가락도.

"후우……."

그런데, 허리춤에 두른 띠만 잡아 빼면 아무것도 입지 않고 있을 그녀를 이렇게 지켜만 봐야 한다는 사실이 몹시 괴로웠다.

깨워 볼까?

"고 대리……! 고 대리……!"

그가 은비의 팔을 살살 흔들었다.

"음냐……."

그러나 그녀는 깨지 않고 눈을 뜨지 않은 채 입맛을 다시며 자는 자세를 바꿀 뿐이었다.

"고 대리……! 나 왔는데… 일어나 봐요……!"

한별이 아까보다 조금 큰 소리로 은비를 흔들었다.

그때였다.

퍽!

은비가 손에 잡히는 커다란 베개를 들어 한별의 얼굴을 정면으로 가격했다.

"깨우면 죽는다……."

그러고는 잠꼬대를 내뱉었다.

불현듯 그의 머리에 한강에서 작성했던 고은비 설문 조사가 떠올랐다.

세상에서 제일 싫어하는 것- 잘 때 깨우는 것.

그는 자신의 얼굴을 덮어 버린 베개를 치운 다음, 괴로운 마음으로 이불을 끌어 그녀에게 덮어 줬다.

고 대리…….

자포자기 심정으로 그녀 옆에 세로로 누워 그녀의 손을 살짝 잡았다.

"고 대리… 고 대리만 잘 자면 답니까? 나는 어쩌라고요, 이 긴긴 밤을. 어휴……."

은비를 바라보며 중얼거려 봤자 허공에 맴도는 소리만 됐을 뿐이었다.

널 이렇게 두고 내가 어떻게 잘 수 있냐고……!

하아… 말이 씨가 됐나!

내 농담이라도 다시는 손만 잡고 잔다는 그런 말 하나 봐라!

한별이 눈을 꾹 감았다 떴다.

새벽녘에 잠에서 깬 은비가 눈꺼풀을 살짝 열었다.

커튼 사이사이로 보이는 창밖 세상의 빛은 아직 어슴푸레했다.

"으응? 여기서 잠이 들었었나?"

작게 뜬 눈이 서서히 커졌고, 흐릿했던 초점도 또렷해져 갔다. 아직 미명의 빛에도 분명히 보인 건 자신의 앞에서 자는 한별의 모습이었다.

얼굴을 조금 밀면 닿을 것 같은 거리에서 그가 쌔근거리며 자고 있었다.

"아악……."

그런데 옆으로 구부려 누워 잔 상태였는데, 이상하게 손가락이 무언가에 끼인 듯 무거운 느낌이 났다.

그녀는 시선을 앞에 뻗어 있던 팔의 끝으로 향했다.

손깍지였다.

이것을 하고 자고 있었나 보다.

풋…….

잠이 들어도 마주 잡은 손이 풀어지지 않도록 꼭 깍지를 끼고 잠이 들었나 보다.

"내가 기다리다가 먼저 잠들었었나 보네……."

은비는 그제야 한별에게 자신을 지켜 주지 말라고 호기롭게 말해 놓고는, 먼저 잠이 들어 버렸던 어젯밤이 기억났다.

"아- 이런 멍충이!"

미간을 찌푸리고 스스로를 질책했다. 한별이 얼마나 어이가 없었을까 싶었다. 만성 피로가 웬수라면 웬수였다.

그녀는 스르르 손깍지를 풀어 자신의 코앞에서 자는 한별의 얼굴을 쓰윽 만졌다.

"……!"

그 순간 깜짝 놀라 심장이 멎는 줄 알았다. 자고 있는 줄 알았던 그의 손이 자신의 얼굴에 댄 은비의 손을 덥석 잡는 것이 아닌가.

그리고 느릿하게 눈꺼풀을 올렸다.

"팀장님, 피곤하실 텐데 얼른 더 자요."

은비가 손으로 그의 눈을 억지로 감겼다. 그러자 그가 눈을 감은 채로 다시 그녀의 손을 꼭 잡아 자신의 심장 근처로 가져갔다.

잠시 후, 그가 다시 눈을 떴다.

"더 자라니까……."

"한숨도 못 잤는데."

"진짜요? 아까 쌔근거리던데?"

"언제 깨려나 기다리다가 눈만 살짝 감고 있었어요."

"어떡해요."

"어떡하긴.

"책임져요?"

"빙고-"

두 사람 얼굴에 또다시 미소가 번졌다.

"고 대리는 잘… 잤어요?"

"네."

피로가 아주 싹 풀렸네요.

정신도 말짱하고요.

기분이 아주 좋습니다.

덕분에 에너지가 넘치려고 한답니다.

"잘됐네요."

"며칠 있었다고 집이 좀 익숙해졌나 봐요."

"정말 잘됐네요. 그럼 잘 잤으면… 이 심장 좀 어떻게 해 봐요……. 밤새도록 이러고 있잖아."

은비가 아까부터 그의 가슴에 대고 있던 손에 그의 심장 박동이 그대로 느껴졌다. 쿵쿵거리는 것이 지진이라도 날 것 같았다.

분명 누워 있는데, 어떻게 마치 백 미터 달리기를 막 끝낸 사람처럼 그의 심장이 빠르게 뛰고 있는지. 그런데 이게 전염병 같았다.

그녀의 손으로 전해진 심장의 템포가 자신의 심장까지 같이 뛰게 만들었다.

"어떻게 하면 될까요."

"이리 와요, 고 대리."

명랑하게 묻는 은비를 한별이 끌어와 자신의 품에 안았다. 그리고 그녀의 목덜미에 자신의 얼굴을 묻었다.

"고 대리… 냄새… 너무 좋다……."

그녀의 향은 그의 몸의 감각을 더 깨웠고, 더는 지체할 수 없게 만들었다.

다시 고개를 든 그가 그녀의 머리를 감싸 쥐고 입을 맞췄다.

아찔한 입맞춤이 은비의 몸을 확 달아오르게 했다.

"나, 말리지 마요."

"팀장님-"

"고 대리 푹 자라고 나, 밤새 참았으니까."

"어후, 팀장님."

은비는 심장이 벌써 터질 것만 같고, 몸이 금세 뜨겁게 달아오르는 것 같았다.

"나… 절대 지켜 주지 않을 겁니다. 이 순간은. 알겠어요?"

그가 그녀와 눈을 똑바로 마주치고 말했다.

은비가 그를 향해 씩 웃었다.

그러자 그의 눈빛이 더욱 강렬하게 빛났다.

곧 어깨를 감싸고 있던 목욕가운이 먼저 스르르 그녀에게서 떨어져 나갔다.

그다음, 그의 손길을 통해 가운의 매듭이 완전히 풀어졌다.

"하아……."

은비는 살짝 부끄럽다는 생각을 했으나 그는 전혀 아랑곳하지 않았다.

그가 그녀에게 입을 맞췄다.

이른 새벽 어린잎에 맺힌 이슬이라도 너처럼 싱그럽진 않을 거야. 그 무엇도 너보다 더 사랑스러운 건 없을 거야. 누가 뭐래도 넌 내겐 가장 사랑스러운 여자야…….

새로운 대화가 서로의 입맞춤을 통해 시작되었다.

그의 입술이 이내 그녀의 입술을 벗어나 살결 곳곳에 머물렀다.

어느 한 곳이라도 놓치지 않겠다는 생각으로 무섭게 입을 맞추며 질주했다.

은비는 순식간에 들이닥친 한별의 행동에 말짱했던 정신이 혼미해질 지경이었다. 게다가 생각보다 거칠게 다가오는 그의 몸짓에 더욱 아찔해져 갔다.

몸을 탐하던 그가 다시 그녀의 입술을 향해 왔다.

한껏 달아오른 두 사람이 서로의 거친 숨결을 나눴다.

한번 맛보면 더 멈출 수 없어 탐하고 탐했다.

"너무 예쁩니다, 고 대리."

입을 맞추며 한별의 손이 그녀의 봉긋한 것을 움켜쥐자 그녀가 신음 소리를 냈다.

은비는 전기가 흐르듯 짜릿한 느낌이 혈관을 타고 온몸을 휘젓고 다니는 느낌에 어쩔 줄 몰라 했다.

"괜찮아요."

그녀의 긴장된 몸을 풀어 주며 그가 천천히 다시 그녀의 몸을 탐색했다.

서로의 마음을 확인하고, 서로의 몸이 하나가 되는 순간이 이토록 아름다운 것을 몰랐다.

은비는 이 새로운 느낌, 새로운 경험에 더욱 빠져들었다. 저도 그의 몸을 오롯이 느껴 보고 싶었다.

그의 탄탄한 근육들이 이 세상의 무엇보다 가장 매력적이게 느껴져 자신도 이제 더 감정을 주체할 수 없을 지경에 이

르렀다.

 나 또한 너를 통해 새로운 세상을 맛본다면 두려울 것이 없어. 너를 사랑하고 있다는 것을 알았으니까.

 한별의 행동은 갈수록 과감해졌고 은비도 그와 함께 한층 깊어진 그의 행동에 리듬과 박자를 맞춰 나갔다.

 마치, 험하고도 짜릿한 모험을 하는 기분이었다.

 때로는 숨 막히게, 때로는 고통을 참아 가며. 지칠 줄 모르는 그의 탐색 본능과 쉽사리 꺼지지 않는 열성으로 한참을 이어 산 그들의 침대 위 여정은 급기야 그녀를 새로운 세상으로 무사히 안내했다.

 두 사람은 서로의 체온을 맞대고 한참을 안았다.

 "좋았어요?"

 얼마나 지났을까.

 현실의 시공간의 개념이 무색해져 버린 듯 이곳은 여전히 둘만의 세상인 것 같았다.

 그가 땀으로 얼룩진 그녀의 얼굴에 붙은 머리카락을 떼어 내며 물었다.

 은비가 대답 대신 그의 품에 파고들었다.

 "훗, 이 몸 이제 완전 고 대리 겁니다. 그니까 나 두고 어디 도망가면 안 됩니다."

 한별이 씩 웃으며 말했다.

 "우리 고 대리 팔꿈치가 너무 섹시한 거 아닙니까?"

"팔꿈치가요?"

"네. 복숭아뼈도 장난이 아닌데."

"복숭아뼈가 왜요. 아, 진짜 변태 같아."

"그거 압니까? 나 변태라는 말 태어나서 고 대리한테만 들어 봤어요……."

"나도 처음 해 봐요. 그런 얘기."

"그래요?"

"네."

"나도 태어나서 처음으로 그렇게 느껴 본 건데 뭐 잘못됐습니까?"

"아, 모태 변태인가 그럼?"

"이런……. 이리 와요, 고 대리. 가만 안 둘 거야."

"아이, 팀장니임."

동이 틀 때까지 이불 속에서 누워 여러 이야기를 주고받으며 즐겁게 노닥거리던 두 사람은 누가 먼저랄 것도 없이 다시 껴안고 뒹굴다 까무룩 아침잠에 빠져들었다.

밤새 충분한 잠을 잤던 은비는 '출근!'이라는 어마무시한 미션 앞에 조금 눈을 붙이고는 눈을 번쩍 떴다.

"얼마나 피곤할까……."

세상모르고 잠에 빠진 한별의 이마에 뽀뽀를 쪽 한 다음, 조심스레 침대 밖으로 나왔다.

은비는 일주일 만에 자신의 집으로 향했다.

발걸음은 가벼웠고, 그와 함께 나눈 특별한 시간들이 떠올라 자꾸 웃음이 피식피식 새어 나왔다. 서울의 아침 공기가 이렇게나 상쾌했나 싶을 정도로 몸과 마음이 맑은 느낌이었다.

이 세상에 내 편이 있다는 것, 그가 자신을 이토록 사랑하고 있다는 것, 자신에게도 드디어 사랑하는 사람이 생겼다는 것을 실감하는 날이었다.

이제… 믿어 봐도 되겠지?

사랑이라는 거.

은비의 마음에 행복이 차올랐다.

"이게 다 뭐야?"

자신의 집 앞에 선 그녀가 혼란스러운 듯 상하좌우를 마구 살폈다.

"여기 우리 집 맞아?"

천지가 개벽한 것도 아닌데, 뭔가 상당히 이상했다.

그녀가 사는 곳은 원룸이 가득 든 빌라. 옆집, 앞집, 윗집이 현관문부터 해서 안의 구조까지 똑같이 생긴 집이었다. 그런데 현관문이 다른 집들과는 송두리째 다른 모습으로 그녀 앞에 서 있었다.

"집주인이 우리 집만 공사를 하셨나? 대체 뭐야……."

안 그래도 문제 많은 빌라에 자신의 집은 그중에서도 최악이었었다. 근데 집주인이 바뀌었다고 하기에는 다른 집과 다르게 너무 튈 정도로 고급스럽고 멋진 문이었다.

짠돌이 건물주가 이렇게까지……?

완전 새로운 문에 새로운 도어락이 장착된 자신의 집을 바라보며 어리둥절하고 있었다.

은비는 얼떨떨했지만 일단 자신의 집 위치는 분명 맞는 것 같아 그전 도어락 비밀번호를 한번 눌러 보았다.

띠리리링-

어마무시하게 컸던 그전과 차원이 다른 소프트한 소리.

도어락이 경쾌하고도 기분 좋은 소리를 내며 문이 열렸다.

집 안에 들어온 은비가 왕방울만 한 눈을 하고는 자신의 입을 틀어막았다.

집이 바뀌었다.

"비번은 분명 맞았는데……."

은비는 아무래도 다른 집에 들어온 건가 싶어 들어가지도 못하고 현관에서 얼쩡거렸다. 영문을 알 수 없는 상황에 심장이 벌렁벌렁거렸다.

"어?"

그때 그녀가 신발장 위에 놓인 편지를 발견했다.

104호 고은비 님께

은비가 호기심이 가득한 눈으로 봉투를 들췄다.

 오랫동안 저희 건물에 성실한 세입자로 입주해 주신 것에 감사드리며, 성의의 표시로 새로운 인테리어를 선물해 드립니다. 뭐, 이곳에서 사실 날이 얼마 남지는 않았지만, 부디 이곳에 계시는 동안 편안하고 행복하게 지내시길. -새로운 건물주 강한별

 편지지에 적힌 글씨를 한 글자 한 글자 또박또박 읽어 내려가던 은비가 마지막 단어를 읽으며 목소리가 커졌고 벌어진 입이 다물어지지 않았다.
 새로운 건물주 강한별?

 '집에 돌아가 보면 그 이유를 알 겁니다.'

 순간, 어제 그가 했던 말이 떠올랐다. 대수롭지 않게 넘겼던 이야기였는데, 이런 어마어마한 일이 있었을 줄이야.
 그의 시나리오에 기가 막힐 지경이었다.
 나 때문에 우리 집까지 접수한 거야?
 인테리어를 어지간히 따지던 그가 그녀의 집을 송두리째 바꾸어 버렸다. 한번 꽂힌 거는 뿌리를 뽑는 남자, 추진력에 초강력 모터를 단 남자. 그가 자신의 인생을 자꾸 핑크빛으로 만드는 중이었다.

은비가 천천히 집을 둘러보았다.

"우와……."

현관 타일부터 시작해 주방, 화장실, 방까지 모든 것이 새 것이었고, 반짝거렸다.

"어쩜……."

바뀐 인테리어를 하나하나 바라보니 마음이 몽글몽글했다.

신발장에는 그녀의 발사이즈와 꼭 맞으며 그녀 취향의 신발이 줄을 지어 있었다. 주방은 빈티지하고 세련된 콘셉트에, 화장실은 모노톤으로 깔끔하게.

침대는 눕자마자 스르르 녹아 버릴 것처럼 가벼우면서도 풍부하고 감촉이 부드러워 계속 얼굴을 비벼 대고 싶은 침구를 깔아 놓은 모던한 디자인의 그것. 한쪽 면을 채운 수납장엔 그녀 사이즈에 맞는 여러 벌의 예쁜 옷들이 가득했다.

"대박."

수납장 아래에 있는 서랍장을 열어 보던 그녀의 얼굴이 빨개졌다.

8장. 계속, 쭉 설레는 중

 두 칸으로 나뉘어 있는 서랍 안에는 극과 극을 달리는 디자인의 속옷 여러 세트가 들어 있었다. 한쪽은 자신의 취향을 반영한 아기자기한 속옷, 다른 한쪽은…….

 아마도 이 모든 일을 기획한 그놈의 취향이 반영된 어마무시하게 과감한 속옷들.

 "아이고야-"

 그중 하나를 쭉 들어 올려 보니 웬 끈팬티가 있어 은비가 깜짝 놀라며 그것을 손에서 떨어뜨릴 정도였다.

 "으~ 변태 강한별……!"

 말은 이렇게 해도 자꾸 헛웃음이 삐져나오는 것은 어쩔 수가 없었.

책상과 책장에도 그녀가 좋아하는 필기구와 그녀 취향의 책들이 여러 권 꽂혀 있었다.

"강한별, 어떻게 이렇게까지……."

볼수록 너무 과한 것이 아닌가 하는 생각에 좀 마음이 혼란스럽기도 했지만, 가슴이 벅찬 것은 어쩔 수 없는 사실이었다. 자신의 취향을 모조리 반영한 것이라 더욱 감격스러운 상황. 혹시 이것이 꿈은 아닌지 중간중간 볼을 꼬집어 보기도 했다.

"이러다 늦겠다."

시계를 보니 제법 시간이 많이 흘러 화들짝 놀라 출근 준비를 시작했다. 은비는 먼저 욕실에 들어가 물을 틀었다.

콸콸!

아, 눈물 난다.

물이 너무 잘 나와…….

감격스러운 샤워를 마치고 난 다음 비치된 가운을 입고 밖으로 나왔다. 그리고 속옷을 입으려고 아까 그 서랍장을 열었다.

아무 생각 없이 늘 입던 취향의 그것을 집으려던 그녀가 잠시 멈칫했다. 의미심장한 미소를 띠던 그녀가 다른 쪽의 속옷을 집어 들었다.

한별이 준비해 준 것들로 한껏 꾸민 그녀가 현관문 밖으로 나왔다. 어제와 같은 세상인데, 다른 세상을 만난 듯 새로운 기분으로 출근길에 올랐다.

 평소보다 조금 늦게 출근한 은비가 유안과 강 팀장 빼고 모두 출근한 팀원들에게 간단히 눈인사를 하며 자리에 앉았다.
 팀원들이 고개를 쭉 빼고 그녀를 바라보았다.
 평소와 다른 그녀의 모습을 무척 신기하게 여기는 모양이었다.
 "고 대리, 어제 부탁한 파일 좀."
 출근하자마자 이 과장이 고 대리를 부르기 시작했다.
 "넵! 이 과장님."
 은비가 평소와 달리 한껏 밝은 미소로 그에게 파일을 건넸다.
 "고 대리, 참. 우리 비품이 바닥이야. 얼른 채워 넣게 품의 좀 올려 줘."
 "넵!"
 "고 대리, 이거 기획실장님께 좀 전달 부탁할게."
 "넵!"
 "고 대리……?"
 "네?"
 "오늘 기분이 참 좋아 보이네?"
 질문을 던진 이 과장의 표정이 떨떠름했다.
 잘 들어줘도 야단이네, 이 양반.

은비는 기분이 좋아 마음마저 여유로웠다.

'옜다' 하고 이 과장의 이야기를 고분고분 들어줬더니, 오히려 비아냥거리는 그 말투는 뭡니까.

이거 이거, 그냥 나 괴롭히는 맛으로 시켜 먹었구만! 다분히 의도적이었어!

내가 안 괴로워하니 재미가 없나 봐요?

이런!

세상이 마음먹기에 달렸다는 것, 왠지 그게 무슨 말인지 알 것 같았다. 평소 같으면 짜증 나고 힘들었을 일들이 새털처럼 가볍게 느껴졌다.

마법 같은 일이 일어났다.

강한별이 걸어 준 마법.

"기획실장님께 다녀올게요."

그녀가 대답 대신 눈을 가늘게 뜨고 웃어 보이며 자리에서 일어났다.

그때였다.

"고 대리, 곧 회의 시작할 건데 어디 갑니까."

은비가 말없이 자신의 입술을 꾹 깨물며 소리 나는 쪽을 향해 고개를 꾸벅했다.

"팀장님, 미국 다녀오시느라 고생 많으셨습니다."

이 과장이 그를 먼저 발견하고는 깍듯이 인사했다.

"팀장님, 오셨습니까."

"팀장님, 고생하셨습니다."

대리들도 연달아 그에게 인사를 건넸다.

2주간 출장을 다녀왔던 한별이 사무실로 복귀한 날이었다.

은비는 기획실장님께 가려던 일은 아무래도 회의 끝나고 가는 게 낫겠다 싶어 다시 자리에 앉았다.

앉자마자 코끝에 진한 커피 향이 스쳤다.

"아- 좋다."

한별이 손에 들고 있던 커피를 팀원들 눈을 피해 슬쩍 그녀의 책상에 올려 두었던 것.

커피 한 잔에 괜히 마음이 설레고 콩콩대는 그녀였다.

다 죽은 줄 알았던 연애 세포들이 발악을 해도 이런 발악이 없었다.

그래, 마음껏 펼쳐라!

이런 짜릿한 연애는 내 생애 마지막일 테니까.

은비가 커피를 들고 회의실로 향했다. 강 팀장이 회의실 자리에 앉기 무섭게 업무 폭풍이 휘몰아쳤다.

오로지 이 과장님에게.

"이 과장님, 기획전 보고서 완성되는 대로 메일로라도 보내라고 분명 말씀드렸는데, 제가 받아 본 게 없네요."

"아… 그게……."

"이 과장님, 시즌 기획전은 타이밍이 생명입니다. 오늘 내로 올리세요."

"네에……."

"이 과장님, 기획전 현장 업무 보고서도 아직이던데… 그것도 오늘 내로 올리세요."

"네에……."

"이 과장님, 다음 시즌 주력 상품 기획서도 오늘 내로."

"끙……."

이 과장의 표정이 당장이라도 사표를 쓰고 싶은 사람의 그것과 같았다.

'아잉…….'

회의실 탁자 밑에 두 사람의 다리가 엉켜 있었다. 남들 눈을 피해 나누는 스킨십은 생각보다 짜릿한 일이었다.

은비는 드라마나 영화에서 본 사내 연애의 단골손님과 같은 이 꽁냥질을 유치하다고 욕했던 지난날의 자신을 질타했다.

그녀의 신경이 온통 다리에 쏠려 도대체 한별이 지금 무슨 이야기를 하는지 집중이 되지 않았다.

"자자! 그럼, 모두 돌아가셔서 업무에 임해 주시고요. 고 대리는 나랑 '라임몰 고' 시범 매장에 다녀오죠. 이상!"

분명 은비의 현장 업무는 지난주로 끝이 났다. 오늘 사무실에서 보고서만 마무리해서 올릴 일만 남았을 뿐이었다.

그런데 또?

뭐, 둘이 나가는 거라 기분은 좋았지만 어떤 일인지 궁금해하며 외근을 준비했다.

필요할 것 같은 서류를 챙겨 한별과 함께 나가려는데. 어디선가 싸늘한 시선이 느껴졌다.

느지막이 놀이터에 나오신 이유안 사원이었다.

"아, 유안 씨, 오늘 할 일 책상에 갖다 두었으니까 처리 좀 부탁해요."

놀이터에서 일하는 기분은 어떤지 느껴 보시지요.

"아, 짜증 나."

그녀가 다짜고짜 얼굴을 찡그렸다.

그러나 은비는 전혀 아랑곳하지 않았다.

은비와 한별이 막 도착한 엘리베이터에 탔다.

여럿이 탄 엘리베이터라 두 사람이 한쪽 구석으로 몰아졌다.

한별은 뒤쪽 벽으로 바짝 붙은 다음 그녀를 슬쩍 잡아끌어 자신의 앞에 세웠다.

그리고 그녀의 손가락을 살며시 잡았다.

은비는 등으로 전해 오는 그의 체온을 느꼈다.

이게 뭐라고 이렇게 가슴이 두근두근거리는지, 그것을 들키지 않기 위해 애를 써야 했다.

게다가 뒤통수를 타고 전달되는 그의 웅장한 심장 소리도 스테레오 사운드를 켠 듯 그녀의 귓가에 울려 퍼지고 있었다. 진짜 젊고 건강한 심장이라는 거는 정말 인정해야겠다 싶었다.

주차장에 도착한 두 사람이 한별의 차에 올라탔다. 외근하러 가는 길이기에 아무도 두 사람을 이상하게 볼 사람도 없었다.

"팀장님, 근데, 오늘 저는 매장에서 볼 업무가 딱히 없는데 어떤 일 때문에 가는 거죠?"

이유를 모르고는 그냥 넘어가는 법이 없는 은비였다.

무슨 일로 그곳을 가는지 알아야겠기에 물었던 것.

"나도 없습니다."

그런데 한별에게서 어이없는 대답이 돌아왔다.

"네에?"

외근하자고 나와 놓고는 이게 무슨 소리야?

은비는 어이가 없었다.

"아침부터 왜 이렇게 예뻐 가지고는 사람 일을 못 하게 만듭니까. 일에 지장이 아주 큽니다. 고 대리, 책임지세요! 네?"

책임이라……. 강 팀장님, 왜 자꾸 이렇게 울렁울렁하게 만드시나요!

"팀장님, 근무 시간에… 진짜 남사스러워 어떡하면 좋습니까."

그녀는 괜히 좋으면서도 걱정이 돼 미간을 찌푸렸다.

성실 근무는 그간 학력 빼고 나머지 스펙이 전무한 그녀의 가장 큰 무기였다. 그런데, 이게 무슨 모범 사원이 샛길로 들어서는 불안한 상황인지.

"고 대리 때문에 회의도 간신히 끝냈는데, 이러기에요?"

아주 그냥 대놓고 앙탈을 부리는 그였다.

"그래서 뭐, 어떻게 책임져 드려요?"

은비는 일단, 그의 이야기를 들어줘야 상황이 빨리 종료될 것 같아 물었다.

"데이트."

"지금 근무 시간인데요?"

"계속 옆에 두고 보고 싶고, 만지고 싶고 그래서 그래요."

그가 빙구 웃음을 지으며 말했다.

"근무 시간에 농땡이 치면 정시 퇴근 못 해요. 팀장님이 늘 강조하는 그거!"

"오늘만, 오늘만입니다. 나 내일부터 무척 바빠질 거라서요."

라임몰 고 말고도 독점 론칭해 들어올 신규 브랜드 때문에 곧 바빠질 거란 건 그녀도 알고 있었던 터라 더 할 말이 없었다.

"후, 이따 야근한다고 뭐라고 하지 마세요. 그럼."

정당방위다. 이 정도면.

데이트도 좋지만, 은비는 오늘도 해야 할 일이 잔뜩 있었다. 데이트 때문에 야근을 허락받아야 하는 상황이라니!

"뭐, 야근이라면 몸에 가시가 돋게 싫지만, 그 일 도와주겠습니다. 내가."

너와 함께라면 야근도 괜찮을 것 같다, 고 대리.

"내일부터 눈코 뜰 새 없이 바쁘실 텐데. 됐어요."

팀장님이 자신의 자질구레한 일을 도울 생각을 하니 갑자기 웃음이 터져 나왔다.

"팀장님, 일단 회사 주차장을 빠져나가는 게 좋겠어요."

"내 생각도 그렇습니다."

한별이 시동을 켠 다음 지하 주차장을 쭈욱 빠져나갔다.

지하 주차장을 빠져나간 차가 목적지를 정한 듯 과감한 주행을 시작했다.

"어? 어디로 가시는 거예요?"

주차장을 빠져나간 다음 잠시 정차할 줄 알았던 차가 속도를 내자 은비가 의아해했다.

"브런치 먹으러. 아침 안 먹었죠?"

그녀가 엉겁결에 고개를 끄덕였다.

송두리째 바뀐 집 때문에 아침 챙겨 먹을 정신이 있을 리 없었다.

그런데, 같이 브런치라. 그것도 엄연한 근무 시간에.

은비는 지금 이 상황을 좋아해야 할지 말아야 할지 헷갈렸다. 상사이기 전에 애인이고, 애인이기 전에 상사인 이 남자 앞에서.

"진짜 오늘만이에요. 이런 농땡이!"

자신과 같은 성실 사원에겐 있을 수 없는 일이라고 생각하면서도 짜릿하면서도 설레는 마음을 감출 수 없었다.

아마도 이런 기분은 고딩 시절 야자를 농땡이 치던 그때 이후 처음이었다.

"참, 우리 빌라… 진짜 샀어요? 아침에 보고 정말 놀랐다고요. 대체 어떻게 된 거예요?"

"아… 전에 고 대리 집에 데려다주다가 그 건물 사람들이 하는 얘기를 들었거든요."

"어떤 얘기요?"

"뭐가 잘 고장이 난다 어쩐다. 요즘 더 그런다 어쩐다. 그래서 나 없는 동안 고 대리 불편해질 일이 생길까 봐. 나도 없는데 그러면 어떡합니까. 걱정되게."

"아……."

생각보다 깊은 그의 배려에 은비가 잔잔한 감동을 먹었다.

"건물주가 보통 짠돌이가 아니라 세입자들이 그간 애를 많이 먹었거든요. 근데 빌라를 죽을 때까지 갖고 월세 끝까지 뽑아 먹을 것처럼 그러더니 어떻게 팔았네요?"

"두 배 주고 샀어요. 자꾸 성가시게 안 팔려고 해서."

"어머, 완전 비효율적이야."

시세 대비 두 배를 주고 건물을 샀다고 아무렇지 않게 말하는 남자 앞에서 은비는 거품을 물 뻔했다.

"사랑하니까. 사랑엔 효율을 안 따진다고 말했던 것 같은데."

"어휴, 돈 많다고 자랑하는 거예요? 진짜, 와- 막… 뭐라고 말이 안 나오는데요?"

"풉, 미래를 위한 투자라고 해 두죠. 그거 허물고 지으면 다섯 배는 넘게 남거든."

"진짜요?"

다섯 배라는 말에 은비가 진심으로 놀라며 두 손으로 입을 막았다.

놀라운 재테크 비밀 병기라도 들은 것처럼.

그의 집에 있던 경제 서적들이 관상용이 아닌 게 드러나는 순간이었다.

"보이는 게 다가 아니에요. 그 안에 숨겨진 가치는 알아보는 사람만 알아보죠. 내가 그런 걸 잘합니다."

그의 말투에 뿌듯함이 진하게 배어 있었다.

"와, 있는 사람이 더하네요."

은비가 연신 고개를 가로저었다.

"너무 그러지 말아요. 내가 고 대리도 알아봤잖아요. 우리 명품 제주산 고 대리."

한별의 말에 은비는 괜히 기분이 좋아졌다. 거기다 그가 한 마디 더 거들었다.

"자꾸 그렇게 시크하게 나오면."

"나오면?"

"아무 말도 못 하게 확- 뽀뽀해 버린다?"

"뭐예요. 진짜."

"시크해도 사랑스럽잖아, 우리 고 대리."

"어후… 팀장님……."

은비의 몸이 배배 꼬일 지경이었다.

왜 일찍 결혼한 친구들이 연하 연하 하는지 조금 알 것도 같았다.

이 남자, 애정 표현이 파도를 타고 넘친다.

두 사람은 광화문 근처 분위기 좋은 카페에 들어갔다.

평일 오전이라 카페는 한산했고, 진한 커피 향이 기분 좋게 감돌았다. 은비는 한별과 마주 앉자 계획에 없던 기분 좋은 데이트가 조금 실감이 났다.

주문한 메뉴가 나오고 두 사람은 행복한 만찬을 즐겼다.

"이거 먹고 회사 들어갈 거죠?"

식사가 마무리될 때쯤 은비가 한별에게 물었다.

"아니. 사실, 매장에 2시쯤 가 봐야 해요. 관리자랑 만나기로 해서."

"아……!"

"기술 협력 업체를 바꿀 생각이에요. 아무래도 그쪽 대표가 영 마음에 안 들어서."

대표라 함은 수혁을 말하는 것이었다.

"간단한 문제가 아니라 좀 시간이 걸리겠지만, 이렇게라도 해야 직성이 풀릴 것 같아서."

"어쩌다 일이 이렇게 꼬여 버렸네요."

"괜찮아요. 이렇게 미리 담판을 짓는 게 낫죠. 언젠가 한번 했어야 할 일이니."

"그 팀장님 친구…분에게도 이야기하는 게 좋겠다고 생각해요. 저는."

"음… 유빈이가 아마 받아들이기 힘들겠지만, 나도 고 대리랑 같은 생각이에요."

"네. 처음엔 그런 사람인 줄 몰랐는데, 아주 야비한 놈이었어요."

"뭐, 그래도 난 고맙게 생각합니다. 그 사람 덕분에 고 대리랑 그 옛날에 첫 키스도 해 보고, 지금 고 대리의 마음도 알게 되었으니까."

"그건 그러네요. 큭. 진정 X맨이었네."

"으음, 그럼 아침 식사 다 했으면 나갈까요?"

"2시에 매장 가는 거면 아직 시간이 남은 것 같은데, 다음 코스가 혹시 또 준비되어 있나요?"

"물론."

"어디예요?"

궁금한 건 못 참으니까 알고 가죠!

"매장 가는 길에 서울숲이 있어서 산책할까 봐요. 어때요?"

"좋아요."

두 사람은 맛있는 음식을 함께 나누고 장소를 옮겼다.

초록이 짙은 여름날 초록 숲은 싱그러웠다.

"와, 이름을 여러 번 듣긴 했어도 처음 와 보는 곳이에요. 산책로가 멋지네요."

은비는 처음 와 본 서울숲을 걸으며 바쁘게 고개를 움직여 그곳을 살폈다.

"서울에 있는 좋은 곳, 맛있는 거 고 대리랑 이제 하나씩 즐겨 보려고요. 그거 고 대리 꿈이잖아요."

"강 팀장님! 그걸 어떻게······!"

은비가 순간 울컥해져 우뚝 선 채 한별을 바라보았다.

내가 언제 얘기했었지? 내 꿈을?

서울에서 좋은 데 구경 가고, 맛있는 거 먹고 그렇게 사는 게 그녀의 진짜 꿈이었다.

소박하다고 생각하지만, 도통 이루기 힘들었던 꿈.

한별은 은비의 손을 잡고 눈이 빠지도록 지도를 쳐다봐서 익숙해진 서울숲을 안내했다.

서울숲은 도심 한가운데 있다는 것이 믿어지지 않을 정도로 크고 아름다운 곳이었다. 그녀는 마치 비밀의 정원에 들어온 듯 그의 손을 꼭 잡고 그곳을 누볐다.

한참 걷다가 두 사람이 막다른 골목을 만났다.

"어? 이쪽으로 분명 길이 있었는데······."

길을 통째로 몇 번이고 외운 그가 능청스러운 연기를 했다.

"강 팀장니임-"

그때 은비가 콧소리로 그를 불렀다.

"뭡니까, 고 대리."

"여기가 좋을 것 같아요."

그녀의 눈빛이 반짝였다.

"내 생각도 그래요."

은비가 두 팔을 그의 목에 걸었다. 그리고 힘껏 발꿈치를 들었다.

"서울숲에서 하는 키스는 어떤 맛인지 한번 맛볼까요?"

쪼옥!

이름 모를 아름다운 넝쿨이 벽면에 가득 드리운 막다른 곳에서 참을 수 없는 입맞춤이 터졌다.

넝쿨 풀 냄새가 코끝에 닿았지만, 서로의 향보다 진하진 않았다.

한별의 주머니 속 휴대폰이 요란하게 울렸지만, 서로를 쓰다듬는 몸짓보다 요란하진 않았다.

'고 대리… 너와 함께 있는 게 참 좋다.'

한별이 서울숲 넝쿨이 무성한 벽 앞에서 은비와 입을 맞추며 9년 전 그녀와 헤어지기 전 한강에서 나누었던 대화를 떠올렸다.

'고 선생은 꿈이 뭐야?'

'나? 음… 되게 소박한 건데, 되게 어려운 거.'

'응?'

'내 꿈은… 서울에서 잘 먹고 잘 사는 거야. 되게 단순하지?'

'헛, 진짜 그게 꿈이야?'

'응! 진짜 내 꿈이야……. 서울에서 돈 많이 벌어서 맛있는 거 먹고, 좋은 데 가 보고… 그러고 살고 싶어.'

'고 대리… 너의 꿈에 나도 끼어 있을 거야……. 우리 늘 함께하자…….'

두 사람 머리 위로 파란 하늘, 그 안에 보송보송한 뭉게구름이 둥둥 떠다녔다.

덩치가 산만 한 한별이 새털처럼 가벼운 은비를 안아 그 구름에 싣고 함께 하늘을 누볐다.

'강한별… 너와 함께 있는 시간이 마치 꿈만 같아…….'

그녀가 행복한 꿈을 현실에서 꾸는 동안, 서울숲 중간중간 설치된 스피커에선 경쾌한 음악이 흘러나왔다.

'내 꿈은 분명 서울을 즐기는 거였지만, 이제야 알겠어. 네가 있어야 가능한 꿈이었다는 걸…….'

숲을 구경하러 온 건지, 키스하러 온 건지 알 수 없는 이 모호한 여행의 목적과 달리 그 여정은 너무나 분명하게 즐거웠다.

두 사람은 숨을 고르기 위해 잠시 입과 입 사이를 뗄 때마다 서로의 눈을 보고 웃었다.

'시간이 멈췄으면 좋겠다……. 멈출 수 없다면 조금만 더 천천히 흘렀으면 좋겠다.'

한별과 은비 모두 같은 생각이었다.

하지만, 시간은 야속하게도 한 치의 오차 없이 흐르고 있었다.

이제, 아쉬움을 뒤로해야 할 시간이 다가와 버렸다.

"제가 현재 '라임몰 고' 시범 매장 진행 상황과 업체를 변경할 경우 필요한 문제와 우려되는 문제들에 대해서 브리핑 부탁드립니다."

매장에 도착한 한별이 라임몰 고 책임 관리자와 이야기를 나누었고, 은비는 보고서 작성을 위해 데이터를 기록해 두고 있었다.

"그게 매장에 시스템 설치는 많이 진척이 되긴 했습니다만, 사실 이 대표 회사와 일을 진행하면서 조금 아쉬운 점도 많았습니다. 더 우수한 기술력을 가진 업체가 없는 것도 아닌데 왜 굳이 이쪽과 했는지 의구심이 들기도 했고요."

관리자가 평소에 품고 있던 이야기를 한별에게 털어놓았다.

"흠, 저도 뭐 업체 선정에 윗선의 입김이 작용한 건 아닌지 의심을 하고 있습니다. 혹시라도 밀어 주기 의혹이라도 밝혀진다면 정말로 이쯤에서 그만두는 게 낫겠다 싶고 말입니다."

"그래도 워낙 중대한 사안이라 지금 바꾸면 손실이 막대한 건 사실이지 않습니까. 업체를 바꾸는 문제를 팀장님 혼자서 결정하시기엔……."

한별의 의지는 확고했지만, 지금에 와서 업체를 바꾼다는 것이 말처럼 쉬운 일은 아니었다.

"네. 네. 쉽지 않겠지만, 못 할 것도 없습니다. 팀장님께서 편하신 방향으로 정하시면 저희는 따르겠습니다."

"좀 수고스러우시더라도, 감안해 주셨으면 좋겠습니다."

"아닙니다. 보다 확실한 업체와 하는 것이 저희도 나중을 생각할 때 더 좋다는 의견입니다."

가뜩이나 일이 많은 중에 업체를 변경해야 하는 문제까지 겹쳐 한별이 신경 써야 할 일이 많았다.

하지만 그는 언제나 그렇듯 한 치의 망설임도 없이, 뭐 하나 힘든 기색 없이 맡은 일을 척척 해 나가고 있었다.

멋있네, 내 남자…….

이 과장, 포 대리에게서는 단 한 번도 느끼지 못했던 프로다움이 한별에게서는 한도 끝도 없이 흘러나왔다.

은비는 마치 그의 비서가 된 것처럼 함께 일을 수행해 나가며 그의 매력에 또 한 번 빠져 버렸다.

어느새 날이 어둑해질 만큼 시간이 흘렀다.

두 사람이 매장 일이 끝나고 다시 차에 몸을 실었다.

차창 밖으로 보니 산 뒤로 해가 넘어가는 것이 보였다.

"생각보다 시간이 많이 흘렀네요. 고 대리 진짜 오늘 야근할 겁니까?"

"네. 그럼요. 오늘 마무리 안 지으면 내일 지장 있는 일이 많아서요."

"본의 아니게 미안하게 됐네요. 고 대리랑 딱 붙어만 다니고 싶어서 큰일입니다. 음, 팀장 권한으로 다음 주까지 하라고 하면 안 되겠습니까?"

"네. 이게 끝나야 다음 일이 착착 진행된다고요. 어휴, 팀장님 때문에 진짜 일에 지장이 많네요."

그녀가 장난스럽게 눈을 살짝 흘겼다.

"내일부터 일 많아지신다면서요. 저는 낮에 농땡이 많이 쳤으니까 들어가서 일할게요. 팀장님 먼저 들어가세요. 팀장님 오시기 전엔 거의 매일 야근이었어요. 이렇게 간만에 하는 야근은 뭐."

"뭐?"

"껌이에요. 껌."

"한번 내뱉은 약속은 지켜야지. 그 껌 같이 씹어요."

"진짜 같이 하시려고요? 저 정말 괜찮아요."

"같이 있고 싶어서 그래요. 먼저 들어갈 생각 1도 없단 말입니다."

"후우……."
"나, 뭐 하루 야근한다고 내일 일에 지장 있는 그런 약골 아닙니다. 겪어 봤잖아요?"
"알긴 알죠."
열네 시간 비행기를 타고 밤을 꼬박 새워도 에너지가 넘치던 그 모습, 잊을 수 없지!
"정 그러시면 같이 해요."
"고 대리가 시키는 일 내가 다 해 보겠습니다."
"그렇다면, 팀장님에게 제대로 일 시켜 봐도 되는 거죠?"
"오케이~"
두 사람은 피곤한 줄도 모르고 즐거운 마음으로 사무실로 향했다.
퇴근 시간이 지나 회사에 도착하니 사무실에 남아 있는 사람은 아무도 없었다.
"그럼 뭐부터 할까요."
한별이 손뼉을 한번 치고는 은비의 분부를 기다렸다.
"음… 아주 단순한데 시간 빼먹는 일이 있거든요. 이거 지난 시즌 매출 실적이 가장 좋았던 100개의 제품 분석해서 보고서 만드는 거예요. 성별, 지역별, 상품평 순……."
"이걸 다요?"
"이런 거 시켜만 먹어 봤지 하려니 깜깜하죠? 워낙 고급 낙하산이시라……. 힘들면 지금이라도 포기하시든가요."

"아닙니다. 이거 아마 밤 새워야 할 것 같은데. 그럼 그동안 고 대리랑 같이 있는 거니까 나야 고마운 일입니다……."

"헛."

"이런 말 하니까 설렙니까?"

"아뇨."

"깹니까?"

"아뇨."

"흠… 그래요? 아무렇지 않은가 보네."

"젱일 설레었는데 그거 하나 얹었다고 달라지는 거 없네요. 그런 말 때문이 아니라 계속 쭉 설레는 중이라고요."

"고 대리……!"

아, 또 뭘 이렇게까지 감격하시나.

"그럼 일단 충전 한 번 하고 일합시다."

"큭, 시작부터요?"

"네. 이리 와요, 고 대리."

그가 두 손으로 은비의 머리를 잡았다.

"아- 팀장님이랑 같이 있다가 입술 진짜 다 닳아서 없어져 버리겠네."

"그런 걱정은 말아요. 내가 지……."

"지켜 주지 말라고 했죠."

"지구에서 가장 유능한 의사에게 부탁해서라도 그 입술 복원시켜 줄게요."

"어머, 크크크. 이왕이면 지금보다 좀 더 도톰하게 부탁드려도 될까요. 흡-"

그녀의 말이 끝나게 무섭게 그가 다가왔다.

아무도 없는 사무실, CCTV가 닿지 않는 사각지대에 선 두 사람의 과감하고도 짜릿한 입맞춤이 시작되었다.

이런 게 바로 사내 연애의 맛.

"고 대리."

키스를 퍼붓던 그가 잠시 입을 뗐다.

"응?"

은비도 눈을 스르르 뜨고 그를 보았다.

"이 일… 진짜, 진심으로, 진정으로, 참말로, 과연 꼭 오늘 해야 합니까? 잘 생각해 보세요!"

아무래도 그는 이 일보다 다른 하고 싶은 일이 있는 것 같았다.

그녀도 그게 무언지 모를 리 없었다.

"으음……."

은비가 뜸을 들였다.

한별은 그녀의 입술만 뚫어지라 쳐다보았다.

꼴깍-

그녀가 침을 삼켰다.

조용한 사무실 가운데 그 소리가 청명하게 들렸다.

"으응?"

그가 참지 못하고 다시 한번 그녀를 종용했다.

"음......"

꼴깍-

그녀가 내뱉은 소리에 이번엔 한별이 침을 삼켰다.

얼른 대답해!

아니라고! 고 대리!

지금, 우리, 서로를 원하고 있잖아!

"한 가지 약속해 주신다면요."

은비가 침묵을 뚫고 말을 내뱉었다.

"무엇이든, 어떤 거든.

꽂히면 달려드는 한별, 낮에 보았던 이성적인 면이 지금은 온데간데없는 모습이다.

이글거리는 눈으로 자신 있게 말을 던지는 그였다.

"야근 못 한 거 후회하지 않게 해 주신다면-"

"아아- 고 대리!"

그가 그녀를 꼭 안았다.

그냥 해 본 말인데, 이 남자 감동을 받아도 너무 자주 받는다.

귀여워……!

한별이 은비의 손을 잡고 급히 엘리베이터에 몸을 싣고 장소를 이동했다.

목적지는 인테리어를 막 시작하려는 본사 20층에 있는 사무실.

몇 달 뒤, 한별이 부사장으로 승진해서 쓸 곳이었다.

크지 않은 공간이었지만, 한쪽 벽면은 통유리로 되어 있어 시야가 트이는 멋진 곳이었다.

그곳에 서울의 야경이 파노라마처럼 펼쳐져 있었다.

하지만 널브러져 있는 자재들 때문에 무척 정돈되지 않은 거친 공간이었다.

그래도 괜찮아!

한별이 그녀를 통유리 벽 쪽으로 밀었다.

그리고 입술을 맞닿으며 분주한 손놀림으로 그녀의 옷가지를 헤쳤다. 은비의 몸이 서서히 달아오르기 시작했다.

"고 대리……!"

그가 그녀의 속옷을 보고 소스라치게 놀랐다.

"유비무환이라고나 할까요."

그녀가 씩 웃었다.

그는 더 참을 수 없었다.

이렇게 사랑스러운 그녀에게 어떻게 더 감격스러운 사랑을 전해 줄지만 생각했다.

"사랑해요."

"나도."

"좋아해. 정말."

"나도……."

"예뻐요. 여기도, 여기도… 여기도!"

두 사람이 공간을 닮은 러프하고도 은밀한 사랑의 밀어를 나눴다.

창밖으로 보이는 서울의 아름다운 야경만큼이나 황홀한 시간이 이어졌다.

뜨거운 숨결 때문에 통유리가 금세 뿌옇게 변했다.

두 사람은 숨을 몰아쉬고 서로를 꼭 안았다.

"후회…합니까?"

한별이 은비의 눈을 마주치며 물었다.

"어우, 그럴 리가-"

"그럼, 약속 지킨 거죠?"

"그러네요. 약속을 지켜도 아주 잘 지켰네요. 또 약속 잡고 싶을 만큼."

"오오- 이런 약속이라면 언제든 환영입니다."

"아잉-"

"고 대리-"

"응?"

한별이 유리창에 기대 그녀의 머리카락을 만지작거렸다.

"내가 하나밖에 몰라서 말입니다."

"네?"

평소보다 좀 더 달콤한 목소리로 무슨 이야기를 꺼낼 준비를 하는 그였다.

"게다가 마음이 좀 급해서 말입니다."

"응?"

"좀 더 준비해서 멋지게 할까 생각은 했었는데."

"대체 그게 무슨 말이에요?"

"일단은 지금 너무 얘기하지 않고는 견딜 수 없을 것 같아서."

"뭔데요. 아흑, 답답해!"

그가 뜸을 들이자 은비가 답답함을 토했다.

"고은비."

"어?"

"나랑 결혼하자."

막 제 박자를 맞춰 가려던 은비의 심장이 폭격기라도 맞은 듯 다시 미친 듯이 뛰었다. 야근을 하려다 말고 올라온 곳이었다. 짧은 입맞춤에 만족하지 못해 시간을 이어 붙이러 온 곳이었다.

공사장을 방불케 하는 곳. 수증기로 가득한 통유리에 형체를 알 수 없는 주황빛 서울의 야경만이 조명이 되어 주고 있는 곳. 그거 말고는 사방에 어둠뿐이었다.

머리는 헝클어졌고, 옷은 제대로 매무시하지 못한 상태였다.

이 상황에 방금 나눴던 격렬한 사랑만큼이나 거칠고 갑작스러운 프러포즈라니.

참, 9년간 사라졌다 갑자기 나타나 그 긴 세월 동안 좋아했 노라고 고백하는 강한별다웠다.

"…무슨 얘긴가 했네."

은비가 당혹감을 감추고 애써 태연한 척했다.

서른세 살.

첫사랑에 실패 후, 연애다운 연애 한번 못 해 본 그녀였다.

어쩌면 평생 결혼이란 거 못 해 보고 죽을 수도 있겠다는 생각을 한 적도 많았다.

그래도 상관없다고 생각했다.

자신의 마음과 같지 않은 사람을 만나 평생 감정 노동에 자신을 바치느니 차라리 혼자인 편이 나을 수도 있겠다고 생각했다.

뭐, 아쉬운 마음이 없는 건 아니었다.

그 모든 걸 뛰어넘는 사랑을 만난다면, 해 봐도 좋을 거라는 생각은 있었다.

결혼에 대해 간절보다는 회의적인 마음을 먹었던 것이 미안할 정도로 대단한 사랑이 찾아왔다.

이 남자, 나와 끝까지 가고 싶은가 보다.

그 어떤 이벤트로 치장한 프러포즈보다 사무치게 감격스럽고, 가슴이 떨려 왔다.

은비를 바라보는 한별의 눈빛이 초조해졌다.

'고 대리, 얼른, 얼른 대답해 줘.'

그러나 그녀는 선뜻 대답하지 않고 그를 한참 동안 지그시 바라보기만 했다.

창밖의 가로등 불빛과 한강의 야경이 맑고 깊은 한별의 동공을 통해 보였다.

웬일인지 그것이 참 로맨틱한 느낌을 주었다.

이곳의 서늘한 공기가 때때로 은비의 피부에 와 닿았지만, 그의 눈빛이 따뜻해 괜찮았다.

"왜… 혹시… 내가 부담스럽습니까?"

대답이 지체되자 한별이 지레 겁을 먹고 물었다.

라임그룹 회장의 아들, 곧 라임몰의 부사장이 될 자신, 탐내는 이 많은 배경이 은비와의 사랑에 행여 걸림돌이 되진 않을까 걱정되었다.

그렇다면, 몽땅 버릴 준비도 되어 있다. 고은비.

그러니까 대답해 줘.

"으음……."

은비가 입술을 꾹 깨물며 다물었다.

역시… 그런 건가……?

순간, 그의 눈빛이 흔들렸다.

"아뇨."

그 모습을 본 은비가 입을 열어 흔들리는 눈동자를 딱 잡아 주었다.

"그럼."

"잠시 생각했어요. 지금 내가 꿈을 꾸는 건 아닌지……. 정신을 차리려 애를 써 보니 맨정신 맞고, 현실이 분명하네요."

그가 입에 미소를 걸고 은비의 머리를 흐트러뜨렸다.

"그 대답 당연한 거 아닌가요. 재벌 3세를 누가 마다해! 있다 해도 고은비는 아니죠. 로또보다 더한 행운이잖아요. 이거."

그녀가 한껏 긴장한 그에게 장난을 섞어 긍정의 대답을 했다.

은비에게 한별의 배경은 사실 부담 그 이상이었다.

하지만 그와의 사랑을 확신했을 때, 모든 것을 이미 각오하고 있었다.

"고 대리를 만난 내가 천운의 사나이지……."

"아~ 그런가?"

"이제 좀 거추장스러운 일이 생겨도, 나 믿어야 해."

"혹시… 그거 잊었어요?"

"어떤……?"

"내가 누나야."

"아……."

"짐은 같이 지자, 강한별."

"고은비……!"

한별이 그녀를 또 꼭 끌어안았다.

"그래도 누나라고는 안 부를 겁니다. 너라고 부를 겁니다.

나이 어린 거 티 안 나도록 꽉 안아 줄 겁니다. 그러려고, 그러려고 내가 얼마나 노력했는데."

📂

은비가 어제 마치지 못한 일 때문에 평소보다 훨씬 일찍 출근을 서둘렀다.

새로운 건물주가 별 다섯 개짜리 리모델링을 해 준 덕분에 간밤에 숙면을 취할 수 있었다.

콸콸 시원하게 쏟아지는 물줄기로 샤워도 속 시원히 할 수 있었고, 새로운 건물주가 옷장에 채워 넣은 예쁜 옷으로 자신을 꾸밀 수 있었다.

소소하지만 대단한 그 모든 것들 때문에 가벼운 마음으로 출근길에 올랐다.

집 밖으로 나오니 동이 터 오르기 직전. 설레는 기운을 품고 있는 세상이 참 아름다웠다.

이 하루를 위해 모든 것이 움틀 준비를 하는 활기찬 순간. 이 시간이 주는 특별한 에너지를 받으며 그녀가 한강을 건너 회사로 향했다.

그사이 서서히 떠오른 해가 한강에 눈부시게 빛났다.

은비의 눈엔 모든 것이 좋았다.

서울에서 사는 것도, 이곳에 사랑하는 사람이 있다는 것도,

그가 자신의 확실한 사랑이라는 것도.

은비가 사무실에 도착했다.

일찍 온 탓에 팀원들은 아직 출근 전이라 사무실은 텅 비어 있었다.

사무실 안을 돌아보던 그녀는 어제 야심한 밤에 한별과 함께 이곳에서 써 내려간 낯 뜨거운 이야기가 떠올라 괜히 얼굴이 불그레해졌다.

"일하자. 일!"

그 생각을 하다 보면 또 일이 미뤄질 것 같아 어질어질한 생각을 떨쳐 내고 전투 자세로 일에 돌입했다.

"헛……!"

한참 몰두해 일하던 은비를 누군가 뒤에서 감쌌다.

고개를 들어 보니 자신을 내려다보고 있는 한별의 얼굴이 보였다.

아침부터 잘생기고 뽀송뽀송한 나의 연하남.

쪽-

그가 얼굴을 그대로 내려 은비의 입에 자신의 입을 맞췄다.

끼이익-

문 쪽에서 기척이 느껴졌다.

이 시간에 누구야!

두 사람이 얼른 자세를 고쳤다.

"고 대리, 흠흠."

한별이 어색하게 헛기침을 하며 그녀를 불렀다.

"네, 팀장님!"

"여기 이 부분 수정해서 올려 주세요. 무척 중요한 부분입니다. 알겠습니까!"

"알겠습니다. 꼼꼼히 수정해서 보고하겠습니다."

한별은 모니터 중간 부분을 의미 없이 가리키며 또 아무 말 대잔치를, 은비는 또 찰떡같이 대답하는 중이었다.

"아, 이 과장님 출근하셨습니까."

돌아보니 지금 출근한 사람은 이 과장이었다.

"어이구, 일찍들 오셨네요. 어휴, 고 대리가 요즘 업무량이 너무 많더라고요, 팀장님."

일 다 떠넘기는 주제에 갑자기 웬 내 걱정?

"업무량이 줄면 회사도 그만큼 별 볼 일이 없다는 얘깁니다. 능력이 있으니까 많은 일 감당하는 거고요. 맡은 일이 자꾸 줄어들면 한번 의심해 보세요, 이 과장님. 회사에서 나한테 요구하는 것이 무언지. 일인지, 퇴산지."

방금 뽀뽀한 사람이랑 같은 사람 맞아?

그 입으로 아침부터 저리 잔인한 말을 내뱉다니.

간극이 커도 너무 컸다.

이 과장님은 찍소리도 못 하고 자기의 자리에서 쭈그러져 있었다.

한별이 자신의 자리로 돌아가고, 신 대리, 한 대리, 이 대리님에 이어 유안이 마지막으로 출근을 마쳤다.

"고 대리님, 지난번에 말씀해 주신 일 여깄습니다. 헐……!"

서류를 들고 은비의 자리를 찾아온 유안이 은비의 옷을 보고 의아한 표정을 지었다.

"왜 그러죠, 유안 씨? 내 옷에 뭐 묻었나요?"

"아니… 이거… 해외에서도 못 구하는 구X 한정판 블라우슨데. 이거 어떻게 구했어요?"

"응? 이게?"

은비는 유안의 말에 짐짓 놀랐다.

돈도 없지만 꾸미는 데 소질도 없어 옷이니 브랜드니 하는 건 관심 밖의 일이었다.

그냥 평범해 보이는 블라우스를 골랐는데, 이게 한정판 명품이라니!

기가 막힐 노릇이었다.

이 어마무시한 강한별……!

유안의 반응을 보니 아무래도 옷장에 있는 옷들을 합치면 전세 값보다 비쌀 듯했다.

"설마……."

유안이 미간을 찡그려 강 팀장을 슬쩍 바라보았다.

"고터에서 구했는데. 이거."

뭔가 눈치챈 은비가 에둘러 그녀에게 대답했다.

"고터? 거기가 어디죠? 처음 들어 보는데?"

"아, 고터를 모르시는구나. 없는 거 빼고 다 있는 거기를 모르네. 우리 유안 씨가. 아직 똑같은 거 수두룩할 텐데 한번 가 보든지."

이 블라우스가 진짜이며 유안이 품은 의심의 중심에 한별이 있는 건 알지만, 굳이 떠들어 댈 이야기는 아니라 조용히 넘어갔다.

일에도 순서가 있는 법이니까.

"고터가 새로 생긴 명품 편집 숍인가요? 어딘데요, 거기가."

그녀는 끈질기게 물어 댔다. 이 블라우스에 어지간히 관심이 많았던 모양이었다.

"아직 고터를 모르는 사람이 있네. 고속터미널."

"헐……."

유안이 어이없다는 듯 은비를 쳐다보았다

"참 아쉽게 됐어요, 고 대리님."

"응? 뭐가요?"

"오늘 인사이동 있다는 이야기 못 들으셨어요?"

"인사이동?"

"어쩌나, 고 대리님을 여기에서 뵙는 것도 오늘이 마지막이네요."

"……!"

은비의 등줄기에 순간 식은땀이 흘렀다.

이제 시작인 건가……!

어제 한별이 말한 거추장스러운 일이라는 거?

인사이동 시즌도 아닌데 웬 인사이동?

유안의 이야기를 들은 순간, 은비는 뒤통수를 맞은 듯 머리가 띵해졌다.

그녀가 남들도 다 들으라는 듯 큰 소리로 이야기한 탓에 낮은 파티션 위로 깜짝 놀란 팀원들의 눈이 두 사람에게 쏠렸다.

한별도 마찬가지였다.

"어? 진짜네! 공고 떴는데?"

한 대리님이 모니터를 보다 호들갑을 떨었다.

"진짜? 이게 웬일이야."

신 대리, 이 대리, 이 과장이 모두 한 대리의 자리에 몰려와 함께 인사이동 공고가 뜬 화면을 바라보았다. 유독 이 과장만은 꼼짝 않고 있었다. 그의 눈빛이 슬퍼 보이기까지 했다.

아주 좋은 구경 났네!

은비도 눈에 힘을 주고 공고문을 읽어 내려갔다.

기획팀 고은비 대리 - 물류팀 전보.

9장. 반품, 환불 그런 거 안 되는 사람, 사랑

 이런…….

 물류팀이라 하면 본사 건물에 딸린 별관에 사무실을 둔 부서였다.

 본거지는 그곳이지만 외곽에 자리한 물류 센터를 밥 먹듯이 다녀야 하는 팀이기도 했다.

 이것은 이례적인 인사 통보였다.

 기획팀에서 물류팀으로 가는 경우는 라임몰 역사상 처음 있는 일이었다. 누가 봐도 사적인 감정이 개입하지 않고는 불가능하다고 여겨지는 일이었다.

 은비는 이 황당한 상황에 어안이 벙벙했다.

 '가만… 이거 그냥 나가라는 소리 아냐?'

아까 이 과장에게 말한 강 팀장의 말처럼 발령장 뒤에 숨은 회사의 저의를 간파한 그녀의 마음이 쓰렸다.

어떻게 버텨 온 회사인데.

그때, 한별이 화가 잔뜩 난 얼굴을 애써 숨기며 다급히 사무실을 박차고 나갔다.

"짝퉁 옷 사는 수준으로 저 남자 넘보지 마세요."

한별이 나가는 것을 바라보며 급기야 유안이 은비에게 나지막이 그리고 쌀쌀맞게 말했다.

'싸구려 보세 옷을 어떻게 입고 다녀?'라는 싸늘한 눈빛을 보내는 것도 잊지 않았다.

"일은 뒷전이고 명품 한정판이나 좇는 마인드로 저 남자 넘보지 말죠. 저리 젊고 명품 밝히게 생겼어도 생각보다 진중한 사람이라 껍데기보다는 속을 보는 남자거든요. 강 팀장님 말이에요."

누가 들을세라 유안의 귀에 대고 속삭이는 은비였다.

유안이 눈을 무섭게 번뜩였다.

은비는 이내 자리를 고쳐 앉고 업무에 몰두했다.

"보자… 이제 11개 남았네……."

인사발령 탓에 멘탈이 흔들리는 건 어쩔 수 없었지만, 지금 하는 일에 몰두하려 애썼다.

비가 오나 눈이 오나, 이 과장이 괴롭히나 안 괴롭히나 매일을 열심히 사는 그녀였다.

여기서든, 어디를 가든, 최선을 다할 거니까. 나를 위해서 그리고 그를 위해서.

📂

한별이 눈에 힘을 주고 회장실을 찾았다.

하지만 그곳이 비어 있는 것을 알고는 그 옆 비서실을 찾았다.

"김 실장님."

"아, 오셨습니까."

김 실장이 하던 일을 멈추고 자리에서 일어나 그를 반겼다.

"고 대리 인사 발령 어떻게 된 겁니까. 혹시 유안의 짓입니까?"

그러나 한별은 다짜고짜 고 대리 이야기를 꺼냈다.

"음… 별수 없었습니다. 이 회장님 대동하고 와서 난리난리도 아니었습니다. 같은 사무실에 있는 꼴을 못 본다나……. 그나마 지방 발령 안 난 게 다행입니다."

"김 실장님……! 사람들이 웃겠습니다. 굴지의 기업에서 사사로운 감정 따위로 사람을 인사 이동시키고, 사사로운 이해관계 따위로 업체 밀어 주기나 하는 걸 안다면."

"팀장님, 우리 회사입니다. 다른 회사 말하듯 말씀하시면 곤란합니다."

"네. 제 얼굴에 침 뱉기겠죠. 어쨌든 이런 방식 지긋지긋합니다. 도대체 구태의연한 걸 벗어날 생각이 없어요. 아주 징글징글한 노인네! 아주 용합니다. 여태까지 회사를 끌고 온 걸 보면요!"

"팀장님, 말씀이 지나치십니다."

"강 팀장······."

실장과 이야기를 나누는 사이 강 회장이 제 발로 그의 곁으로 다가왔다.

"시끄럽고, 해 넘기기 전에 날 잡으려고 하니 그런 줄 알아라."

"네에?"

"원그룹처럼 시대의 흐름을 잘 타는 기업이 우리와 협력 관계가 좋아야 한다. 잡아먹히지 않으려면 잡아먹어야 한다고."

"그렇다고 결혼은 아니죠, 강 회장님."

"결혼 따위가 뭐 대수냐. 결혼은 유안이와 하고, 좋아하는 사람 있으면 결혼하고 나서 따로 만나라. 조용히."

"아버지처럼 그렇게 살고 싶은 생각 추호도 없습니다. 결혼은 제가 사랑하는 사람과 합니다. 괜한 일 벌이셨다간 저도 무슨 짓을 할지 모릅니다."

한별은 자신이 방금 내뱉은 말처럼 평생을 그렇게 살아온 아버지를 경멸해 왔다.

때문에 그렇게 단순하고도 지독하게 해바라기 사랑을 꿈꿔 왔는지도 모를 일이었다.

"이 바보 같은 놈……! 회사 경영이 네 눈엔 그렇게 우스워? 고작 사랑 따위 운운하면서 회사를 먹칠할 셈이야?"

내 할 말은 전했다는 듯 자리를 박차고 나가는 한별의 등에 대고 강 회장이 소리쳤다.

고작이라뇨,

어떻게 사랑을 고작이라는 말로 표현할 수 있습니까.

회장님이야말로 사랑이 그렇게 우스우세요?

그렇게 우스워하셔서 아버지와 내가 이렇게 으르렁거리며 살아야 하는 이 현실이 정녕 당신에겐 아무렇지 않은 겁니까.

한별은 입을 꾹 다물고 바삐 발걸음을 옮겼다.

온종일 한별이 자리를 비웠다.

은비는 오늘부터 그가 눈코 뜰 새 없이 바쁠 거라는 건 알았지만, 괜히 발령 건으로 신경을 쓰느라 일을 그르치는 건 아닌지 걱정이 됐다.

"안 잘린 게 어디야! 그나마 나는 감사하다고……. 그러니까 강한별, 내 걱정은 말라고……."

모두 퇴근하고 난 텅 빈 사무실, 은비가 해야 할 일들을 다 마무리 짓고 짐을 싸며 중얼거렸다.

바로 내일부턴 물류팀으로 출근해야 할 판이었다.

아주 얄궂은 인사 발령이었다.

"후우……."

9년 동안 한자리에서 일했던 터라 짐을 막상 챙기려고 보니 여간 많은 게 아니었다.

손등으로 이마에 맺힌 땀을 닦으며 짐 정리에 박차를 가했다.

손때 묻은 짐들엔 고스란히 입사 이후 그녀가 열심히 일해 온 회사 생활의 흔적이 엿보였다.

힘들지 않은 날이 하루도 없었지만, 그래도 지금까지 버티길 참 잘했다는 생각이 들었다.

그만뒀으면 강한별을 어떻게 만났겠냐고.

짐 정리를 하면서도 한별이 생각이 끊이지 않고 났다.

그때였다.

휴대폰에 메시지 하나가 도착했다.

[퇴근하고 한강에서 보죠.]

한별이 보낸 걸 알고 그녀가 씩 웃었다.

[몇 시간 안 봤다고 되게 보고 싶었는데, 잘됐다. 누나가 한강에서 맛난 거 쏠게.]

"고은비 대리."

막 메시지 전송 버튼을 누르는데 누군가 자신의 이름을 부르는 소리에 그녀가 고개를 들었다.

"비서실 김 실장입니다."

"네… 아… 어!"

낯익은 얼굴이었다.

그런데 라임그룹 비서실에서 일하는 사람을 라임몰 안에서 볼 일은 없었으니, 회사에서 알게 된 얼굴은 아니었다.

그는 9년 전 한별이 면접을 위해 만났던 사람이 분명했다.

"아… 안녕하세요. 오랜만이네요, 김 실장님."

은비가 미소 띤 얼굴로 인사를 건넸다.

괜히 반가운 건 정말이지 진심이었다.

"네. 고 선생님이 우리 회사에 입사한 줄은 전혀 몰랐네요. 게다가 입사 8년 차라면서요. 진즉에 알았더라면 안부차 인사라도 전했을 것을."

"그러게요! 와, 되게 반갑고, 신기하고 그러네요, 실장님. 이렇게 가까이 계신 줄도 모르고 있었다니."

"여전히 밝고 명랑하시네요, 고 선생님."

자못 심각한 얼굴로 다가왔던 김 실장이 그녀와 몇 마디를 나누며 얼굴이 살짝 풀어졌다.

"어휴, 많이 늙었습니다. 그래도 뭐… 아직 동안이란 소린 들어요. 하하."

반가움도 잠시, 은비는 그가 왜 자신을 찾아왔는지 눈치를 챘다.

 그러나 최대한 분위기를 부드럽게 만들어 보고자 장난스럽게 농담도 건네 보았다.

"정말 그때 모습이 그대로 있습니다, 고 선생님. 아무튼 제가 고 선생님을 찾아온 건."

"으음… 제가 맞혀 볼까요?"

"으응?"

"강 팀장님 때문이겠죠."

"네. 맞습니다."

 김 실장의 얼굴에 다시 그늘이 드리웠다.

"와, 진짜 드라마에서 보던 헤어져 주세요 시전을 눈앞에서 목격하는 건가요?"

"흐음… 아무래도 강 팀장님은 큰일을 하셔야 할 분입니다. 향후 라임그룹을 이끄실……."

"강 팀장님에게 이야긴 들었어요. 곧 부사장으로 승진하신다고요."

"그렇습니다. 그렇기 때문에……."

"와, 진짜 강 팀장님 대박이에요. 완전 상상 이상! 실장님, 제가 강한별을 그때 아주 잘 교육시켜 놨어요. 그렇죠?"

"그러게요. 고 선생님 덕이 큽니다. 그건 제가 제일 잘 알죠."

"말해 뭐 해요. 그때 실장님이랑 저랑 한 팀이었잖아요."

"훗- 그랬죠."

오랜전 일이 주마등처럼 스쳐 지나가 두 사람이 마주 보고 웃었다.

그 당시 강한별에게 과외 수업을 받게 하기 위해, 그리고 차귀도를 탈출해 버린 그를 잡기 위해, 그 외 여러 문제들을 논의하기 위해 두 사람은 긴밀한 연합 전선을 취했었다.

"이럴 게 아니라 실장님, 잠시 여기 좀 앉으세요."

"아… 네……."

"잠시만요."

은비가 탕비실로 달려가 쟁여 두었던 자양강장제 중 가장 비싼 것 하나를 꺼내 왔다.

"여기 이거 한 병 쭉 들이켜시면 하루의 피로가 싹 가실 거예요. 이거 지난번에 홍삼 제품 론칭할 때 어렵게 구한 거였거든요. 인기가 보통 좋았어야죠."

"그런가요. 고마워요."

"수고가 많으시죠, 실장님. 이렇게 대단하신 분을 제가 그 옛날에는 잘 몰라뵀습니다."

"대단하긴요. 아무튼… 우리 강 팀장님은……."

"실장님, 그 개망나니를 사람 만들어 놨더니, 망나니가 남자가 돼서 저를 어찌나 꼬시던지요. 제가 홀라당 넘어갔습니다."

김 실장이 말을 마치기도 전에 은비가 나섰다.

"아직 치기 어린 분이십니다. 망나니 짓은 해도 어려서부터 심성은 여리고 착했죠."

"와- 실장님 보는 눈이 어쩜 그렇게 정확하신지. 그래서 제가 실장님을 믿고 그때 과외를 이어 갔었죠. 근데, 강 팀장님이요 볼수록 사람이 참 정직하고, 진중하더라고요."

"맞습니다. 그게 강 팀장님의 매력이죠."

"실장님도 다 아시네! 저 완전 그 매력에 빠져 버렸잖아요. 그러니까 헤어지라고 말씀하지 마세요. 물류팀 발령이야 좀 억울해도 얼마든지 받아들이겠습니다."

"흠흠……."

"와, 그나저나 김 실장님은 나이를 거꾸로 드셨나 봐요. 더 젊어지셨네요. 9년 전보다."

"그래요? 하하."

이게 아닌데?

김 실장은 웃으면서도 자꾸 은비에게 말려들어 가는 자신을 발견했다.

"고 선생님… 아니 고 대리님 아시는지 모르겠지만, 사실… 원그룹 둘째 딸 유안 씨와 강 팀장의 혼사 이야기가 오가고 있습니다."

얼른 정신을 차려 이곳에 온 목적을 상기하며 다시 심각한 얼굴로 말했다.

"그렇군요. 하… 유안 씨가 적잖이 강 팀장을 좋아하는 걸 눈치채고 있었어요. 지금 인사이동도 유안 씨 짓인 거 맞죠? 그런데 실장님…….."

"흐음…….."

"저 프러포즈를 받았거든요. 바로 어제."

은비도 내친김에 그를 자신의 편으로 만들어 볼 생각이었다.

되든 안 되든 해 봐야지.

한별에게 호기롭게 말하지 않았나.

같이 짐을 지자고.

"프러포즈요?"

"네. 저 아니면 안 된다고 어찌나 간절한 눈빛으로 말하던지."

"벌써 얘기가 그렇게까지… 흐음…….."

"아마 강 팀장이 본인 뜻대로 안돼서 옛 망나니 근성이 나오면 어후… 아마도 피곤해지시는 건 실장님이 아니실는지… 걱정될 정도예요. 실장님, 왜 우리 같이 겪어 봤잖습니까. 그 옛날에."

"그야 그렇지요. 하… 그때 생각하면 지금도 머리가 지끈거립니다…….."

은비가 자꾸 강 팀장 뒤치다꺼리를 징그럽게 하던 그 시절의 이야기를 꺼내자 김 실장이 머리를 좌우로 흔들어 댔다.

그는 그녀에게 전우애 같은 감정이 느껴졌다.

"그래서 그 일 다 감당하실 수 있으시겠어요?"

"하지만 이제 강 팀장이 나이도 꽤 들고, 회사에서 위치도 있는데 설마… 그런 무모한 짓을… 하겠습니까?"

"꽂히면 직진하는 거, 마음대로 안되면 될 때까지 하는 거 그거 여전하더라고요. 아니, 더해요. 그때보다."

"흠……."

"진짜 문제는 요즘 업계에 치고 들어오는 원그룹과의 협력 관계거든요. 이게……."

헤어짐을 통보하려고 온 실장님의 자세가 슬슬 상담 모드로 바뀌고 있었다.

"원그룹의 상승세야 이유가 없진 않지만, 그렇다고 얼마나 갈지 그건 아무도 모르는 일 아니겠습니까. 이 업계에 영원한 승자는 없는걸요. 우리 라임그룹이야 워낙 독보적이지만, 나머지는 그런 상황이라고 봅니다."

"흐음… 강 회장님께서 워낙 원그룹과의 협력에 대한 갈망이 크셔서……."

"저는 뭐, 강 팀장님 휘하 지금 기획팀에서 진행하는 '라임 몰 고'만 대박 나면 그깟 원그룹 같은 회사가 하나 차려진다고 봅니다. 다른 그룹에 의존하는 것보다 우리의 경쟁력을 높이는 방향이 훨씬 낫죠."

"그렇긴 합니다."

김 실장은 하는 말마다 족족 맞는 말만 하는 그녀에게 더

반박할 말이 없었다.

"하지만, 결혼 때문에 강 팀장님이 '라임몰 고' 프로젝트를 그르치기라도 한다면……?"

두 사람이 동시에 천천히 고개를 가로저었다.

"그러니까 실장님, 이유안 씨 쪽 말고 제 쪽으로 붙으세요. 차라리 그게 더 나으실 겁니다."

은비가 이제 대놓고 과감한 이야기를 내뱉었다.

똑 부러지는 그녀의 말에 김 실장은 태풍이 불어닥친 해변의 갈대처럼 심하게 흔들리고 있었다.

예기치 못한 김 실장과의 만남 뒤 은비가 한강으로 향했다.

온종일 이리저리 치인 탓에 몹시 피곤했지만, 한별을 만날 생각에 기분 좋게 발걸음을 옮기는 중이었다.

그런데 한강 근처로 가니 열대야를 식혀 주는 선선한 바람과 함께 뭔가 심상치 않은 기운이 풍겨 왔다.

꽤 늦은 시각이었는데 조명이 여기저기서 번쩍번쩍거렸고 어디선가 이루어지고 있는 버스킹 소리가 들렸다.

맛있는 음식을 풍기는 푸드 트럭과 무언가를 파는 오픈 마켓이 줄을 지어 있었다.

대낮처럼 많은 사람이 이곳을 누비고 다녔다.

분위기가 꽤 멋진 한여름 밤의 한강 축제였다.

은비가 설레는 얼굴로 걸음을 안쪽으로 옮겼다.

그녀는 강의 북쪽과 남쪽을 잇는 다리의 반짝이는 조명, 그리고 강 너머로 보이는 아름다운 서울의 야경, 그 빛을 받아 유유히 흐르는 한강을 유독 좋아했다.

그토록 좋아하는 한강에 드리운 이 밤에 반짝이는 것들이 천지였으니 지금 기분 좋은 심정은 말로 할 수 없었다.

게다가 자신의 마음에 반짝이는 남자와의 약속이 이곳에 서 있지 않은가.

온종일 쌓인 피로는 벌써 잊힐 지경이었다.

그녀는 피곤한 마음도 잊고 설레는 마음으로 한별과 만나기로 한 장소로 이동했다.

"아직 안 왔네?"

아직 그의 모습이 보이지 않는 벤치를 바라보며 중얼거렸다.

그곳에 앉아 한별을 기다려 보기로 했다.

그런데 5분이 지나고, 10분이 지나고, 20분이 지나도 그는 모습을 드러내지 않았다.

"일이 길어지나……?"

계속 기다려도 그가 오지 않는데 사방은 들썩들썩거리고, 그냥 가만히 앉아 있기가 몹시 아쉽고 좀이 쑤셨다.

[강 팀장님, 오늘 한강에 축제가 열렸네요. 올 때까지 둘러보고 있을까 봐요. 도착하면 연락 주세요.]

급기야 한별에게 메시지를 보내 놓고 자리에서 일어나 본격 축제 구경에 나섰다.

"어디 그럼, 둘러볼까?"

그녀는 강변을 무대 삼아 노래하는 인디밴드들의 노래를 들으며 짝짝짝 박수도 쳐 보고, 한별이 오면 같이 먹어 봐야겠다 싶은 푸드 트럭 음식들도 찜해 두었다.

양쪽으로 빽빽히 늘어선 오픈 마켓도 돌아보았다.

그런데 시간이 많이 지난 탓인지 많은 물건들이 팔리고 남은 게 얼마 되지 않았다.

마지막 마켓 구경만을 남겨 두고 은비가 휴대폰을 확인했지만, 아직 한별에게선 연락이 없었다.

"우와, 예쁘다."

그녀가 제일 끄트머리에 자리한 숍에서 예쁜 소리를 내는 오르골을 발견하고 감탄사를 내뱉었다.

자세히 보니 수제 오르골을 파는 마켓이었다.

매대엔 예쁜 집 모양, 관람차 모양, 북 치는 밴드 모양 등 몇 개의 오르골이 전시되어 있었다.

그중 작고 앙증맞은 회전목마 오르골에서 엘가의 '사랑의 인사'가 흘러나왔다.

"어서 오세요~"

가게 주인장 부부가 은비를 반겼다.

"아… 정말 예쁘네요. 이거 얼마예요?"

반짝거리며 돌아가는 회전목마 오르골이 너무 예뻐 가격

을 물었다.

웬만하면 이런 사치품은 사질 않는데, 이 한강의 분위기도 그렇고 오르골도 너무 예뻐 하나 정도 사고 싶은 마음이 들었다.

"가격이 좀 좋은 건 다 나가고 이제 비싼 것만 남았거든요. 거의 파장이라 조금 깎아 드려도 10만 원은 받아야 하는 제품이에요."

"10만 원이요? 어후, 엄청 비싸네요……."

"네, 이게 한 조각 한 조각 공들여 만든 수제다 보니… 소리도 굉장히 좋고요……."

"와, 정말 손재주가 좋으시네요. 게다가 소리도 사랑스럽고 모양도 너무 예쁜데 저한테는 너무 비싸서. 호호. 구경 잘 했……."

좋은 구경했다 치고 슬슬 꼬리를 빼려던 참이었다.

"헉헉, 사장님, 이거 남은 거 다 포장해 주세요."

"이걸 다요?"

"네. 헉… 흐헙… 선물할 거니까… 하악… 포장 예쁘게 부탁할게요."

그녀의 말이 다 마치기 전에 누군가 오르골 판매자에게 주문을 넣었다.

급하게 뛰어왔는지 숨이 거칠었지만, 채 고를 새도 없이 이야기하는 그였다.

"이걸 다?"

은비가 어이없어 소리가 나는 쪽을 본능적으로 바라보았다.

그때 슬며시 그녀의 어깨에 내려오는 그의 손.

이 익숙한 느낌.

"팀장님!"

"미안, 일이 너무 늦게 끝났습니다. 많이 기다렸죠. 헉헉······."

"괜······."

"이거 전부 다 말씀하시는 거 정말 맞나요?"

한별에게 대답하려는데 오르골 판매자도 황당하다는 듯 주문을 재확인했다.

"네. 다요. 얼마가 되었든 간에."

"설마, 나 주려고 그러는 거예요?"

은비가 묻자 그가 씩 웃었다.

"아, 됐어요! 뭘 저렇게 많이 사! 장사할 거야?"

"비싸서 못 사는 거면, 혹시 나도 비싸서 안 살까 봐 괜히 찜찜해서 사야겠거든. 만일 안 꺼내 놓으신 거 있으시면 모조리 다 포장해 주세요. 혹시라도 무르는 일은 없을 테니 걱정 마시고요."

오르골 판매자는 로또라도 당첨된 듯 설레는 얼굴로 싱글벙글 물건을 포장하기 시작했다.

은비는 매일 당첨되는 그 로또.

"어휴… 못 말리겠네. 이미 강 팀장님과 저 사이의 거래는 완론데 뭐가 불안해서 그래요."

"반품, 환불 다 안 되는 거 알죠? 고 대리?"

"네네. 악덕 업주라 안 되는 거 알고 있습니다요!"

은비가 눈을 흘기며 그의 가슴을 톡 쳤다.

한별이 그녀를 꼭 안았다.

그녀는 볼에 닿는 그의 넓은 가슴 느낌이 좋아 계속 달라붙어 있고 싶은 심정이었다.

그러는 사이 포장이 끝난 오르골은 은비의 손으로, 계산은 한별의 손으로.

두 사람은 팔짱을 끼고 한여름 밤 한강 축제를 본격적으로 즐기기 시작했다.

아까는 은비 혼자 보았던 공연을 이번엔 백허그 해 주는 한별과 함께-

찜해 두었던 푸드 트럭의 맛나 보이는 음식도 그와 함께-

퇴근 후라는 게 믿기지 않을 정도로 에너지가 넘치는 두 사람이었다. 축제 분위기 속에 둘이 만나기로 했던 벤치에 앉아 도란도란 이야기도 꽃피웠다.

"내일부터 사무실에서 못 본다고 생각하니까 속이 쓰립니다……."

"그러게요. 이게 웬 생이별이야."

"미안해요. 나 때문에……."

"미안하긴요, 팀장님. 가만히 생각해 보니까 이거 엄청 잘된 일이에요."

"네?"

"이 과장으로부터 벗어나는 가장 빠르고도 효과적인 방법!"

"그런가요."

"강 팀장님과 한 사무실이 아닌 건 아쉽지만, 그래도 멀지 않은 곳에 있잖아요. 그래서 괜찮아요. 난."

"요즘 많이 바쁘지만, 하루에 한 번 이상은 꼭 고 대리 보러 물류팀에 갈게요."

한별이 그녀를 지그시 바라보며 말했다.

"약속."

나도 매일 너를 보고 싶으니까…….

은비가 웃으며 그에게 손가락을 내밀었다.

그가 미소를 지으며 그녀의 새끼손가락에 자신의 새끼손가락을 걸었다.

"도장도 찍어야지."

그녀가 그를 향해 엄지손가락을 치켜들었다.

"거기 말고."

한별이 그녀의 엄지손가락을 자신의 손아귀 속에 감춰 버렸다.

모처럼 맑은 서울 밤하늘엔 별이 총총히 떠 있었다.

늦은 시각임에도 불구하고 많은 사람이 활기차게 한여름

을 즐기고 있었다.

그토록 좋아하는 한강에서, 사랑하는 한별과 이 설레는 분위기를 만끽하며 뜨거운 입맞춤을 나눴다.

이게 약속에 대한 도장이라며…….

한별이 우기는 통에…….

도장을 매우 진하게 찍었다.

"사랑해."

잠시 입을 뗀 그가 은비의 눈을 보고 말했다.

"나도……."

그녀가 미소를 지으며 그와 눈을 마주쳤다.

은비가 새로운 마음으로 출근길에 올랐다.

"아차차! 여기가 아니지."

별관에 딸린 물류팀으로 가야 하는데, 그녀가 습관처럼 본관으로 들어가 버렸다.

몇 발자국 걷다가 잘못 들어왔다는 것을 눈치채고 돌아 나오려는데 막 출근하려는 한별과 로비에서 딱 마주쳤다.

아아-

눈부신 내 남자.

"팀장님, 안녕하세요."

은비가 주변을 둘러보며 최대한 자연스럽게 인사를 건넸다.

"아, 고 대리. 정신 똑바로 안 차립니까. 물류팀 별관인 거 몰라요?"

강 팀장이 눈을 찡긋하며 그녀에게 큰소리를 쳤다.

"보내기 싫다. 이따 갈게요."

그러고는 그녀를 스치며 그녀만 들릴 정도로 작은 목소리를 냈다.

"아, 네네! 별관은 처음이라서요. 곧 익숙해지겠죠."

씩씩하게 대답하고 다시 돌아서서 걸음을 내딛는 그녀의 얼굴에 미소가 번졌다.

인사만 했는데도 짜릿한 이 기분이란.

게다가 물류팀에서의 첫날이라 긴장 아닌 긴장을 하고 있었는데, 한별의 얼굴을 보니 한결 마음이 편해졌다.

"어머! 고 대리님!"

문밖으로 나서려는데 누군가와 또 마주쳤다.

휴가를 마치고 돌아온 최 대리였다.

"최 대리! 휴가 잘 다녀왔어?"

두 사람은 이산가족 상봉하듯 손을 마주 잡고 반가워했다.

"아니, 이게 무슨 일이냐고… 휴가 갔다 왔더니 지각 변동도 이런 지각 변동이 없네. 대체 얼마나 밉보였기에 물류팀 전보라뇨! 고 대리님!"

반가움도 잠시, 은비가 별관으로 가는 길임을 알고 최 대리가 문밖으로 그녀를 데리고 나와 울상을 하고 물었다.

자신이 겪은 일인 양 속상해하는 그녀였다.

"그게 그렇게 됐어. 근데 뭐, 나 괜찮아, 최 대리."

"혹시… 그 소문 맞는 거예요? 고 대리님?"

"뭐?"

은비는 최 대리의 말에 순간 식겁했다.

헐, 한별과 그렇고 그런 사이라는 거 벌써 알려졌나?

"강 팀장이랑 유안 씨랑 이제 막 서로 집도 들락날락하는 사이라던데? 결혼도 전이면서."

"풉, 아… 난 또 뭐라고. 근데, 그걸 내가 어떻게 알겠어……."

최 대리 사내가 중계도 이제 믿을 게 못 되네.

"이제 막 유안 씨가 라임그룹 안주인 된다면서 평소 괴롭히던 고 대리님 저격한 거라던데……."

"괴롭히긴 무슨……. 내가 이 과장이야? 바른 소리 몇 번 한 게 다라고."

"그니깐. 아무튼, 유안 씨가 벌써부터 유세란 유세는 다 떨고 다니나 봐."

"이유안 사원, 속깨나 쓰리겠네."

"네?"

"빈속에 김칫국을 그렇게 벌컥벌컥 마시면 어쩌나."

"그게 무슨 말이에요? 고 대리님?"

"떡 줄 사람이 생각이 있어야 말이지."

"오호라……! 고 대리님! 뭐 아는구나? 혹시 강 팀장 다른 여자 있어요? 사실 그런 소문도 좀 있거든요……."

진실과 비슷한 소문이 있긴 있는 모양이었다.

다만, 다른 여자라기보다는 그냥 그 여자 하나뿐이라던데……?

"으음… 나중에 얘기해 줄게, 최 대리."

미리 이야기 못 해서 미안.

"헐~ 미쳐, 내가. 고 대리님 아네! 알아! 아, 궁금해 미쳐 버리겠네. 도대체 누구예요? 혹시 우리 회사 직원? 아니면 아예 다른 재벌?"

"아마도 사내일걸?"

"대박. 누구지 진짜. 이거, 대박 로또 맞았네. 그 여자. 그 여자 얼굴 봤어요? 고 대리님?"

"어… 슬쩍……."

"와, 진짜 그 여자 전생에 나라를 구했거나, 아님 진심 외모가 미쳤거나……. 보통 비주얼이 강 팀장님하고 어울리겠어요?"

"으음……."

은비가 괜히 찔려 자신의 모습을 쓰윽 훑어보았다.

아무리 봐도 정말 심하게 보통 비주얼이라, 뭐 더 할 말이 없었다.

"어? 벌써 시간이 이렇게 됐네? 최 대리, 일단 얼른 출근해야 하니까 나중에 또 이야기해."

"네네. 참, 오늘 저녁 약속 없죠? 이따 같이 저녁 먹어요. 고 대리님! 내가 선물도 사 왔어요!"

은비가 최 대리를 향해 엄지를 척 올려 보였다.

그녀가 그동안 회사에서 유일하게 숨통이 트이는 시간은 최 대리와 함께하는 시간이었다.

한별을 다시 만나기 전까지는 둘 다 애인도 없고 이야기도 잘 통했으니까.

아무래도 그녀에게는 조만간 이야기해야겠다는 생각이 들었다.

"안 믿는 거 아냐?"

아직 누구에게도 말한 적 없는 이야기였다.

과연, 그녀가 믿어 주려나 싶었다.

이런저런 생각을 하는 가운데, 별관에 있는 물류팀 앞에 다다랐다.

입사 이래 한 번도 와 본 적이 없는 곳이었다.

"안녕하세요. 고은비입니다."

그녀가 노크를 하고 들어가 사무실 공중에 대고 인사를 했다.

이런 분위기 속에서 하는 인사가 얼마 만인지, 괜히 신입사원이라도 된 기분이 들었다.

"아, 네. 말씀 많이 들었습니다. 서준 부장입니다. 고 대리님 자리는 이쪽."

먼저 출근한 인상 좋은 부장님이 그녀를 반겼다.

연이어 나머지 직원들이 출근했다.

"본관에서 별관으로 오는 게 다들 강등이라고 생각하지만, 이곳이 그쪽보다 분위기는 훨씬 좋습니다. 환영해요, 고 대리님!"

"와-"

짝짝짝.

"하하하, 감사합니다. 많이 긴장됐는데, 이렇게 맞아 주시니 한결 마음이 놓이네요. 처음 맡는 업무가 많겠지만 열심히 해 보겠습니다!"

물류팀 사람들은 배려심이 많았고, 어느 하나 엄한 일로 꼬투리 잡는 사람도 없어 보였다.

"고 대리님, 뭐, 저희는 기획팀처럼 복잡한 일과는 달라도 라임몰의 실체를 다루는 거라 엄청나게 중요한 일이거든요. 이게……."

업무를 인수해 주는 차준영 대리는 또 얼마나 친절하신지.

이건 강등이 아니라 진급한 기분이었다.

비록 그녀가 하고 싶은 분야의 일은 아니었지만, 그동안 일에 치였던 터라 나름 새로운 기분으로 업무에 임할 수 있었다.

"고 대리님, 기획팀이 5층이던가요? 아마 그쪽에 마케팅 부서도 있던 것 같던데……."

차 대리가 업무 인수를 마치고 나서 은비에게 물었다.

"맞아요. 5층에 기획팀, 마케팅팀, 재무팀 이렇게 있거든요. 근데 그건 왜……."

"아, 마케팅팀 최지원 대리라고… 저랑 입사 동기거든요."

"어머, 최 대리? 나랑 완전 절친이에요. 지원 대리랑 동기셨구나……."

어디를 가나 호구조사는 친목을 다지는 데 기본이지.

그가 최 대리 이야기를 꺼내며 유독 친근감 있게 다가왔다.

"네……. 고 대리님, 이거 드시면서 일하세요. 뭐, 어려우신 점 있으시면 바로 말씀해 주시고요."

차 대리가 한없이 밝은 얼굴로 비타민 음료까지 내밀었다.

"고마워요, 차 대리님."

은비가 그를 향해 웃어 보였다.

"아- 안녕하세요."

"안녕하십니까."

"오오, 강 팀장님께서 어쩐 일로……."

한창 일에 몰두하고 있는데 연신 직원들이 입구에 등장한 사람에게 인사를 건넸다.

"아, 안녕하세요. 고 대리님 잠시 저 좀 보죠. 마지막으로 올린 현장 보고서에 의문이 드는 점이 있어서 말입니다. 아,

서 부장님, 죄송하지만 시간이 좀 걸릴 수도 있습니다. 사안이 좀 많다 보니…….”

 진짜 보러 왔네……!

 약속은 칼같이 지키는 이 남자!

 “강 팀장님, 저희야 오늘 급한 거 없으니까 걱정하지 말고 천천히 일 보셔도 됩니다. 고 대리한테 너무 빡빡하게 굴지 마시고, 늦어지면 점심도 좀 챙겨 주시고요. 지금 시간이…….”

 서 부장이 강 팀장님에게 나긋하게 이야기했다.

 시간을 확인해 보니 점심시간이 고작 30분 정도 남은 때였다.

 “아, 벌써 점심때가 다 돼 갑니까? 이런……. 뭐, 다른 팀원들이 고 대리 기다리다가 식사가 지연되면 안 되니까 어쩔 수 없군요. 알겠습니다.”

 와, 능청도 이런 능청이라니.

 같이 점심 먹으려고 온 거면서!

 은비가 강 팀장의 행동에 웃음이 삐져나오는 것을 간신히 입술을 깨물며 참았다.

 “고 대리님, 뭘 꾸물거립니까. 사안이 급하다고 안 했습니까?”

 “아, 네네.”

 강 팀장의 단호하고도 딱딱한 말투에 물류팀 직원들이 그

새 한 팀이 된 그녀를 향해 걱정스러운 눈빛을 보냈다.

서 부장도 악의 소굴로 보낸 건가 싶어, 자기가 괜한 말을 한 건 아닌지 후회하는 중이었다.

그들의 생각과 달리 은비는 찔리는 마음 반, 설레는 마음 반으로 업무 수첩을 챙겨 강 팀장을 졸래졸래 따라나섰다.

두 사람은 빠른 발걸음으로 별관을 순식간에 벗어났다.

"와아, 연기가 어찌나 뛰어나신지 감탄했네요."

함께 별관을 빠져나오며 그녀가 말했다.

"아, 이렇게 잘생긴 얼굴에 연기까지 잘하다니, 라임그룹이 아니라 연예계 진출해도 먹혔을 텐데 말입니다. 그렇죠?"

"그러게 말입니다앙."

"아까 잠깐 보고 너무 아른거려서 죽는 줄 알았습니다."

"일 많을 텐데."

"좀 더 오래 보고 싶어서 간신히 참았다가 왔습니다. 고 대리는 뭐, 내 생각 하나도 안 하고 있었던 것처럼 놀라던데."

"어휴, 칼퇴근 하려면 효율적으로 오늘의 할 일을 마쳐야 하니까요. 이 좋은 정신을 강 팀장님께 배워서 말이에요."

한별이 눈을 흘기며 그녀를 자신의 차가 있는 곳으로 데리고 갔다.

"근데, 진짜 바쁠 텐데… 그렇게 내 생각하다가 일 그르치겠어요."

차에 올라탄 은비가 기분이 좋으면서도 걱정스러운 눈빛

을 그에게 보냈다.

"아무리 바빠도 고 대리 생각이 멈추질 않네요. 자꾸 고 대리가 내 생각 속에 삽니다."

"어머……!"

그녀가 두 손으로 입을 막았다.

"왜요?"

"너의 집은 하늘에 있고 나의 집은 풀 밑에 있다 해도 너는 내 생각 속에 산다… 조병화 님 '시'잖아요. 그거."

"이런, 처음 듣는 시인데……. 와- 고 대리를 좀 더 빨리 만났으면 내가 먼저 썼을 뻔했습니다. 아깝……. 아무튼 그분에게도 분명 고 대리 같은 애인이 있었나 본데요?"

"제목이 '나의 사랑하는 자에게'일 거예요. 제가 되게 좋아하는 시인데… 신기하네요."

강한별이 사랑을 하더니 시인이 돼 버린 모양이었다.

두 사람을 태운 차가 회사 주차장을 빠져나갔다.

차가 회사에서 좀 멀리 떨어지자 한별이 갑자기 길모퉁이를 돌아 잠시 차를 세웠다.

"일단 해결 좀 해야죠. 급한 거."

"급한 거요? 뭐요?"

잠시 핸들에서 해방된 한별이 은비를 뚫어져라 바라보았다.

그녀가 그제야 대충 눈치를 챘다.

"아- 어떻게… 도장 좀 찍어 드려요?"

"응. 오늘의 약속은 고 대리 생각에도 강한별만 살기. 사안이 매우 중요해서 페이지마다 찍어야 합니다."

"큭. 이리 와, 강한별."

그가 그녀에게로 다가갔다.

그녀도 몸을 쭉 빼 그에게로 갔다.

도대체 몇 페이지짜리 약속이야!

"아훗."

은비는 뽀뽀를 하다 말고 웃음이 터져 나왔다.

한별도 그녀를 따라 웃었다.

"나머지 페이지는 퇴근 후에 제대로 찍어 줘요."

한별이 아쉬운 얼굴로 눈을 찡끗하고는 다시 차를 움직였다.

물류팀에서의 첫날이라 너무 늦을 수는 없다는 그녀의 말에 한별이 일정을 서둘렀다.

이내 동대문 근처 호젓한 한정식집에 두 사람이 마주 앉았다.

"기획팀은 좀 어때요? 잘 돌아가나요?"

은비가 내내 마음에 걸렸던 것을 물었다.

"고 대리 없으니까 빈자리가 완전 큽니다. 대리들도 일이 많아지니 우왕좌왕하고 이 과장님은 유독 힘이 없어 보이셔서… 내가……."

"응?"

"바람 좀 쐬시고 정신 좀 차리시라고 출장 보냈어요."
"또요? 이번엔 어디예요?"
맛있는 음식을 나누며, 두 사람이 대화를 이어 나갔다.
"만재도요. 만재도 거북손 물량 좀 확보하라고 보냈어요."
한별의 눈에 '나 잘했지? 좀 칭찬해 줘'라고 쓰여 있었다.
은비가 배를 잡고 웃었다.
"아무래도 이 과장님은 발로 뛰는 게 더 효율적이에요. 사무실에 있어 봤자 큰 도움도 안 되니까 잘됐죠. 뭐, 상품을 눈으로 확인해야 나도 속이 후련해서."
"네. 그럼… 유안 씨는… 어때요?"
신경이 쓰였던 부분도 묻는 그녀였다.
"이유안? 글쎄요. 뭘 하는지 본 기억이 없네. 오늘 출근은 했던가……."
그녀 이야기가 나오자 시큰둥한 그였다.
"너무한 거 아니에요? 그래도 팀장님이신데……."
"일에 관심 없는 직원 나도 관심 없어서. 내 관심은 효율적으로 움직이니까."
"못 말려. 진짜."
"아무튼, 나는 고 대리가 물류팀으로 가게 돼서 되게 서운하고 막 그런데, 막상 거기서 보니까 얼굴이 거의 보름달 수준이던데요?"
한별의 말투가 어째 곱지 않았다.

"내 얼굴이요?"

보름달 수준이라니, 요즘 살쪄서 얼굴이 동그랗고 커졌나? 은비가 가방에서 손거울을 찾으려 들었다.

"응. 대보름달. 완전 밝아. 밝아도 그렇게 밝을 수가 있나 싶네요."

"그랬어요? 아니, 물류팀 팀원들이 다 되게 좋으시더라고요."

"기획팀 때랑은 얼굴빛이 달라서 깜짝 놀랐다고요."

"아이고, 설마요……."

그래도 네가 나를 보러 왔을 때만큼은 아닐 텐데, 강한별……!

"다 남자고, 다 훈남이고. 내가 아까 쭉 다 봤어. 특히 차 대리? 자꾸 고 대리 힐끔거리고… 딱 봤습니다."

"어머, 진짜? 어떡해… 일에만 집중하고 싶은데……. 그런 관심 부담스러워서 큰일이네요."

"고 대리, 아… 진짜… 내가 불안해서 일이나 제대로 하겠습니까. 결혼을 빨리 당기든지, 원. 계속 같이만 있고 싶어서 큰일입니다. 나 없으면 누가 들이댈까 봐 걱정이고."

얼굴이 울상이 된 그가 밥을 먹다 말고 은비에게 손을 내밀었다.

그녀는 장난을 진담처럼 받아들이는 한별의 모습이 너무 웃겨 눈에서 눈물이 찔끔 나는 상태로 내민 손을 맞잡았다.

"걱정 마요. 그리고, 고마워요."

이토록 나를 좋아해 주는 네가 있다는 게 참으로.

고마워.

한별이 맞잡은 그녀의 손을 들어 입을 맞췄다.

점심시간이 끝나기까지 약간의 여유가 있어 식사를 마친 두 사람은 근처 동대문 성곽 길을 잠시 걸었다.

"와, 좋다. 뷰도 좋고, 바람도 좋고-"

은비가 성곽 길에 올라 아래를 내려다보며 말했다.

그런 그녀를 한별이 사랑스럽게 바라보았다.

"참, 저 김 실장님 만났었어요."

"아, 맞다. 얘기 들었습니다."

"와, 실장님이랑 있으니까 옛날 생각이 얼마나 나던지……."

"둘이 내 욕이라도 실컷 한 거 아닙니까? 참, 실장님이 고 대리가 사람을 완전 홀려 놨다고 하던데."

"큭, 그랬어요? 좀 도와 달라고 했어요. 제가. 강 팀장님 힘들지 않게."

"어쩐지……. 하, 근데 아무래도 불안해. 사람 홀리는 재주가 있네! 우리 고 대리가! 이런, 이런, 나도 없는 물류팀에서 이를 어쩐다."

"이그~ 어쩌긴 뭘 어째요… 진짜……."

은비가 한별의 가슴에 도리질했다.

"김 실장님도 고 대리와 제가 잘되었으면 하셨습니다. 사람 홀리는 고 대리 덕분에 아주 수월히 아군이 생겼네요."

"이게 다 팀장님의 화려한 전적 덕분이랍니다."

그녀가 눈을 찡긋거렸다.

김 실장 이야기가 나오자 두 사람이 잠시 말을 잃고 저 멀리 보이는 서울 풍경을 바라보았다. 김 실장은 그렇다 쳐도 진짜 큰 문제는 이유안과 강 회장이기에 그들의 존재가 두 사람의 머릿속을 어지럽히고 있는 건 사실이었다.

잠시 말을 잃은 두 사람은 같은 곳에서 같은 곳을 바라보며 같은 생각을 하고 있었다.

한별이 이내 은비의 손을 쓱 잡고 입가에 미소를 띠었다.

"이따 일 끝나고 집에 잠시 들를게요."

"아, 난 오늘 최 대리랑 약속이 있어요."

"어차피 나도 오늘 거래처 미팅이 많아서 가도 늦은 시각일 겁니다. 설마 최 대리랑 밤새 놀고 뭐 그러는 거는 아니겠죠?"

"그럴 건데?"

"이런… 진짭니까?"

그녀의 말에 그가 절망에 휩싸인 표정을 지었다.

"아니요. 그냥 저녁 약속이에요."

은비가 그의 표정이 귀엽다는 듯 대꾸했다.

"아… 참, 아무리 여자 동료 만나는 거라도 술은 안 됩니다. 주사가 아주 고약해서."

그 얘기가 나오면 은비도 할 말이 없었다.

"고 대리 왜 전에 막 와인 몇 모금에 픽 쓰러져서 테이블에서 자고……. 어휴, 어디서 그럴 생각을 하면 아찔합니다."

한별이 고개를 절레절레 흔들었다.

"뭐, 팀장님도 만만치 않거든요?"

"나요?"

은비도 생각나는 게 있어 이야기를 꺼냈다.

"와, 기획팀 회식 때… 어휴, 지금 생각해도 얼굴이 달아오르네요."

"혹시 고 대리를 앞에 두고 고 선생을 찾았던가요?"

이미 유명한 주사라서…….

"막… 아… 내 입으로 말하기 진짜 민망하지만, 고 대리 예쁘다 어쨌다……."

다시 생각해도 손이 오그라들었다.

"아……! 그런 일이 있었군요."

"암튼, 진짜 민망해 죽는 줄 알았어요."

"내가 원래 취중 진담을 하는 스타일이라."

"와, 근데 정말 기가 막힌 건 그 말을 아무도 안 믿는 눈치였다니까요. 나 참."

그때를 생각하니 좀 억울한 느낌이 들었다.

"사람들이 그렇게나 보는 눈이 없습니다. 근데 나한테만 예쁘면 되죠, 고 대리."

두 사람 사이에 그사이 돌아보고 웃을 수 있는 추억들이 제법 쌓여 있었다.

그 사실이 한별과 은비의 마음을 따뜻하게 하나로 만들어 주었다.

"아, 맞다. 참, 전에 우리 집에 데려다줬을 때 말이에요. 내가 팀장님한테 현관 비번이 뭔지 이야기해 줬나요?"

그녀는 전부터 궁금했던 사실이었는데 매번 물어본다 해 놓고 잊었다가 이제야 물었다.

"비번? 아! 아뇨……."

"그럼 어떻게 알았어요?"

"나랑 똑같더라고. 우리 집 비번이 엄마 기일이거든. 혹시나 해서 고 대리 아버지 기일 눌러 봤죠."

"대박."

어떻게 이런 일이!

"보세요. 우리 운명입니다……."

"에이, 뭘 그거 하나 가지고……."

"아니, 비밀번호의 경우의 수가 얼마나 되는지 압니까? 무려 만 가지예요! 나는 그걸 몇 번 만에 맞혔다고! 와, 진짜 다시 생각해도 나 자신이 참 대단할 지경입니다."

"진짜 내가 얘기한 거 아니고요?"

"고 대리는 완전 철벽이었다니까요."

"어쨌든 다행이에요. 난 또 내가 얘기한 줄 알고 식겁했거든요. 막 술김에 발설하고 그랬나 해서."

은비는 진실을 알게 돼 한시름이 놓였다.

혹시라도 막 술김에 이런저런 이야기를 했던 것이었다면, 당장 한 모금도 허용치 않는 금주를 할 생각이었다.

어쨌건 같은 뜻의 비밀번호라니.

너무나 다른 세계에 사는 그이지만, 자신과 통하는 구석이 있다는 사실에 마음이 뭉클해졌다.

"아, 그나저나 최 대리가 부럽습니다."

"네?"

"고 대리랑 저녁 먹을 수 있잖아요."

"팀장님, 우리 지금 점심 같이 먹었잖아요."

"저녁도 같이 먹고 싶단 말입니다. 내일 아침도… 삼시 세 끼 몽땅! 그냥 이 세상에 고 대리랑 나만 있으면 좋겠습니다."

"그럼, 내일 아침은 같이 먹도록 해요. 우리. 이따 조심히 오세요."

말을 마친 은비가 다시 산성 아래쪽으로 발걸음을 사뿐히 옮겼다.

은비의 말에 한별은 감격에 겨워 눈을 북극성처럼 반짝이며 그녀 뒤를 쫓았다.

"고 대리님!"

최 대리가 회사 로비에서 퇴근하는 은비를 환한 미소로 반겼다.

"일찍 나왔네?"

"어휴, 휴가 갔다 오니까 일이 더 손에 안 잡히네요. 아, 배고프다. 얼른 맛있는 거 먹으러 가요. 우리."

두 사람이 다정히 팔짱까지 끼고 회사 밖으로 나왔다.

"뭐 먹을까?"

"얼마 전에 티브이에 여의도 수제 버거 맛집 나오던데, 그거 보고 완전 군침 흘렸거든요. 거기 갈래요?"

"수제 버거?"

"네네. 분위기도 좋아 보이던데. 아, 매콤한 게 아니라 고 대리님 좀 그런가?"

"아니! 좋아. 나도."

이 과장을 안 보니 매콤한 게 언제 당겼는지 기억도 나지 않는 은비였다.

게다가 수제 버거라니, 한별이 좋아하는 음식이라 맛있으면 하나 포장을 해야 하나 말아야 하나 벌써부터 고민이었다. 그땐 안 먹는다고 정색했지만, 이젠 먹지 않을까.

회사에서 멀지 않은 곳이라 두 사람은 금세 목적지에 다다랐다.

핫한 곳이라 그런지 홀에는 벌써부터 사람들이 가득했다,

빈자리를 찾던 그녀의 눈에 아는 얼굴 하나가 들어왔다.

친구들로 보이는 사람들과 이곳을 찾은 유안이었다.

마침 고개를 돌린 그녀와 은비의 눈이 딱 마주쳤다.

은비가 간단히 눈인사를 건넸지만, 그녀는 무시해 버렸다.

와, 이제 같은 팀 선배 아니라 이건가?

테이블 앞에 가서 한 소리를 해 주려다가 밥 먹을 때는 개도 안 건드린다는데 그냥 두자 싶어 얼굴을 찡그리고 말았다.

"최 대리, 잠깐만."

버거를 주문해 놓고 최 대리와 한창 이야기 중인데 휴대폰에 메시지 알림이 왔다.

[고 대리, 어디예요?]

한별이었다.

[아, 회사 근처 수제 버거집이에요. 엄청 유명한지 사람이 바글바글하네요. 회사에서 최 대리랑 만나서 같이 왔어요.]

답 메시지를 보내고 나서 최 대리와 다시 이야기를 이어갔다.

[아, 보고 싶다.]

그녀의 휴대폰에 다음 메시지가 떴지만, 가게 안이 워낙 시끄러운 통에 이번엔 알림을 알아차리지 못했다.

"우와아- 진짜 맛있겠다."

주문한 음식이 앞에 놓이자 침샘을 폭발시키는 비주얼에 최 대리와 은비가 환호를 했다.

"최 대리, 맛있네. 사람이 많은 덴 이유가 다 있다니까……."

"그니까요. 이런 맛집이 회사 근처에 있어서 나름 축복이라고 해야 할지. 아 참, 내가 고 대리님 선물 사 왔지요."

휴가 때 부산으로 여행을 다녀왔던 최 대리였다.

그녀가 싱글벙글하며 식사를 하다 말고 선물 꾸러미를 은비에게 건넸다.

"요즘 부산에 기념품 숍이 많이 생겼더라고요. 여기. 광안리 바다를 이 안에 담은 거래요. 너무 예쁘죠?"

최 대리가 건넨 선물 상자 안에는 앙증맞은 캔들이 들어 있었다.

"데이지랑 국화꽃 향이 은은히 난다는데, 향이 엄청 사랑스러워서 특별한 날 켜 두면 참 좋대요. 큭큭. 언제 특별한 날이 올지는 모르겠지만 미리미리 대비해 두면 좋죠, 뭐. 저도 하나 샀고, 고 대리님 것도 여기."

"너무 예쁘다. 고마워, 최 대리!"

은비는 별 이변이 없다면 이 향긋한 선물을 오늘 개시해 보지 않을까 생각했다.

"최 대리, 사실 내가 할 이야기가……."

이쯤에서 강 팀장 이야기를 꺼낼 생각으로 입을 떼는 순간이었다.

"저도 말씀드릴 거 있는데. 어? 벌써 왔네? 선배! 여기예요!"

10장. 아무에게도 해 본 적 없는 이야기

 최 대리가 그녀의 말이 끝나기 전에 입구 쪽을 바라보더니 누군가를 향해 손을 흔들었다.
 "어? 누구야?"
 그리고 여기라니!
 은비가 좀 당황스러워 최 대리에게 물었다.
 "아, 왜 전에 소개팅……. 그냥 자연스럽게 자리를 갖는 게 더 좋을 것도 같아서요. 퇴근 직전에 마침 선배한테 연락이 와서."
 최 대리가 웬 남자가 걸어오는 사이 그녀의 귀에 대고 속삭였다.
 이런……!

"최 대리, 나 이제 소개팅 필요 없는데……."

"오랜만이에요, 선배! 더 멋있어졌다아-"

낯선 남자가 가까이 다가옴으로 인해 은비의 말이 최 대리의 인사말에 묻혀 버렸다.

"어, 지원아. 아, 안녕하세요!"

남자가 젠틀하게 인사를 건넸다.

"아… 네, 안녕하세요!"

그런데 그보다 괜히 더 신경이 쓰인 건 다름 아닌 유안의 시선이었다.

웬 남자의 등장을 아주 주의 깊게 바라보는 그녀였다.

상황이 재밌게 돌아간다는 눈치를 채고는 입꼬리를 쓱 올리는 것이 아닌가.

"식사 중에 불쑥 끼어들었네요. 마침, 근처 지날 일이 있어서 지원이한테 연락하다가 급하게 합류했습니다. 녀석이 매일 좋은 사람 있다고 얘기만 하고 도통 기회를 안 줘서."

남자가 자리에 앉아 은비를 향해 호감 어린 눈으로 말을 붙였다.

최 대리도 그녀를 보며 눈을 찡긋했다.

"그랬군요……. 근데… 그게, 후… 저기, 최 대리, 내가 안 그래도 오늘 얘기하려고 했는데……."

은비가 최 대리를 향해 곤란한 표정을 지었다.

"왜요? 고 대리님? 응?"

나를 생각해 주는 마음이 참 고맙지만, 어쩔 수 없네.
어물쩍 이 자리에 그냥 있을 수가 없어서.
"뭐, 이렇게 오시자마자 외람된 말씀을 드리는 것일 수 있겠습니다만."
이번엔 최 대리 선배라는 남자를 향해 고개를 돌렸다.
"제가 최근에 사귀는 사람에게 프러포즈를 받았거든요. 최 대리한테 지금 막 얘기하려던 참인데 말이에요."
"어머! 고 대리님!"
최 대리가 정색한 얼굴에 눈을 크게 뜨고 은비를 바라보았다. 귀를 쫑긋 세우고 이쪽 이야기에 귀를 기울이던 유안의 눈도 커진 건 마찬가지였다.
"최 대리 못 보던 사이에 일어난 일이라, 아마 잘 모르고 이 자리를 만든 것 같아요. 의도치 않게 죄송하게 됐네요."
은비의 이야기에 최 대리가 어안이 벙벙해했다.
남자 친구가 있는 줄도 몰랐을 텐데 프러포즈라니 당황할 만했다. 두 사람은 얼마 전까지도 솔로부대의 극진한 동지였으니까.
"아……! 어휴, 아닙니다. 저야 무척 아쉽긴 하지만 딱 뵀을 때부터 인상이 참 좋으셔서 아직 솔로이신 게 의아했을 정도였습니다."
다행히 그 남자는 상황을 너그러이 이해해 줬다.
"어떻게 이런 일이……. 고 대리님한테도 선배한테도 제가 너무 죄송하네요."

중간에서 최 대리가 죄인이 되어 울상을 지었다.

"괜찮아, 인마! 하하."

그 남자는 중간에서 민망해하는 최 대리에게도 무안하지 않게 배려를 했다. 최 대리가 정말 괜찮은 선배를 소개시켜 준 건 맞는 것 같았다.

하지만 거기까지였다.

그때였다.

꽤 소란스러운 가게였지만, 조금 다르게 사람들이 웅성거리는 것이 느껴졌다.

수제 버거집 입구에 사람들의 이목이 쏠릴 만큼 우월한 자태를 뽐내는 한 남자가 섰다. 그 남자는 은비를 발견하고 세상 밝은 표정을 지으며 그녀에게로 성큼성큼 걸어왔다.

"애기야……!"

라고 외치면서.

"캑캑… 큼큼……."

은비는 한 모금 머금었던 콜라를 뿜을 뻔하다가 간신히 목구멍으로 넘겼다.

다행이었다.

뿜었으면 정말 체통이 없을 뻔했다.

그가 발랄하게 '애기야'라고 부르며 다가오는데, 콜라를 뿜기라도 하면 상황이 정말 웃길 거라 생각했다.

한별이 은비를 향해 걸어오자 최 대리와 유안의 눈이 아까보다 더 커져 버렸다.

기술에 예술적 감각까지 겸비한 쇳덩이 장인이 한 땀 한 땀 만든 고급스러운 철봉이 있는 홈 짐에서 매일 턱걸이를 하는 그였다.

때문에 어깨가 아주 넓었고, 셔츠를 입었음에도 드러나는 그의 잔근육질 몸매는 누가 봐도 매력적인 실루엣의 소유자였다.

그런 자태에 비해 얼굴은 또 얼마나 이율배반적으로 곱상한지, 어디서든 단연 돋보이는 외모를 가졌다.

게다가 사회적 위치는 곧 라임그룹 부사장이 될 현 기획팀 팀장.

평소 직원들에게 까칠하고 깐깐한 사람.

그가 사람들이 북적이는 핫한 수제 버거 가게에서 다시 은비를 불렀다.

"애기야!"

뭐, 두 사람만 있을 때야 나름 애교도 부리는 그였지만, 이렇게 대중들 사이에서 연인 간의 호칭 중 닭살 레벨 톱을 차지하는 '애기야'라니.

심지어 은비는 한별보다 네 살이나 연상이었다.

한껏 애정을 담아 부르는 한별의 낯선 호칭이 당황스러워 은비의 눈동자가 심하게 흔들렸지만, 이내 사랑스러운 한별의 모습에 털썩 웃어 버리고 말았다.

아까 분명 만났지만, 오랜만에 만난 듯 반갑기도 했고.

그래! 네가 그렇게 부르는 게 좋다면, 기꺼이 받아들여 주지!

"우리 자기 왔어요?"

'애기'와 '자기'가 난무하는 현장.

은비 앞에 앉아 있는 최 대리는 물론이거니와 아마 은비 등짝을 뚫어지라 째려보고 있을 유안도 도무지 지금 보고 있는 것이 꿈인지 생시인지 가늠하기 어려울 수 있을 장면이었다.

"안녕하세요. 오늘 저녁 약속이 있다기에 그거 끝나고 만나기로 했는데, 우리 애기가 연락이 잘 안 돼서."

최 대리와 그녀의 선배를 바라보며 한별이 은비의 머리를 쓰담쓰담했다.

"어머, 또 연락했었어요?"

은비가 휴대폰을 들춰 보니 과연 미처 읽지 못한 메시지가 있었다.

[아, 보고 싶다.]

글자에도 얼굴이 있다면, 이 문장 안에는 애절한 표정이 담겨 있었다.

고작 반나절 만에 깊은 그리움에 빠진 강한별의 얼굴.

"아… 안녕하세요, 강 팀장님."

최 대리가 이제야 정신을 차리고 한별에게 인사를 건넸다.

평소 스쳐 지나는 모습이나 사무실에 앉아 있는 모습만 봤지 한별을 이렇게 가까이서 보기는 처음이었다. 그냥 바라보고 있는 것만으로도 부담스러운 외모에 그녀는 어쩔 줄을 몰라 했다.

게다가 옆에 스치기만 해도 주변을 꽁꽁 얼어붙게 할 듯 차가워 보이던 사람이 은비 앞에서 순한 양의 모습이라 그녀는 더욱 경악을 금치 못했다.

"대…에박……! 진짜 강 팀장님이 고 대리님… 애…인?"

"으응… 먼저 얘기하려고 했는데, 이런… 아예 소개하는 자리가 되어 버렸네."

은비가 어깨를 으쓱해 보였다.

"와, 이렇게 멋진 분을 남자 친구로 두셨군요. 와… 만나신 지 얼마 안 된 것 같은데… 참 인연이라는 게 따로 있나 봅니다. 지원이가 저랑 소개팅해 주려고 한참 전부터 벼르고 있……!"

"선배, 우리는 이만 자리를 비켜 주는 게 낫겠다. 가… 강 팀장님, 그럼 고 대리님과 좋은 시간 보내세요. 고 대리님! 내일 봐요!"

최 대리가 자신의 선배를 잡아당겨 자리에서 일으켰다.

"어… 최 대리! 좀 더 있다 가도 되는데… 에엥? 그래! 내일 봐!"

괜히 미안해져 손사래를 치며 그녀에게 이야기했지만, 두 사람은 이미 쏜살같이 가게를 빠져나간 후였다.

"팀장님, 아니, 말도 없이 여기까진 웬일이에요? 오늘 늦게 끝난다고 했잖아요?"

두 사람이 홀연히 떠난 자리에 남겨진 은비가 한별에게 물었다.

"아까 사무실 나서다가 최 대리 전화 통화하는 걸 우연히 들었거든. 고 대리 소개팅 얘기가 나오기에 초능력을 발휘해서 일 마무리 짓고 달려온 겁니다. 엄한 놈이 우리 애기한테 눈독들일까 봐."

"안 그래도 결혼할 사람 있다고 얘기 다 해 버렸어요."

"그럴 줄은 알았지만, 그래도."

"참, 저녁은 먹었어요? 안 그래도 팀장님이 수제 버거 좋아하니까 포장해 갈까 했는데. 온 김에 먹고 갈래요?"

"아니. 그보다 내가 더 좋아하는 게 따로 있어서."

"응?"

한별이 눈을 가늘게 뜨고 미소를 지으며 은비를 바라보았다.

"팀장니임."

은비가 입에는 미소를 띠면서도 미간을 찌푸리며 그의 느끼한 음색에 난색을 표했다.

어쨌든, 자신의 행보를 조금도 지체하지 않는 한별이었다.

"애기야, 우리도 얼른 가자-"

우리 할 일이 많잖아……!

한별이 눈을 찡끗하며 그녀를 채근했다. 그의 성화로 두 사람은 곧바로 가게를 나섰다.

한별과 은비의 대화를 지켜보던 유안이 포크를 강하게 쥔 손을 부르르 떨었다. 이미 한별을 알아봐 버린 그녀의 친구들도 이 기가 막힌 상황 때문에 그녀의 눈치를 살폈다.

"이유안, 괜…찮아?"

"와, 천하의 한별 오빠가 저런 평범 쩌는 여자랑… 어후……."

"그래도 꾸미면 괜찮을 얼굴이긴 해… 헛."

친구들이 말을 하다 말고 심상치 않은 기운을 내뿜는 유안을 바라보았다.

"닥치고… 니들… 지금 눈으로 본 거 싹 다 지워라. 어디 가서 소문이라도 내면 나랑 끝인 줄 알아!"

여의도에서 망원동은 한강만 건너면 금방이었다.

한별이 은비의 집이 있는 곳이자 자신의 건물인 빌라 주차장에 차를 세웠다. 은비는 선뜻 비용까지 대면서 입주자의 취향을 백 퍼센트 반영해 산뜻하게 자신의 집을 리모델링해 준 건물주와 함께 104호로 향했다.

두 사람은 길을 걷다가도 얼굴을 마주치기만 해도 배시시 웃었다.

드디어 은비의 드림하우스 문이 열렸다.

"흐음- 고 대리 향기-"

한별이 집 안에 들어서서 두 눈을 감고 그녀의 향기를 느꼈다.

"못 말리겠네. 진짜."

은비가 고개를 가로저었다.

"여기, 제주 유자 에이드요- 엄마가 유자청 담은 거 보내주셨거든요."

주방에서 꼼지락거리던 은비가 침대에 걸터앉은 그에게 상큼해 보이는 그것을 건넸다.

"와- 역시 유자는 제주도 유자가 최곱니다. 오랜만에 먹으니 정말 맛있네요."

"맞아요. 난 매일 먹어도 질리지도 않더라고요."

"그때 차귀도에서 나온 뒤로 제주도에 가 본 적이 없어서 가끔씩 가 보고 싶다는 생각을 하곤 해요."

그녀도 같은 것을 들고 침대 맞은편에 있는 의자에 앉았다.

"그랬구나. 그때에 비해 제주도도 많이 변했어요. 그때 받은 과외비로 리모델링이 아니라 땅을 샀어야 했다니까요. 내가 강 팀장님만큼 미래를 보는 눈이 없었네."

"그땐 미래보다 당장 불편한 게 중요했으니까, 어쩔 수 없었겠죠."

"맞아요. 그래도 덕분에 할망 해녀촌 장사는 잘되고 있으니까."

"제주도에 나 한번 데리고 가요."

"그러고 보니 나도 제주도 갔다 온 지 좀 됐네요. 제주도 어디 가고 싶어요?"

"은비네 집. 인사드리러 가야죠."

한별이 진지한 눈빛으로 그녀를 바라보았다.

"응……."

은비가 입가에 미소를 띠고 대답했다.

그와 함께 간다면 매일 자신의 결혼이 걱정인 할망과 엄마가 얼마나 좋아하실지 눈에 선했다.

상대가 옛날 그 꼴통인 걸 알면 소스라치게 놀라시긴 하겠지만.

"아, 참! 이거 들려 드릴게요."

은비가 책상에 나란히 줄지어 있는 오르골 중 가장 좋아하는 회전목마 오르골의 태엽을 감고는 내려놓았다.

"와- 이렇게나 많았구나."

"네. 어느 돈이 남아도는 남자가 비효율적으로 사재기를 하시는 바람에."

"근데, 너무 귀엽고 예쁘네요. 우리 고 대리처럼."

"어휴, 내가 그렇게 좋아요?"

"네."

그가 눈을 가늘게 뜨고 그녀를 바라보았다.

"못 말린다니까요. 진짜."

한별이 일어서서 그녀를 향해 다가왔다.

"9년이라는 긴 시간 동안 만나지 못하고 그리워만 했던 게 사무쳐서 매일 마음이 급합니다. 이미 지난 시간은 어쩔 수 없지만, 이제 우리에게 주어진 시간만큼은 최선을 다해 사랑하고 싶어요."

그의 진심 어린 말에 은비의 마음이 일렁였다.

살짝 일렁이는 마음은 그의 뜨거운 입맞춤으로 인해 격한 감정의 소용돌이로 변했다.

104호 안-

은비 책상 위 오르골에선 엘가의 '사랑의 인사'가 흘러나왔다.

특별한 날 제격이라는 최 대리가 선물한 부산 광안리 바다 모양을 닮은 캔들에서는 데이지와 국화꽃 향이 코끝을 간질였다.

산뜻하게 리모델링된 이곳에서 여러 아이템 덕분에 시각, 후각, 청각을 비롯한 모든 감각이 살아난 두 사람이었다.

침대 머리맡에는 한별이 미국 출장을 가기 전에 준 강아지 인형 두별이가 엎드려 있었다.

두별이가 차마 정면으로 볼 수 없는 장면들이 침대 위에 펼쳐졌다.

오래 기다렸다는 듯 강하게 몰아붙이는 한별, 그런 그와 호흡을 맞춰 가며 쿵짝을 맞추는 은비였다.

한낮의 한별이 바깥에서 달달한 애정 표현으로 그녀에게 달달 구리를 뿌려 댔다면, 한밤의 그는 자신의 모든 에너지를 과시하는 불타는 상남자였다.

온몸이 녹아내릴 것처럼 부드러운 침구가 격정의 시간을 보내는 그들을 기분 좋게 감쌌다.

"살아 있는 모든 날엔 너만 사랑할 거야, 고은비."

널 만나 세상에 간절히 바라면 이루어진다는 말을 믿게 되었어…….

한별은 자신의 품속에 폭 안겨 있는 사랑스러운 은비를 더 꼭 안았다.

부드러운 이불 속, 한별에게 포박당한 그녀가 그의 말을 듣고는 미소를 지었다.

그의 가슴은 단단했지만, 품이 크고 따뜻했다.

오늘도 크고 건강하게 뛰는 한별의 심장 소리가 그녀의 귓가에 들렸다.

"나 좀 꼬집어 줄래요?"

그와 함께 있는 달콤한 시간은 언제나 현실인지 의문을 품게 만들었다.

의심하지 마. 의문을 품지 마.

나도 진짜. 우리가 사랑하는 이 시간도 진짜.

은비의 마음을 꿰뚫은 한별이 뛰는 심장으로 말했다.

"이그~"

그가 그녀의 볼을 세게 꼬집었다.

"앗."

그녀가 작은 소리로 비명을 질렀다.

쪼옥-

한별은 꼬집은 그 자리에 뽀뽀로 응급처치를 해 버린 다음 그녀와 눈을 맞췄다.

"사실… 매일 팀장님을 생각하는 마음이 커지는 걸 느껴요. 이 마음을 따르고 지키기 위해 앞으로 많은 산을 넘어야 한다는 생각이 들고……."

그가 하도 세게 꼬집어 눈물이 핑 돌아 눈가가 촉촉해진 은비가 그의 얼굴을 쓱 매만졌다.

"걱정 말아요. 나름 의미가 있는 시간일 거예요. 너무 쉽게 가면 재미없잖아."

한별이 웃으며 자신의 얼굴에 머문 그녀의 손을 잡았다.

"쉽게 가면 편하지, 뭘……. 나이 먹어 봐요… 그냥 평범한 게 사실 제일 좋은 거고, 무난하게 사는 게… 뭐, 그냥 좋은 게 제일 좋은 겁니다. 재벌에 연하에 어후- 열혈 팀장님한테 맞추느라 몸보신이라도 해야 할 지경이에요."

은비가 조금 전 습기 머금은 눈가는 어디 가고 눈을 내리

깔고 이야기했다.

"전혀 체력이 달린다는 느낌은 못 받았는데… 몇 번이고 거뜬할 것 같던데?"

"그거는 또 다른 문제고… 어머, 나 지금 뭐라는 거죠?"

예상치 못한 한별의 이야기에 그녀의 얼굴이 붉어졌다.

"아- 그건 또 다른 문제였군요. 아무튼, 같이 잘해 봅시다, 고 대리. 연애도, 결혼도."

그의 이야기에 은비의 마음이 참 든든했다. 더는 전에 자기 인생 하나 책임지지 못할 만큼 어렸던 그라고는 생각할 수 없을 만큼 듬직했다.

"알겠어요."

그녀의 대답을 들은 한별이 미소를 지었다.

그의 품에서 놀던 은비가 갑자기 고개를 들었다.

"근데 말이에요."

"응?"

"가만히 생각해 보니까 내가 팀장님에 대해 아는 게 너무 없더라고요. 9년 전 강한별도 그랬죠. 늘 뭔가 베일에 싸여 있는 느낌이랄까."

그리고 평소 궁금하던 이야기를 꺼내기 시작했다.

당시 김 실장은 그의 신상에 관한 모든 것을 비밀에 부쳤었고, 궁금해하지도 말라고 단단히 주의를 주었었다.

그것이 그와의 과외에 필요한 조건이자 필수 사항이자 반드시 지켜야 할 약속 같은 거였다.

하나도 궁금하지 않았다면 그건 거짓말이겠지만, 그보다 과외비에 더욱 혈안이 되어 있던 터라 그런 궁금증은 일부러라도 무시할 수 있었다.

"뭐 그럴 것도 없었는데, 그땐 아버지가 제가 여간 창피했었나 봐요."

그가 피식 웃으며 이야기했다.

"그럴 만하긴 했어요. 와, 전교 꼴찌가 웬 말이냐고. 그거 일부러 하기도 힘든 건데."

은비가 격하게 고개를 끄덕였다.

"뭡니까, 고 대리. 진짜 나를 그렇게 생각했어요?"

"말해 뭐 해. 와, 그때 생각하면 내가 지금까지 살아 있는 게 용할 지경이라고요. 생사 고비를 몇 번이고 넘겼다고. 내가."

목소리도 슬슬 커지기 시작했다.

"그 정도였나요? 늦었지만 생명의 위협을 여러 번 줘서 미안해요."

"그땐 그랬지만, 지금 돌아보면 정말 재밌는 추억이기도 하고. 어쨌든 그래서요?"

"사실, 남부끄러운 건 내가 아니라 아버지 본인의 사생활이셨으면서 나를 그렇게 여기는 아버지가 정말 싫었어요. 뭐, 지금도 그렇고."

"아… 그러고 보니 강 회장님 가족 얘기는 늘 미스터리했었죠."

"사람들에게 가정사가 노출되는 걸 극도로 싫어하시는 분이시니까요. 기사 하나 난 게 없죠."

라임그룹 오너 일가에 관한 이야기는 정말 이상하리만큼 사람들 입에 오르내리지 않았다.

생각해 보니 매스컴에서 가십거리로라도 그들에 관해 다뤄진 적이 정말 없었다. 그렇다면 더욱 강 회장에게 뭐가 있긴 있는 모양이라는 생각이 들었다.

"참, 공부는 지지리도 못했던 꼴통이 운동은 또 왜 그렇게 빠졌던 거예요?"

차귀도에서 하루도 운동을 거르는 법이 없는 그였다.

집착에 가까울 만큼 하는 운동이 그에게 대체 어떤 의미인지 궁금했다.

"음… 이 이야기를 꺼낼 때가 됐군요."

"응?"

"한 번도 입 밖으로 내 본 적 없는 나의 이야기."

한별이 진중한 음색으로 말했다.

"얘기 듣다가 슬퍼서 울어도… 책임은 질게요. 내 여자니까."

"슬프면 울게요. 나도 같이 그 슬픔 나누고 싶을 테니까."

한별이 하도 진지하게 이야기를 꺼내기에 괜히 긴장하고

있던 은비가 그의 말에 마음을 풀어 버렸다.
"우리 엄마 얘기예요."
첫마디부터 심상치 않았다.
엄마 이야기라니 느낌이 그랬다.
"으음… 몸이 굉장히 약한 분이셨거든요. 어릴 때는 엄마랑 놀고 싶고 그런데 매일 힘들어하는 모습을 보이셔서 그런 얘기를 꺼낼 수도 없었죠."
"그랬군요……. 그래도 강한별이 생각이 깊은 꼬마였네요. 엄마 생각해서 보채지 않고."
"그래도 한 번씩 괜찮아지실 때면 언제든 저와 시간을 보내려고 노력하셨어요. 그 기억이 엄마가 돌아가신 후에도 나를 지탱해 주었고."
돌아가신 엄마 생각이 나는지 한별의 눈가가 촉촉해졌다.
은비는 마음이 뭉클해져 그런 그의 맨가슴과 어깨 사이 넓적한 곳에 살며시 손을 올렸다.
"엄마가 지병으로 일찍 돌아가신 게 어린 나에겐 엄청나게 큰 충격이었어요. 이 크고 넓은 세상에 나 혼자인 느낌이랄까……."
"어떡해……."
그녀는 일찍 돌아가신 엄마를 황망히 바라보는 어린 한별의 모습이 떠올라 자기도 모르게 눈물을 뚝 떨어뜨렸다.
오히려 담담한 그가 손가락을 그녀의 얼굴에 갖다 대 눈물을 쏙 닦아 주었다.

"다 지난 일이죠. 이제. 엄마가 돌아가시기 전에도, 후에도 아버지는 몸이 약한 엄마를 돌보시기는커녕 다른 여자들을 만나고 다니셨어요."

"이런."

"그때 느꼈죠. 엄마가 아버지에게 버려졌구나. 나도 만약 약해지면 아버지에게 버려지겠구나."

어린 한별에겐 엄마의 죽음만으로도 감당하기 힘든 어려움이었을 것이다.

그러나 그 마음을 보듬어 주는 것이 아니라 오히려 더 깊은 절망으로 인도한 사람이 다름 아닌 아버지라니.

생각만 해도 가혹하고 잔인했다.

"엄마도 없는 세상에서 아버지에게 버림받지 않기 위해서 내가 나를 지켜야겠구나, 그렇게 생각했었어요. 그땐 너무 어렸고, 모든 것이 두려웠으니까."

"멋진 몸을 위해서가 아니었다는 게 반전이네요. 살기 위해 했던 거네……."

은비는 맨 처음 운동 이야기를 꺼낼 때만 해도 이렇게 깊은 뜻이 있을 줄은 몰랐다.

생각보다 무거운 이야기에 절로 마음이 먹먹해졌다.

"뭐, 결국은 멋진 몸도 가졌잖아요? 고 대리 좋으라고."

한별이 분위기를 바꾸려는 듯 웃으며 말했다.

그리고 그녀의 손을 자신의 올록볼록한 복근에 갖다 대었다.

"지금은 어때요? 아버지에 대한 감정."

강 회장은 어쩌면, 아니 조만간 은비의 가족이 될 사람이었다.

그것은 지금 들은 것을 생판 다른 사람 이야기로 흘려버릴 수 없는 이야기라는 것.

"안 좋아요. 여전히 경멸하고."

그의 단호한 이야기에 은비의 미간 주름이 깊어졌다.

"고 대리는 신경 쓰지 마요. 그냥, 나만 생각해."

한별이 무던하게 이야기했지만 그녀는 생각이 깊어졌다. 그러나 지금 더 이야기를 꺼내는 건 무리였다.

그녀의 손은 복근에서 가슴으로 옮겨졌다.

그의 두툼한 가슴이 오르락내리락거렸다.

"좋다. 좋아. 근데 많고 많은 종목 중에 왜 철봉을 했어요? 좀 특이해 보이거든요."

"아… 철봉……. 고등학교 때부터 공부 대신 운동에만 꽂혀서 죽어라 그거만 팠거든요."

"그때부터였군요. 꽂히는 거에 직진하는 거."

"맞아요. 어쨌든 그러다 우연히 유튜브에서 철봉하는 남자를 보고 뼛속에서 우러나오는 감동을 받았던 겁니다. 너무 멋져서. 무릎을 탁 치며 저거다! 그랬죠. 그래서 그분을 직접 찾아가 사부로 모시고 철봉 운동을 시작했죠."

"그래서 철봉에 꽂혔던 거구나……!"

"뭐 말하자면. 요즘 유튜브에서 남자 운동으로는 철봉이 상당히 인기가 많아요. 우리 사부랑 나랑 철봉의 선구자였는데, 하……."

뭔가 일인자의 자리를 뺏긴 듯 억울한 표정을 짓는 그였다.

그의 귀여운 허세에 은비가 미소를 지었다.

"다음에 철봉하는 거 보여 줄게요. 내가 등에 나비를 키운다니까! 그것도 화난 나비!"

그가 우스꽝스러운 표정을 지었다.

방금 우리가 슬픈 이야기를 나눈 것이 무색할 정도로 밝은 표정을 지었다.

"진짜 보고 싶다아- 강한별… 9년 전엔 이렇게까지 생각 못 했는데, 지금 와서 보니 참 잘 컸네."

은비가 그의 머리를 쓰다듬었다.

"그때 고 선생 만난 덕분에 더 나은 인간이 됐습니다."

"뭐, 그도 그렇고."

"하지만, 이제 고 대리가 나를 만난 덕분에 세상 가장 행복한 여자가 되게 해 줄 거예요."

"아악- 간지러워!"

덩치가 산만 한 한별이 그녀의 작은 가슴으로 파고들었다.

"일단, 오늘 밤엔 내가 하나 가르쳐 줄 게 있어요."

"어떤 거요?"

"철봉으로 다져진 몸으로 선사하는 기쁨."

몸과 마음 어느 것 하나 빠지지 않는 대화들이 밤이 깊어지도록 이어졌다.

"으음……."

은비가 커튼 사이로 새어 들어오는 빛에 눈을 살며시 떴다.

영원히 지속할 것 같은, 아니 지속하길 바랐던 밤은 사라지고 또다시 새로운 아침이었다.

Rrrrr-

때마침 진동이 느껴져 휴대폰을 들었다.

[고 대리님, 오늘 퇴근 후에 저 좀 봐요.]

유안이었다.

"흐읍- 뭐지, 이 냄새?"

은비는 휴대폰을 확인하다 말고 코끝에 스치는 맛있는 냄새에 정신이 확 들었다.

휴대폰은 이미 내동댕이쳐졌다.

그러고 보니 한 몸처럼 붙어 있던 한별이 자리에 없었다.

눈만 돌리면 집 안이 한눈에 들어올 만큼 작은 집이라 얼른 주변을 살폈다.

"어? 뭐 하는 거지?"

그때, 주방에 땀을 뻘뻘 흘리고 서 있는 그가 눈에 들어왔다.

"팀장님! 지금 뭐 하는 거예요?"

은비가 이불을 끌어 몸을 가린 다음 큰 소리로 물었다.

"고 대리, 일어났습니까?"

"네. 근데 지금 뭐……?"

"아침."

"진짜?"

"보양식으로 몸보신 좀 해 주려고."

"……!"

"어젯밤에 한 이야기가 자꾸 마음에 걸려서."

어젯밤에 한 이야기?

무슨 이야기를 했던가 곰곰이 생각하다 무릎을 쳤다.

체력이 달린다는 이야기였다.

은비가 주섬주섬 옷을 챙겨 입고 주방 식탁으로 향했다.

그가 막 끝낸 요리를 접시에 담아 테이블 위로 가져왔다.

"픕-"

그것보다 큰 덩치에 둘러진 앞치마가 귀여워 웃음이 터졌다.

"잘 어울리지 않습니까? 아침 만드는 남자?"

"큭, 뭔들요. 우와- 역시 아침엔 고기가 진리! 세상 맛있는 냄새 중 고기 굽는 거 따라갈 게 없잖아요? 진짜 맛있겠다."

좌식 테이블 위에 립아이 스테이크와 서니 사이드 업 에그, 그리고 구운 채소로 이루어진 조식 정찬이 차려졌다.

눈앞에 펼쳐진 근사한 보양식에 그녀의 눈이 반짝거렸고, 기분이 황홀할 지경이었다.

"미국에서는 아침부터 이렇게 자주 해 먹었었어요. 운동을 집중적으로 할 때는 특히 더."

그녀의 반응이 좋자 그가 뿌듯한 얼굴로 말했다.

"사실 저도 기력이 달리면 혼자 삼겹살을 조금 사다 아침부터 구워 먹곤 했어요."

그녀가 함박 웃으며 대꾸했다.

"역시! 통하는 데가 있었네요! 참, 소스 없이 소금하고 후추만으로 간을 했거든요. 달걀노른자를 이렇게 반으로 갈라서… 푹 찍어서 먹어 봐요. 아마……."

"아마?"

"못 먹어 본 사람들은 몰라도 한 번만 먹어 볼 수는 없는 그런 맛?"

언제나 자신감만큼은 최고 레벨인 한별이었다.

"노른자라니, 어후- 진짜 군침 도네요. 일어나자마자 이렇게 식욕이 돋는 건 처음이에요. 바로 먹어도 되죠?"

"응! 그럼. 이렇게 먹어 두면 아주 든든할 거예요."

은비는 한별표 보양식을 먹으며 온몸 가득 에너지를 채

웠다.

"참, 그러고 보니 이 재료들을 언제 사 온 거예요?"

한참을 먹다가 이제야 의문이 들어 묻는 그녀였다.

"라임몰에 새벽 배송 있는 거 잊었습니까."

"아아……."

"흐음, 고 대리 자사 쇼핑몰에 애정을 좀 더 갖는 게."

"아, 사실 가격대가 좀 있어서. 근데 오늘 보니 생각이 바뀌네요. 애정할까 봐요. 이 좋은 거!"

은비가 엄지를 치켜세웠다.

"우움… 진짜 맛있다."

"이게 그걸 넣었더니 맛이 더 사네."

"어떤 거요?"

MSG라도 넣었나?

"내 사랑."

"아유, 참."

그녀가 괜히 민망해 눈을 꼭 감았다 떴다.

"그런데 팀장님, 이거 드시고 바로 집으로 가실 거죠?"

"아니."

그의 대답은 단호했다.

"네에? 그럼?"

은비가 의아하다는 듯 물었다.

"보양식 먹여 놓고 바로 가면 섭하지."

"⋯⋯!"

그런 거였어?

아침부터 이러시면 어떡해요.

"조금만 더 고 대리 사랑하다 가려고요. 안 그래도 그러려고 했는데 반드시 그래야 하는 이유가 생겨서."

"응?"

그의 얼굴이 사뭇 진지해졌다.

그가 스테이크를 한 입 먹고 옆에 있던 티슈를 한 장 꺼내 입 주변을 닦고는 입을 열었다.

"사실, 새벽에 연락을 받았는데, '포레스트 고'와 기술협력 문제로 미팅이 급하게 잡히는 바람에 출근했다가 바로 미국으로 출발해야 해요. 우리 쪽에서 요청한 부분이라 그쪽 일정대로 맞춰야 하거든."

은비는 그에게 급한 출장이 있을 거라 살짝 짐작은 했는데, 그것이 맞았다.

"아, 그쪽에서 생각보다 일정을 빨리 잡아 줘서 잘된 일이네요. 와, 근데 혼자 쿨쿨 자는 동안 많은 일이 있었네."

"정말 누가 업어 가도 모르게 잘 자던데?"

"지난밤에 아주 혹독한 교육을 받느라 여간 피곤했어야죠. 큭."

괜히 눈을 가늘게 뜨고 그를 바라봤다.

철봉이 얼마나 대단한 운동인지 알게 됐다고!

"정말 뿌듯하네요."

내 진정 이런 날을 위해 철봉했나 보다!

"근데, 얼마나 계시다 오는 거예요?"

갑작스러운 출장이 평소와 다르게 왠지 모르게 좀 서운한 마음이 들었지만, 누구보다 그 일을 잘 이해하고 있는 그녀라 그런 티는 내지 않았다.

"미국이라 오가는 것 포함해서 적어도 한 일주일은 걸릴 겁니다."

"일주일이라……."

"너무 길어 마음이 찌릿찌릿합니까? 나 못 볼 생각에?"

"아뇨."

"이런, 고 대리 너무한 거 아닙니까?"

서운해!

"아……! 너무 잘됐어요, 팀장님."

짧은 탄식 끝에 나오는 그녀의 말에 한별이 슬픈 표정을 지었다.

"잘됐다고? 이런, 고 대리가 내 장거리 출장을 반기다니 뭔가 되게 서운합니다."

"일주일이면 충분하잖아요."

"뭐가?"

"체력 보강!"

서운하지 않다고 말하면 거짓말이겠지만, 그가 편안히 일할 수 있게 배려하는 그녀의 마음이었다.

뭐, 난 현숙한 삼십 대니까.

한별이 웃으며 그녀의 머리를 쓰다듬었다.

"출장 첫날부터 집에 오고 싶게 만드는 겁니까? 지금?"

"아니요. 일할 땐 일에만 딱 집중하고 오시라고요. 난 여기서 잘 지내고 있을 테니까."

"알겠어요. 고마워요."

"에고, 그럼 얼른 서둘러 먹어야겠다."

은비가 시간을 벌기 위해 적극적으로 식사에 임했다.

"천천히 먹어요. 체할라. 출근까지 아직 시간은 넉넉하니까."

"네에."

"그리고 우리 애기, 나 다녀올 때까지 어디 아프지 말고. 알겠지?"

잠시도 헤어지고 싶지 않은 그의 마음이 눈빛에 드러났다.

그녀는 자신을 애기라고 부를 때면 꼭 반말을 하는 그 때문에 아침부터 심장에 무리가 가는 느낌이 들었다.

소개팅도 막차라던 슬픈 나이에 받는 이런 무한 사랑.

그것이 립아이스테이그 앤 에그보다 더 큰 보양식임을 잘 알고 있었다.

사랑 앞에선 나이 차이 따위는 정말 부질없는 것.

사랑 앞에선 유치함 따위도 그저 당을 섭취하는 가장 좋은 방법일 뿐.

강한별, 나는 이제 네가 그냥 마냥 좋다.

어떤 이야기를 해도.

어떤 짓을 해도.

그리고 이 나이에 이렇게 사랑에 올인할 줄 몰랐지만,

약속할게.

어떻게든 끝까지 사랑한다고.

그러기 위해서 이 누나가 몸에 좋은 거 많이 먹어 둘게!

"고 대리, 아침 다 먹었으면 이리 와요."

"아, 진짜 배부르다."

"금방 또 배고프게 해 줄게요."

"팀장님… 아이고, 배야… 큭……."

은비가 눈살을 찌푸리며 웃었다.

한별이 그런 그녀를 번쩍 안아 침대로 데려갔다.

"전에도 든 생각이지만 말입니다."

"네?"

"고 대리는 아침부터 너무 예쁩니다. 도저히 참을 수 없을 만큼."

물류팀에서의 시계는 어김없이 빠르게 돌아갔다.

은비는 새로 맡은 업무에 열중하고 있었다.

기획팀 때와는 완전히 다른 일이었지만 그런대로 재미가 있었다.

잡무에 본인 일을 당연하게 맡기는 밉상 이 과장도 없으니 이건 천국이 따로 없었다.

한별과 다른 사무실인 것만 빼면 모든 것이 완벽하다고 여겨질 만큼이었다.

"고 대리님, 어제 최 대리하고는 잘 만나셨어요?"

"아. 네."

차 대리가 은비에게 차를 건네며 물어 왔다.

어제 최 대리를 만난다는 은비의 이야기를 기억하고 있는 모양이었다.

"최 대리가 성격이 되게 밝아서 주변에 사람이 참 많죠."

"그럼요. 우리 최 대리는 마당발에 사내 소식통에 큭. 어디를 가나 인기가 많아요."

"아… 역시."

"그러고 보니 최 대리한테 차 대리님 얘기를 못 했네! 여기서 만났다고."

"괜찮아요. 입사 연수받을 때도 최 대리는 늘 인기가 많았어요. 아마 얘기했어도 저를 아예 모를 수도 있어요."

그가 머리를 긁적이며 이야기했다.

"설마~ 안 그래도 오늘 저녁에 또 만나기로 했는데 얘기해 봐야겠다."

은비는 차 대리를 향해 미소를 지어 보였다.

그러자 그의 볼이 발그레해졌다.

뭐, 짚이는 구석이 없는 건 아니었다. 그가 관심 있는 건 '새로 들어온 은비의 물류팀 적응'이 아니라 '최 대리'인 것 같았다.

물증은 없어도 심증은 충분.

본인은 사내 연애 초짜지만, 지켜봐 온 것만 8년 차니까.

이쯤 되니 차 대리에 대한 최 대리의 반응이 몹시 궁금했다.

그녀도 함께 솔로부대를 탈출하면 좋지 아니한가!

은비는 입가에 의미심장한 미소를 지으며 다시 일에 열중했다.

[밤새 잘 못 잤을 텐데 비행기에서 푹 자고, 미팅 잘 마치고 와요. 오는 날만 고대하고 있을 테니까.]

정신없이 바쁘고 여러 사람과 함께 하는 시간이지만, 한별이 생각도 잊지 않고 메시지를 보냈다.

그가 없다는 생각만으로도 회사가 텅 빈 느낌마저 드는 것도 사실이었다.

그래도 점심시간엔 물류팀 직원들과 함께 식사하며 즐겁게 지냈고, 저녁엔 폭풍 질문을 해 올 것이라고 예상되는 최 대리와 만날 예정이었다.

[고 대리님! 퇴근 말미에 일시키는 진상이 있으셔서 지금 급하게 처리할 일이 생겼네요. 먼저 퇴근하시면 회사 앞 카페에서 뵐까 봐요.]

막 가방을 챙겨 퇴근을 하려는 그녀의 휴대폰에 최 대리의 메시지가 도착했다.

[응. 나 지금 나가거든. 거기서 기다리고 있을게.]

답 메시지를 보내고 자리에서 일어섰다.

"고 대리님! 최 대리 잘 만나시고 내일 뵈요!"

"네. 수고 많으셨어요! 내일 뵈요."

차 대리가 자신을 잊지 말라는 듯 또 한 번 못을 박고 사무실을 나섰다.

은비도 퇴근하는 사람들로 북적이는 회사 로비를 지나 밖으로 나갔다.

"고 대리님."

막 회사 앞 카페로 향하려던 그녀의 귀에 앙칼진 목소리가 꽂혔다.

고개를 돌아보니 목소리가 나던 곳에 유안이 서 있었다.

무엇 때문인지 화가 잔뜩 난 얼굴이었다.

"뭐죠."

수제 버거집에서 자신의 인사를 무시하던 그녀가 생각나 은비는 아는 척을 할까 말까 고민하다 어렵게 입을 뗐다.

"회장님 아들이 떡하니 받쳐 주니 이제 사람마저 우습게 보이나 봐요?"

그녀가 날카롭게 말을 뱉었다.

아무래도 그녀가 보낸 메시지에 회신하지 않은 까닭에 날이 서 있는 것 같았다.

"아, 맞다. 아까 메시지 보냈었죠."

그제야 한별이 만든 아침 때문에 대충 보고 말았던 메시지가 생각났다.

"보냈었죠오? 헐-"

"유안 씨, 근데, 아버지를 등에 업고 사람 가지고 노는 건 그쪽이 먼저 한 거 같은데? 게다가 인간적으로 먼저 인사를 건넨 선배 개무시할 때는 언제고 문자에 답 안 했다고 이러는 거예요? 가는 말이 안 고운데 오는 말까지 고울 자신이 나는 영 없거든. 그리고 이렇게 뒤끝도 있는 여자라. 내가."

은비의 말에 그녀가 이를 악물었다 떼었다.

"잠깐 얘기 좀 해요, 고은비 대리님."

그녀가 부들거리며 이야기했다.

"내가 선약이 있어서."

"시간 많이 안 뺏을게요."

그녀가 웬일인지 한발 물러나 차분하게 이야기했다.

"10분 내로 끝낼 수 있겠어요?"

이야기는 10분 내로 끝내고, 강한별에 관한 너의 집착도 같이 끝내 보자.

은비가 냉정하면서도 간결하게 물었다.

"좋아요. 차에서 얘기해요. 누가 들어서 좋을 거 없으니까."

그녀의 터무니없는 짝사랑을 정리해 줄 수 있는 좋은 기회였다.

제 발로 먼저 찾아온 유안에게 지금의 상황을 단단히 일러 줄 수 있는.

9시간 전.

그러니까 오늘 오전 9시.

유안이 자신의 운전기사인 문 기사에게 전화를 걸었다.

"네. 문 기사입니다."

-이따 저 퇴근할 때 장거리 주행 뛸 생각하고 오셔야 할 거예요.

인사는 생략되었고, 자기 할 말만 쌀쌀맞게 이야기하는 그녀였다.

"아… 장거리요? 어디…….."

-그건 만나서 말씀드릴 테니까 그런 줄 알고나 오세요.

"알겠습니다."

-아, 그리고 퇴근 후 일은 문 기사님과 저만 아는 비밀이니

까 그런 줄 아시고요.

"알겠습니다."

이런 사안은 문 기사에게 달가운 것이 아니었다.

어떤 일일지는 몰라도 좋지 않은 일임은 분명했다.

늘 그렇듯.

-발설하시는 날에는 뭐… 어떻게 될지 말 안 해도 아실 테죠.

"잘 알겠습니다."

-이따 늦지 말고 오세요. 그런 거 완전 짜증 나니까.

"네……."

툭!

문 기사의 대답이 나오기도 전에 그녀가 전화를 끊어 버렸다.

"후… 이를 어쩐다."

문 기사의 얼굴에 곤란함이 묻어났다. 오늘은 기숙사에서 한 달에 한 번 집에 오는 딸과 고대하던 저녁 외식 약속이 있는 날이었다.

사실, 기본적으로 출퇴근 개념 없이 사람을 부리고, 명시된 업무 외의 일을 밥 먹듯이 시키는 유안네 식구들에 대해 말한다면 입이 아플 정도니까. 내키는 대로 일시키는 것이 한두 번이 아니라 이제 인이 박힐 만도 한데, 그래도 오늘은 유독 속이 쓰렸다.

"후우… 어, 지은아. 아무래도 오늘 저녁은 힘들 것 같네. 으응… 모처럼 왔는데. 아빠가… 미안해……."

딸뻘인 아이에게 당하는 갑질의 횡포, 문 기사는 그것이 익숙한 듯 한숨을 내쉬며 휴대폰을 내려놓았다.

"이유안 씨, 나 바쁘니까 본론부터 얘기해요. 왜 보자고 했는지."

"제 생각에 아무래도 고 대리님이 단단히 착각하고 계신 게 있는 것 같아서요."

"어떤 걸요. 얘기해 봐요."

유안의 이야기에 은비가 눈 하나 깜박하지 않았다.

오히려 뒷좌석 등받이에 등을 기대고 뻔한 얘기겠지만 들어나 보자는 식으로 말했다.

"결혼은 제가 해요. 한별 오빠랑."

역시나였다.

뻔했다.

"그래서요?"

너무 어처구니가 없어 이젠 웃음까지 나올 지경이었다.

"그래서? 아이씨- 그러니까 오빠의 일시적인 감정에 편승하는 고 대리님, 뻘짓 그만하시죠."

유안이 감정이 조금씩 섞인 말투로 이야기를 했다. 그러고는 은비의 반응을 살폈다.

"뭐, 할 얘기 있으면 그냥 쫙 다 해 봐요."

그녀가 눈썹을 한번 올렸다가 뜨고는 선심 쓰듯 유안에게 말했다.

"이쪽 세계 사람들 고 대리 같은 사람들에 대한 사랑 얼마 못 가요. 그리고 그거 사랑도 아냐. 그냥 뭐, 호기심 같은 거? 왜 퀄리티는 완전 떨어지는데 흥미를 끄는 물건들 있잖아요. 딱 그런 거거든."

"지랄도 풍년이다."

"뭐예요?"

운전석에서 잠자코 이야기를 듣던 문 기사 입가에 옅은 미소가 퍼졌다.

이런, 웬 사이다.

"나 원그룹 둘째 딸 이유안이야. 어디 너같이 천한 것이 교양 없이 그딴 소리를 해."

유안이 부들부들거리며 말을 쏘아붙였다.

"그래. 난 교양이 없고, 넌 교양과 뇌가 동시에 없는 거 같은데?"

은비는 그녀가 아무리 악을 쓰고 이야기한들 눈썹 하나 꿈쩍하지 않았다.

오히려 상황 파악 안 되는 유안의 인생이 안타까울 지경이었다.

"무슨 이딴……."

유안은 시종일관 당당한 은비의 태도에 말문이 막힐 지경이었다.

"이런 말까지 하는 건 좀 그렇긴 한데, 너, 강 팀장이랑 같은 학교 나온 거 맞아?"

아무래도 의심이 간다. 가-

"그래. 맞아. 보통 인연이 아니거든. 오빠랑 내가, 미국에서 아주 각별했다고."

"혹시… 그 학교, 기부 입학했니?"

미국도 그런 게 되는지는 모르겠다만, 아님 졸업을 못 했나?

"무슨… 말도 안 되는……. 아… 아니야!"

유안은 대답을 하면서도 얼굴은 사색이 되었다.

"구리다. 구려. 상황 파악을 못 해도 한참 못 하고, 말에 논리도 없어. 해외 유학파 엘리트라기엔 네가 너무 모지리라서 말이야."

"뭐? 모지리?"

"큭! 콜록콜록!"

은비의 말에 문 기사는 웃음이 터지는 것을 입술을 깨물면서 참다가 더는 참을 수 없어 괜한 헛기침을 해 댔다.

그의 행동이 괜히 기분 나빠 유안이 미간을 한껏 찌푸렸다.

"암튼, 어디 일개 평사원 주제에 재벌 3세를 넘봐? 그것도 라임그룹을. 하, 분수도 모르고. 이제 더는 오빠한테 나대지 마."

유안이 은비를 매섭게 쏘아보았다.

"못 들어 주겠네. 진짜."

"뭐야?"

"네가 돈 내고 들어간 그 학교를 말야, 내가 우리 강 팀장님을 실력으로 보냈거든. 그니까 내 말 잘 들어 두면 앞으로 대화를 할 때 도움이 될 거야. 무식이 탄로 나지 않게."

"이게……!"

유안은 이러려고 만난 게 아닌데, 자꾸 은비에게 당하는 꼴만 보이고 있었다.

"일단, 지금 네가 하는 얘기의 전제 자체가 아주 잘못되었어. 내가 착각하고 있다는 게 네 생각이라는 거잖아. 나와 강 팀장 사이에 니 생각이 왜 필요하냐고. 이건 잘못된 전제로부터 논리를 도출한 명백한 오류."

"뭐래……!"

"그리고 네가 강 팀장이랑 결혼한다고? 허허… 옛 선조들이 이런 상황에 딱 필요한 말씀을 남기셨지. 떡 줄 사람은 생각도 없는데 김칫국부터 마신다…라고!"

"으~~~~ 고은비……!"

유안의 얼굴이 금방이라도 터질 것처럼 붉게 타올랐다.

"이건 뭐, 오류라기보단 네가 만들어 낸 거짓을 진실로 믿는 병에 가깝겠다. 의학용어로는 공상허언증이라고 하지. 이거 이거 치료가 쉽지 않은 건데. 어쩌냐."

"커억, 큭큭큭……."

문 기사가 웃음을 참지 못하고 터뜨려 버렸다.

순간, 차 안에 정적이 흘렀다.

"문 기사니임……! 지금 웃었어?"

"앗, 죄송합니다."

자기도 모르게 터져 나온 웃음 때문에 갑자기 문 기사가 곤란을 겪게 되었다.

허언증에 인성도 바닥이네……!

유안이 문 기사를 대하는 태도를 보니 은비는 갑자기 뒷골이 당겨 왔다.

그때 머릿속에 번뜩이는 생각이 나 그들의 대화를 지켜보다 말고 휴대폰을 들었다.

갑질 횡포 뉴스를 하루 이틀 본 게 아닌데, 이 귀한 현장을 넋 놓고 지켜볼 게 아니었다.

은비가 아무렇지 않은 척 옆에 있는 생수를 벌컥 마시며 녹음 버튼을 눌렀다.

2권에 계속